병아리

4

병아리 4

초판 1쇄 발행 | 2013년 12월 1일

지은이 ⓒ 권새나 2013
일러스트 ⓒ 신사고 2013

교정교열 | 장혜미
편집담당 | 김미리
타이틀 디자인 | 주예지
커버 디자인 | 서유미

펴낸이 | 김혜랑
펴낸곳 | 메르헨 미디어
등록일자 | 2012년 6월 27일
등록번호 | 제 2012-000141 호
ISBN 978-89-98328-30-6 04810
ISBN 978-89-98328-08-5 (세트)

nabinovel@nabinovel.net
http://nabinovel.net

글 권새나
그림 신사고

병아리 4

나비노블

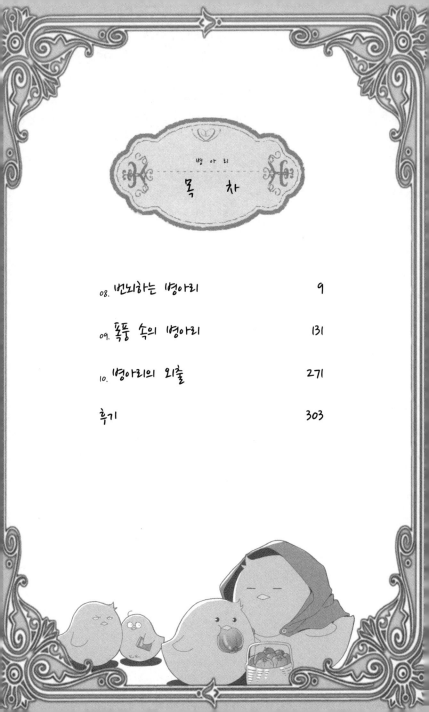

병 아 리

목 차

08. 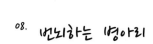 번뇌하는 병아리

쏟아진 물은 도로 담을 수 없고, 내뱉은 말 역시 다시 주워 담을 수 없듯 이미 일어난 일을 없던 일로 만들 수는 없다. 하지만 세상에는 때로 불가능하다는 걸 알면서도 끈질기게 매달리는 사람들이 있다.

"최면, 최면, 최면……."

나는 알카 형이 최면이라는 단어를 써준 종이를 꾹 쥐고 교황청 내에 있는 도서관을 쥐 잡듯 뒤지고 있었다. 여긴 판타지 세상이니까 기억을 없애는 최면이나 물약 같은 것도 있지 않을까?

솔직히 지금 내가 얼마나 바보 같은 짓을 하는지 알고 있었지만 도저히 가만히 있을 수가 없었다. 뭐라도 좋으니 매달려야 했다.

뭘 하든지 애꿎은 베개만 쥐어뜯고 허공에 발차기를 하면서 비명만 지르는 것보다는 나았다. 가만히 있으면 자꾸 그때의 일이 생각났기 때문이다.

나는 다시금 스멀스멀 떠오르는 기억에 세차게 고개를 흔들고 최면에 관한 책을 찾는 데 집중했다. 하지만 그 집중력은 오래가지 못했다. 나는 길게 줄을 지어 서 있는 책장 구석에 무릎을 모으고 쪼그리고 앉았다.

무릎 사이에 얼굴을 파묻고 입을 꾹 다물고 있는데 다시 섬광처럼 머릿속으로 한 장면이 스쳐 지나갔다.

"끄아악!"

정말 기억상실증이라도 걸리고 싶었다. 나는 벽에 머리를 쿵쿵 박다가 퍼뜩 정신을 차렸다. 그리고 다시 정색을 하고 무릎 사이에 얼굴을 파묻고 심호흡을 했다.

최면이고 기억을 없애는 물약이고 이딴 게 다 무슨 소용이란 말인가. 난 지금 쪽팔리는 마음에 현실도피를 하고 있을 뿐이었다.

이제 가을이의 패턴은 파악했다. 그 새끼는 비가 오나 눈이 오나 싸워도 다음 날이면 어김없이 내 앞에 나타났다. 그렇다는 건 오늘도 나타난단 말이었다. 당장 그 인간 얼굴을 보면 무슨 말부터 해야 할까. 지금은 그걸 생각하는 게 우선이었다.

그 새끼는 분명 또 저번처럼 아무 일도 없었다는 듯 말을 걸겠지. 그럼 나도 그냥 아무 일도 없었다는 듯이 행동하면 되나?

"아니야, 그럼 그건 없던 일이 되잖아!"

나는 다시 머리를 쥐어뜯으며 비명을 질렀다. 없던 일이 되면 당장은 좋겠지만 다음에 또 이런 일이 일어날지도 모르는데 묻어버릴 수는 없었다. 나는 차근차근 가을이가 했던 말을 떠올렸다.

다른 남자랑 만나면 승률을 높이기 위해서 그 남자를 없애버린다고 했다. 그럼 내가 딴 남자를 안 만나면 된다. 어차피 나도 다른 남자랑 그딴 짓을 할 생각은 눈곱만치도 없었다. 그럼 이건 일단 넘어가고.

자기도 노력을 할 테니까 나한테도 노력을 하라고 했었다. 이건 솔직히 노력을 하지 않아도 하는 척만 하면 되는 거다. 걘 내가 진짜 노력하고 있다고 생각할 테니까. 그럼 이것도 넘어가고.

"……."

나는 전투적인 표정으로 곰곰이 생각하다가 고개를 갸웃했다.

가만히 생각해보니까 내가 딱히 해야 할 일은 없는 것 같았다. 우리가 지금 뭐, 당장 사귀는 사이도 아니고, 내가 딴 남자랑 무슨 사이만 안 되면 되는 거 아닌가?

가을이 성격으로 봤을 때 내가 진짜 싫다고 하면 억지로 뭔가를 하려고 하지도 않을 것 같고…….

"어?"

그럼 그냥 평소처럼 지내도 되는 건가? 그래도 상관없는 거 아니야? 그냥 평소처럼 같이 만나서 놀고 밥도 먹고 그러면 되잖아!

나는 희망에 찬 표정으로 혼자 고개를 끄덕이다가 한숨을 내쉬며 다시 벽에 머리를 쿵 박았다.

그딴 게 될 리가 없어. 평소처럼 지내기는 개뿔이! 남자랑 주둥이를 비볐는데 어떻게 평소처럼 지내!

나는 벽에 몸을 바짝 붙이고 부들부들 떨었다. 조금만 긴장을 풀어도 그때의 일이 주마등처럼 스쳐 지나갔다.

시간이 지나면 지날수록 그날의 기억은 흐려지기는커녕 점점 선명해지기만 할 뿐이었다. 백번을 떠올려도 익숙해지지 않았다. 떠오를 때마다 손발이 오그라들어서 내가 꼭 오징어가 된 것만 같았다.

차가운 벽의 한기가 뺨에 닿았다. 나는 두근거리는 심장을 진정시키기 위해 눈을 감고 숨을 멈췄다. 아무리 생각해도 최면에 관한 책은 찾아야겠다.

넌 지금부터 아무것도 떠오르지 않는다. 아무 생각도 나지 않는다. 레드썬!

"으응……."

레드썬!

"아이, 참……. 여기선 안 돼."

레드……. 엉? 나는 감고 있던 눈을 번쩍 뜨고 소리가 난 쪽으로 고개를 돌렸다.

"가만히 좀 있어 봐."

"자기야, 이러다가 들키면……."

"괜찮아. 이 시간에 여기 사람 없는 거 알잖아."

"그, 그래도……."

책장에 바짝 붙은 두 명의 사람이 뱀처럼 서로 엉키기 시작했다. 귓가로 선명하게 들려오는 질척거리는 소리와 더운 숨소리. 내 눈이 이렇게 좋았나 싶을 정도로 닿은 입술 사이에서 왕복하는 혀까지 선명하게 보였다.

석상처럼 굳어서 이러지도 저러지도 못하고 있는데 찰싹 붙어 키스를 하던 사람들이 떨어졌다.

"오늘 몇 시에 퇴근해?"

"지금 조퇴할까?"

"그래도 돼?"

"응, 밖에서 기다려. 아프다고 하고 금방 나갈게."

흥분이 가라앉지 않은 목소리로 몇 마디 더 주고받던 두 사람이 이내 양손을 꼭 부여잡고 점점 사라져갔다.

"……."

다시 침묵이 찾아왔지만 나는 그곳에서 한 발자국도 움직일 수가 없었다.

형 방으로 돌아온 나는 의자에 멍청하게 앉아 지구에서 살았던 때를 떠올렸다.

내가 성에 눈을 뜬 건 중학생 때였다. 1, 2학년 때는 학교에서 성교육을 받고, 가끔 친구들이랑 야한 농담 따위를 하는 게 고작이었지만 중학교를 졸업할 시기가 다가올 무렵에 내 인생의 전환점이라고도 할 수 있는 일이 터졌다.

학교에서 수련회를 갔다. 수련회를 가면 다 그렇듯, 우리도 수련회 장소에 도착하자마자 교관들이 가방 검사를 했다. 몇몇 애들은 술이나 담배 같은 걸 가지고 오기 때문이다. 하지만 그때 우리 반 애들은 한 명도 걸리지 않았다.

문제는 그날 밤에 터졌다. 상진이 새끼는 술도 마시지 않았고 담배도 피우지 않았지만, 여느 또래 남학생들이 그렇듯 성에 관심이 매우 많은 놈이었다.

한상진은 아침에 교관들이 검사했던 가방을 열었다. 그 안엔 과자 몇 개와 옷가지가 다였지만 그건 페이크였다.

그 가방은 바닥이 이중으로 되어 있는 구조였다. 야한 잡지에 대한 집착이 상진이 놈을 맥가이버로 만든 것이다.

도대체 가방을 어떻게 이중으로 만들었는지는 아직도 모르겠지만, 어쨌든 봉인이 풀린 야한 잡지로 상진이 놈은 그날 밤 우리 반의 영웅으로 등극했다.

우리 반 애들은 핸드폰 불빛에 의지해 모두 한마음 한뜻이 되어 시뻘건 눈으로 밤을 지새웠다. 물론 나도 거기에 동참했다.

그날 이후, 가끔 상진이 놈이랑 그런 얘기를 했다. 키스하면 어떤 느낌일까, 여자애 가슴은 진짜 그렇게 부드러울까 따위의 저질스런 말들이었다.

중학생에서 고등학생으로 진급할 때쯤엔 우리가 보는 것도 야한 잡지에서 야동으로 진급됐다. 사진이 아니라 동영상인 만큼 처음엔 거부감도 들었지만 상진이 놈이 자꾸 고자 새끼라고 놀려서 어쩔 수가 없었다.

아니, 사실 그건 변명이고 굳이 상진이 놈이 아니더라도 나는 결국 야동을 한 번쯤은 봤을 터였다. 왜냐고? 그건 당연했다.

난 남자니까! 그런 건 어쩔 수 없는 거라고!

혼자 계속 멍청하게 앉아서 이런저런 생각들을 하고 있는데 문이 열리는 소리가 났다. 고개를 돌리자 형이 처음 보는 사람이랑 얘기를 하면서 방 안으로 들어오고 있는 모습이 보였다.

나는 눈을 끔벅끔벅거리면서 형을 쳐다봤다.

내가 지금은 비록 여자의 몸이 됐지만 불과 몇 달 전까지만 해도 남자였다.

내 컴퓨터 깊숙한 곳, 직박구리 폴더엔 상진이 새끼가 하해와도 같이 넓은 마음으로 하사해줬던 야동 컬렉션이 인강 동영상으로 위장한 채 숨어 있었다.

내가 기억을 잃은 것도 아니고 몇 달 여자로 살았다고 해서 남자로서의 본능까지 사라진 건 아니었다.

난 아직도 내가 남자 같았다.

옷을 갈아입거나 씻을 때도 여전히 부끄러웠고 솔직히 속옷 같은 것도 제대로 못 쳐다봤다.

"왜?"

내 시선을 느꼈는지 형이 의아한 얼굴로 입을 열었다. 형이랑 대화하던 사람은 언제 나간 건지 보이지 않았다. 나는 입을 꾹 다문 채 형을 노려봤다.

형도 야동 본 적 있겠지? 알카 형도 아킨토스도 야동 한 번쯤은 다 봤을 거야. 그리고 강가을 그 새끼도!

나는 내 주변에 있는 남자들을 죄다 떠올렸다. 남자는 진짜 짐승이다, 짐승이야.

나도 남자였으니까 딴 건 몰라도 이건 확실히 알겠다. 내가 상진이 새끼랑 야한 잡지를 보고 야동을 봤던 것처럼 세상 모든 남자는 똑같을 거다.

가을이가 나한테 키스를 했을 때도 분명 걔 머릿속으로는 이미 끝까지 갔을 거다. 걘 어쩌면 지금도 그때의 일을 떠올리고 상상하고 있을 수도 있어!

"개새끼……."

이를 박박 갈면서 중얼거리고 있는데 이마에 불이 튀었다. 나는 화들짝 놀라 억울하다는 눈빛으로 형을 쳐다봤다.

"왜 때려?"

"네 방에 가서 놀아."

"……."

나는 얼빠진 표정을 지었다.

네 눈엔 지금 내가 노는 것처럼 보이냐? 난 지금 내 인생 최대의 기로에 놓여 있단 말이야!

내가 눈을 부릅뜨고 씩씩거리자 형의 표정 역시 점점 살벌하게 변하기 시작했다.

나는 하 하고 그런 형을 비웃으며 등을 돌렸다.

"일 열심히 해. 난 내 방에서 공부할게."

"그동안 밀린 일기 다 써서 저녁 먹기 전까지 검사받으러 와."

"뭐? 그걸 다 쓰라고?"

나는 얌전히 내 방으로 가려다가 휙 고개를 돌려 형을 쳐다봤다. 지금 그게 말이 돼? 그걸 왜 다 써서 검사를 받으래? 오늘 것만 쓰면 되지, 왜 이미 지나간 것까지 쓰라고 난리야?

내가 험악한 표정을 짓는데 형은 날 쳐다보지도 않고 말했다.

"그럼 독후감……."

"일기 밀린 거 다 쓰라고? 알았어."

나는 혹시라도 형이 말을 바꿀까 봐 재빨리 걸음을 옮기면서 속으로 울었다.

젠장, 쥐구멍에도 볕 들 날이 있다는데 내 인생 구멍엔 도대체 언제쯤 볕이 들까…….

머리를 쥐어뜯으면서 일기장에 소설을 쓰고 있는데 어디서 두드리는 소리가 들려왔다.

고개를 들자 창문 너머로 가을이 보였다. 나는 반사적으로 침대에서 일어나 창문 쪽으로 가려다가 멈칫했다.

그런 날 보며 가을이 의아한 표정을 지었다. 그러더니 한 번 더 톡톡 하고 창문을 두드렸다. 나는 숨을 삼키고 천천히 창문 쪽으로 다가갔다. 그리곤 최대한 태연한 척하기 위해 잔뜩 표정을 굳히고 걸쇠를 풀었다.

"뭐 하고 있었어?"

걸쇠가 풀리자마자 가을이 창문을 열었다. 나는 한 발자국 뒤로 물러서며 말했다.

"일기 쓰고 있었어."

"일기?"

내가 고개를 끄덕이자 가을이 안으로 들어왔다. 마치 제집에 들어오는 듯 자연스러운 모습이었다.

태연한 척하려고 했지만 그게 어려워서 쭈빗쭈빗거리고 있는데 가을이 별안간 진지한 표정으로 말했다.

"생각을 해봤는데 네가 계속 기절하는 건 일종의 트라우마 같아."

"어?"

"언제부터 그렇게 기절을 했어?"

나는 멀뚱멀뚱 그를 쳐다보면서 눈만 깜박였다. 갑자기 나타나서 저게 뭔 소리야? 그의 표정이 너무 진지해서 쉽사리 입을 열지 못하고 있는데 가을이 다시 말을 이었다.

"네가 기절하는 걸 처음 본 건 내가 사람을 죽였을 때야. 그 뒤로 넌 내가 사람을 죽이지도 않았는데 기절했고."

"그거야……."

"날 만나기 전에도 자주 기절하고 그랬어?"

나는 잠시 생각하다가 천천히 고개를 저었다. 확실히 가을이를 만나기 전에는 기절한 적이 없었다.

"처음엔 내가 네 앞에서 사람만 안 죽이면 된다고 생각했어. 보통 사람들은 그런 걸 무서워하는 게 당연하니까 너도 그런 거로 생각했거든."

"……."

"근데 아무리 생각을 해봐도 그것만으론 설명이 안 돼. 내가 누굴 죽이고 이런 걸 떠나서 넌 그냥……."

가을이 잠시 입을 다물었다.

덩달아 나도 긴장해서 입을 꾹 다무는데 가을이 다시 한숨을 내쉬었다. 꼭 말하기 싫은 걸 말하는 사람 같았다.

"내가 사람을 죽이는 게 무서운 게 아니라 내가 네 상식으로는 이해가 안 될 짓을 하는 것 자체가 무서운 거야."

"그게 뭔 소리야?"

"그게 아니면 내가 너한테 키스했을 때 네가 기절한 게 설명이 안 돼."

나는 갑자기 튀어나온 「키스」라는 단어에 기겁했다. 헉하고 숨을 들이켜고 한 발자국 뒤로 물러서는데 가을이 날 계속 쳐다보며 말했다.

"그게 너한테 일종의 트라우마가 된 거야."

저, 저 새끼는 「키스」라는 말을 어떻게 저렇게 아무렇지도 않게 말할 수가 있지? 내가 주춤거리자 가을이 손을 뻗었다.

"계속 기절하는 건 몸에 안 좋아. 그러다가 나중에 탈이라도 생기면 안 되잖아."

"그, 그래서?"

뒤로 물러서려고 하는데 손목이 붙잡혔다. 아플 정도로 세게 잡힌 건 아니었지만 그렇다고 해서 벗어날 수도 없었다. 가을이 날 끌어당기며 웃었다.

"트라우마를 극복해야지."

"……"

"트라우마를 극복하는 방법은 의외로 간단해. 네 마음가짐이 중요한 거거든."

저 또라이가 또 무슨 짓을 계획하고 있는지는 모르겠지만 불길한 예감이 들었다. 대체로 저 새끼가 저렇게 웃을 땐 안 좋을 일이 일어났다. 날 춤추는 피에로를 잡는 미끼로 썼을 때도 저놈은 저렇게 웃었다.

"네가 잊고 싶은 일을 잊으려고 노력하면 노력할수록 그건 더 네 머릿속에서 잊히지 않을 거야. 그러니까 트라우마를 극복하려면 잊으려고 노력하지 않는 게 첫 번째 방법이야."

그러니까 지금 네가 사람 죽였던 그 장면을 잊으려고 노력하지 말라는 거냐? 그럼 뭐야, 사람이 반으로 쪼개지는 장면을 계속 생각하라고?

내가 어이없다는 표정을 짓자 가을이 계속 말을 이었다.

"두 번째는 트라우마가 있는 일을 계속 말하는 거야. 나한테 그 기억을 자꾸 말하고 또 말하면 돼. 계속 떠올리면서 말하면 그 일 자체가 익숙해지니까, 만약 똑같은 일이 일어나게 되더라도 처음보다는 덜 충격 받을 거야."

저놈이 도대체 뭔 말을 지껄이고 있는지 모르겠다. 갑자기 트라우마니 뭐니 그런 말을 하는 이유가 뭘까? 내가 계속 기절해서?

물론 나도 내가 계속 기절하는 게 좀 걱정이긴 했다. 평소엔 그러지 않았는데 이상하게 가을이만 만나면 자주 기절을 해서…….

"그리고 마지막으로 트라우마를 극복하는 가장 좋은 방법은 긍정적인 마음이야."

"긍정적인 마음?"

내가 의아하다는 듯 묻자 가을이 눈꼬리를 접었다. 그 구김살 하나 없는 미소에 나는 흠칫 어깨를 떨었다.

"그래, 긍정적인 마음."

"……."

"그러니까 내가 무슨 짓을 해도 긍정적으로 생각하도록 노력해봐. 이렇게 세 가지 방법으로 훌륭하게 트라우마를 극복하면 이젠 내가 무슨 짓을 해도 기절하진 않을 거야."

그 무슨 짓이 도대체 뭔데…….

나는 얼빠진 표정으로 가을을 쳐다봤다.

결국 하고 싶었던 말이 저거였나. 나도 물론 내가 기절하는 버릇을 고치고 싶긴 하지만…….

"내가 사람 죽였을 때 진짜 그렇게 놀랐어?"

나는 가만히 가을을 보면서 미간을 좁혔다.

가을이가 검 한 자루로 사람을 두 동강 냈을 땐 진짜 정신이 아득해졌다. 자세히 기억나진 않았지만, 굉장히 끔찍했던 느낌만은 확실히 남아 있었다.

"두 번째로 날 만났을 땐 왜 기절한 거야? 너 그때 네발로 기어 다니면서 도망쳤잖아."

"그건……. 네가 그 사람 죽였을 때처럼 날 죽일까 봐 무서워서 그랬지."

"세 번째 만났을 땐 왜 기절했어? 기절하기 전까지만 해도 괜찮았잖아. 내가 새 구경도 시켜줬는데."

"야, 넌 새 눈깔 빼는 게 구경시켜주는 거냐? 네가 그 전에 그 새 눈이랑 똑같은 색으로 내 눈을 변신시켰잖아! 근데 네가 그 새 눈깔을 빼니까 내 눈깔도 똑같이 빼려는 줄 알았지!"

내가 빽 소리치자 가을이 한숨을 내쉬었다. 그러더니 다시 웃는 얼굴로 말했다.

"알았어, 이제 그런 건 안 할게."

선심 쓰듯 말하는 꼴이 웃기기만 했다. 보통 새 눈깔은 당연히 빼면 안 되는 거 아닌가? 쟨 도대체 그런 걸 왜 이렇게 대단한 일을 하는 것처럼 말하는 거야?

"그럼 라칸 사막에선 왜 기절했어?"

"라칸 사막이 뭐……."

나는 의아한 얼굴로 묻다가 입을 다물었다. 나는 내 손을 붙잡고 있는 가을의 손을 뿌리치며 목 뒤를 긁었다.

머릿속으로 수많은 말이 스쳐 지나갔다.

너무 갑작스러워서? 아니면 예상치도 못했던 일이라서? 네가 남자여서? 내가 병신처럼 거절을 안 해서? 네가 미안하다고 해놓고 또 해서? 한 번도 아니고 두 번도 아니고 세 번, 네 번, 계속 해서?

내가 입을 꾹 다물고 생각에 잠겨 있는 동안 가을이도 나처럼 생각에 잠겨 있었다.

그러더니 무언가 깨달았다는 듯 눈을 조금 크게 뜨고 말했다.

"그러고 보니까 내가 키스할 땐 기절 안 했잖아."

"······야, 너 진짜 그 말 좀······."

"네가 도망가다가 기절한 거니까 그 행위 자체엔 문제가 없는 거 아니야?"

그는 정말로 진지했다. 누가 보면 논문 발표라도 하는 줄 알겠다. 이런 상황에선 도대체 뭐라고 대답을 해야 되지······. 나는 말문이 턱 막혀서 숨만 꿀떡꿀떡 삼켰다.

"어쨌든 기절하는 건 안 좋은 버릇이니까 그건 고치자. 내가 도와줄게."

이내 생각하기를 포기한 듯 가을이 다시 웃는 낯으로 말했다. 나는 그 얼굴을 보며 다시금 불길한 예감이 들기 시작했다.

도와준다고? 네가? 네가 날 도와준다고?

딱 꼬집어 말할 순 없었지만 머릿속에 경보음이 울렸다.

"괜찮은데······. 그냥 나 혼자 극복할 수 있어."

"아니, 나 때문에 그런 거니까 내가 도와줄게."

그의 눈꼬리가 예쁘게 곡선을 그렸다. 가을은 다가와서 아까 내가 뿌리친 손목을 다시 붙잡고 입을 열었다.

하지만 내겐 아무것도 들리지 않았다.

키스 이야기를 할 때도 기겁했지만, 가을이가 내 손목을 다시 잡자 머릿속에서 지구에서 봤던 야동과 아까 도서관에서 봤던 키스 장면이 리플레이 되기 시작했기 때문이다.

붙잡힌 손목에서 느껴지는 미적지근한 체온이 점점 뜨거워졌다.

어떻게 막을 새도 없이 온갖 추측들이 떠오르기 시작했다.

저 새끼도 분명 야동 봤을 거야. 나보다 나이도 많은데 얼마나 많이 봤겠어. 아니, 어쩌면 이미 여자랑 자본 적이 있을 수도 있겠지. 나랑 사막에서 뽀뽀했을 땐 무슨 생각을 했을까. 그리고 나서 집에 가선 또 무슨 생각을 했겠어?

"……해서, 내가 한 번 더……. 울아?"

나는 퍼뜩 상념에서 깨어났다.

내가 흠칫하고 어깨를 떨자 가을이 미간을 좁혔다. 나는 숨을 삼키고 그를 쳐다봤다. 가만히 그를 보고 있자니 다시금 정신이 아득해지기 시작했다.

내가 지구에 있을 때 몇 살이었지? 그래, 열아홉 살이었다. 첫 키스는 고사하고 여자 친구를 사귀어본 적도 없었지만 그래도 알 건 다 아는 고등학생이었다.

"울아."

"……."

내가 자위를 몇 살 때부터 했지? 그때 내가 무슨 생각을 했지? 뭘 보면서? 뭘 떠올리면서? 무슨 상상을 하면서?

솔직히 좋아하는 여자애 떠올리면서 자위 한 번 안 해본 남자가 있을까? 아니, 아니야. 그런 남자는 세상에 절대 없어!

"······왜 그렇게 쳐다봐?"

가을은 이상한 얼굴로 날 쳐다봤다. 나 또한 그런 가을을 보면서 눈만 깜박이다가 꿀꺽 숨을 삼키며 입을 열었다.

"내, 내가 뭘?"

"······."

"······."

가을이 입을 다물었다. 그 모습을 보며 어째서인지 잘 기억이 나지도 않던 그때의 일이 선명하게 떠오르기 시작했다.

입술에 닿았던 그 감촉과, 아프지는 않을 정도였지만 벗어나지 못하게 내 허리를 끌어당기던 단단했던 팔, 땀으로 젖어있던 내 뒷목을 쓸던 기다란 손가락······.

나는 헉하고 숨을 들이켰다. 그, 그럼 쟤는? 저 새끼도 분명 날 떠올리면서······.

내가 혼란에 빠져 창백하게 질려가고 있을 때, 별안간 가을의 얼굴이 점점 가까워졌다. 나는 온 힘을 다해 잡혀있던 팔을 뿌리치며 그의 입을 양손으로 가리고 최대한 몸을 뒤로 뺐다.

"뭐, 뭐하는 짓이야!"

"네가 자꾸 해달라는 것처럼 쳐다봤잖아."

"뭐? 이 씹, 이 새끼, 너 죽······!"

나는 단어 하나도 제대로 내뱉지 못하고 횡설수설 말을 더듬으며 비명을 질렀다. 가을은 그런 내게 다시 손을 뻗었다. 내가 몇 번이고 뿌리쳐봤자 소용이 없었다. 결국 다시 손목을 붙잡혀 몸을 비트는데 가을이 진지하게 말했다.

"아무튼 그래서 둘 중에 뭐가 좋아?"

"뭐? 야, 일단 이거 좀 놔!"

나는 온몸을 뒤틀며 그의 손아귀에서 벗어나려 애썼다. 팔목이 아플 정도로 발버둥을 치자 가을이 혀를 차며 내 손목을 놔줬다. 나는 헉헉거리면서 숨을 골랐다.

위험하다. 지금은 왠지 위험했다.

빨리 내 방에서 꺼지라고 빽 소리치려던 찰나, 가을이 먼저 입을 열었다.

"아까 내 말 안 들었어?"

"말은 무슨 말! 야, 아무튼 내가 지금 일기 때문에 바쁘······."

"트라우마 극복해야지. 일단 제일 처음 기절한 게 내가 사람을 죽였을 때니까······."

그놈에 트라우마! 트라우마고 나발이고 그냥 꺼져! 심장이 너무 뛰어서 입 밖으로 튀어나올 것만 같았다. 내가 털이 잔뜩 선 고양이처럼 으르렁거리자 가을이 툭 내던지듯 태연하게 말했다.

"내가 사람 죽이는 거 한 번 더 볼래?"

"뭐?"

"아니면 네가 한 번 죽여 보던가."

"……뭐?"

나는 내 귀를 의심했다. 지금 저놈이 뭐라고 지껄인 거지? 내 얼굴에서 완전히 표정이 사라지자 가을이 내게 손을 뻗었다. 나는 패닉 상태로 힘없이 그에게로 끌려갔다.

"긍정적으로 생각하면서 계속 그때의 행동을 떠올리고 말하면 금방 고칠 수 있어. 그러니까 한 번 더 보거나 직접 해보면 더 빨리 고쳐질 거야."

"……."

나는 웃는 얼굴로 태연하게 말하는 가을을 보며 그가 정말 진심이라는 걸 깨달았다. 내 얼빠진 표정을 말끄러미 보던 가을이 입꼬리를 올리며 내 허리에 제 양팔을 감았다.

"……너 진짜 진심이냐?"

내가 허옇게 질린 얼굴로 묻자 가을이 고개를 끄덕였다.

"어쩔 수 없잖아. 네가 자꾸 기절하는 건 싫으니까."

내 표정이 딱딱하게 굳자 가을이 다시 입을 열었다.

"근데 그건 좀 무리지?"

가을이 내 허리를 끌어안고 있던 팔에 힘을 줬다. 앞으로 끌려가면서 나는 퍼뜩 정신을 차렸다. 그러고 보니 가을이 침대에 앉아서 있는 날 끌어안고 있었다. 내가 헉하고 숨을 들이켜자 가을이 고개를 들어 날 보며 말했다.

"그러니까 두 번째 방법으로 가자."

"트라우마 그냥 안 고칠래. 아, 안 고쳐도 될 것 같아. 사는 데 지장이 있는 것도 아니고, 그리고 죽는 것도 아닌데 그냥, 이대로 살아도 될, 자, 잠깐만. 일단 이것 좀 놓고……."

가을은 내 말에 답지 않게 엄한 표정을 지었다.

"긍정적인 마음이 중요하다고 했지? 좋게좋게 생각해야 금방 고치지."

"이런 미친 새끼, 그렇다고 사람을 죽이냐? 무슨 말도 안 되는 소릴……!"

"사람 죽이기 싫으면 내가 새 눈알 빼는 거 한 번 더 봐. 아니면 네가 빼 보던가."

그의 표정은 지나치게 진지했다. 그러니까 내 트라우마를 고치는 방법이 사람을 죽이거나, 새 눈알을 빼는 거라고? 나는 잔뜩 인상을 쓰고 손을 뻗어 그의 이마를 짚었다.

"너 어디 아프냐?"

"하긴, 이것도 너한텐 좀 무리긴 해."

가을은 제 이마를 짚고 있는 내 손목을 또다시 잡으며 웃었다. 그 웃는 얼굴을 보니 불안감이 점점 커졌다. 도대체 무슨 꿍꿍이지?

"둘 다 싫다는 거지? 그럼 내가 지금 생각해낸 마지막 방법이 있는데……."

나는 숨을 삼키고 그의 입술을 빤히 노려봤다.

솔직히 내가 뭐라고 하든 그는 자기 마음대로 할 게 뻔했다. 하지만 세 번째 방법이 뭐든, 그게 사람을 죽이거나 새 눈깔을 빼는 것보단 낫지 않을까?

잔뜩 긴장하고 있는데 가을이 태연하게 말했다.

"나랑 다시 키스해보자."

"……뭐?"

"내가 하는 거 싫으면 내가 눈 감고 있을 테니까 네가 해보든가."

"……뭐요?"

내 귀를 의심하고 있을 때 가을이 말을 이었다.

"셋 중에 골라."

나는 다시 있는 힘껏 몸을 비틀어 그에게서 벗어나려고 했지만 그럴 수가 없었다.

내가 자꾸 몸을 뒤틀자 이번에는 나를 놔주는 게 아니라 외려 내 허리를 잡고 있는 그의 손에 힘이 들어갔다. 갑자기 허리가 압박되는 느낌에 나는 내장을 토하는 심정으로 소리쳤다.

"그걸 왜 네가 정해!"

"내가 언제 정했어? 너한테 셋 중에 하나 고르라고 했잖아."

그 뻔뻔함에 할 말을 잃고 입만 벌리고 있는데 가을이 진지하게 말했다.

"같이 노력해야지."

"……."

뻔뻔한 것도 저 정도면 병 아닌가…….

나는 허허 웃으며 고개를 돌려 창밖을 바라봤다. 오늘 날씨 진짜 좋다. 햇빛도 좋고, 바람도 좋고, 하늘도 좋고, 햇빛 사이로 둥둥 떠다니는 먼지도 그림처럼 예쁘기만 했다.

"오늘 날씨 좋은데 나가서 산책이나 해야지."

나는 혼잣말처럼 중얼거리며 그의 손을 탁 털어내듯 뿌리쳤다. 내가 등을 돌리자 침대에 앉아 있던 가을이 몸을 일으켰다.

"나갈 거야? 그럼 새 보러 가는 거야?"

가을의 얼굴엔 낭패감이 깃들어 있었다. 설마 내가 그 셋 중에 새 눈깔을 뽑는다는 선택지를 고를 줄은 꿈에도 생각하지 못했다는 표정이었다. 하지만 나는 새 눈깔을 뽑으러 나가는 게 아니었다.

나는 현실도피를 하느라 잠시 나가 있었던 정신을 붙잡고, 다시 몸을 돌려 진지하게 말했다.

"트라우마는 그냥 내가 알아서 할 테니까 넌 신경 쓰지 마."

"어떻게 그래?"

"그래도 돼. 내가 알아서 잘 고칠 테니까 넌 그냥 네 성격……. 아니, 집에 가서 윤리책이나 도덕책 다섯 번 정독하고 와."

내 말에 가을이 무슨 말이냐는 듯 의아한 표정을 지었다.

머리가 아파서 진짜 바람 좀 쐬고 와야겠다. 일기는 바람 좀 쐬고 들어와서 다시 써야지. 그런 생각을 하며 어깨를 축 늘어뜨리는데 가을이 고개를 끄덕였다.

"알았어, 그럼 그냥 네 마음대로 해."

"……."

그 예상치도 못한 말에 나는 떨떠름한 표정으로 그의 눈치를 살폈다. 마음대로 하라고 하면 좋은 건데도, 이상하게 저놈이 나한테 마음대로 하라니까 좋기는커녕 불안하기만 했다.

꼭 무슨 꿍꿍이가 있는 듯한 예감이 들어서 눈을 가늘게 뜨는데, 아니나 다를까 가을이 어깨를 으쓱이며 덧붙였다.

"그럼 나도 그냥 내 마음대로 해야겠다."

"……네 마음대로 한다고?"

나는 기가 막혀서 헛웃음이 다 나왔다. 지금껏 저놈이 자기 마음대로 안 한 게 뭐가 있단 말인가. 뭘 그런 걸 새삼스럽게…….

하지만 내 표정은 점점 굳어져 갔다. 지금까지 가을이 자기 마음대로 한 건 사실이었지만 저렇게 대놓고 멋대로 한다니까 불안해 죽을 것만 같았다.

"뭘 네 마음대로 해?"

"가르쳐줄까?"

순진한 표정으로 말갛게 웃는 가을을 보며 나는 덥석 그의 손을 잡았다. 반사적인 행동이었다. 나는 어색하게 웃으며 말했다.

"그냥 우리 같이 노력하자."

"그게 낫겠지?"

"으응."

씨발…….

나는 속으로 욕지거릴 내뱉으며 울음을 삼켰다. 가을은 제 손을 잡은 내 손을 꼭 잡더니 다시 입을 열었다.

"셋 중에 뭐할래?"

재촉하듯 내 손을 잡은 손에 힘을 줬다 뺐다 반복하는 가을을 보며 나는 머리가 더욱 아파왔다. 저 기대에 찬 눈동자를 보니 그의 의도가 빤히 보였다. 저 미친놈은 내가 입에 담기도 뭐 같은 그걸 할 거라고 생각하는 건가? 진짜로? 정말?

슬그머니 손을 빼내려는데 가을이 내 손을 더 움켜쥐고 입을 열었다. 내가 자꾸만 뜸을 들여서 그런지, 아니면 다른 이유 때문인지 그의 미간이 조금 좁혀져 있었다.

"셋 셀 동안 안 고르면 차례대로 다 할 거야."

"뭐?"

"하나, 둘……."

"잠깐! 야, 내, 내 말 좀 들어봐. 난 사람도 죽이기 싫고, 새 눈깔도 빼기 싫은데……."

내가 횡설수설 말하자 가을이 화색을 띠고 말했다.

"그럼 나한테……."

"안 해, 병신아!"

내가 빽 소리치자 가을이 다시 인상을 구겼다. 나는 그가 뭐라고 말을 하기 전에 그에게서 슬슬 손을 빼며 먼저 입을 열었다.

"상식적으로 생각해도 말이 안 돼. 아무리 트라우마를 극복하기 위해서라지만 그런 걸……. 우, 우린 아무 사이도 아니고……."

내가 지금 뭐라고 지껄이고 있는지도 모르겠다. 되는 대로 막 내뱉고 있는데 내 말이 끝나기도 전에 가을이 말했다.

"아무 사이도 아니라고?"

"그, 그럼 너랑 내가 무슨 사인데?"

나도 모르는 사이에 혹시 사귀자고 하기라도 했나? 나는 재빨리 라칸 사막에 있을 때와 야밤에 가을이 날 찾아왔을 때, 그리고 그의 고백을 듣다가 내가 울어버렸을 때를 떠올렸다. 하지만 아무리 생각을 해봐도 난 그와 딱히 어떤 사이가 되겠다고 말을 한 적이 없었다.

"아, 생각해보니까 그러네."

뭔가 깨달았다는 듯 말하는 가을을 보며 나는 안도의 한숨을 내쉬었다. 하지만 그 안도의 한숨을 다 내뱉기도 전에 가을이 태연하게 말했다.

"그럼 사귈래?"

"……."

"결혼 먼저 해도 돼."

보통은 그 반대 아닌가…….

나는 머리를 짚고 고개를 숙였다. 아무리 생각해봐도 내가 이렇게 쩔쩔맬 상황은 아닌 것 같은데, 저놈이랑 대화만 하면 항상 이런 식이었다.

저 페이스에 말려들면 난 또 나도 모르는 새에 저 또라이랑 결혼 약속까지 할 게 뻔했다.

나는 바짝 정신을 차리고 말했다.

"내가 저번부터 말했다시피, 난 지금 누굴 사귈 생각도 없고 결혼할 생각도……."

"알아, 넌 원래 남자여서 내가 불편하다는 거지?"

"뭐? 어, 응. 그래, 난 지구에 있을 때도 여자가 좋았고……."

"지구에서 몇 살이라고 했지? 여기로 넘어오기 전에 몇 살이었어?"

그건 또 왜? 나는 의아한 얼굴로 말했다.

"여, 열아홉 살."

"네가 지구에서 19년을 남자로 살았으니까 지금은 거부감이 들만도 해. 그러니까 넉넉잡아 여기서 여자로 20년 살고 결혼하자. 그럼 되지? 20년 정도 지나면 너도 네가 남자였을 때의 기억은 잘 나지도 않을 거야."

웃으며 말하는 가을을 보며 나는 입을 다물 수가 없었다. 뭐라고 반박하고 싶은데 솔직히 반박할 만한 말도 생각나지 않았고, 들어보니까 그 말이 다 맞는 말 같았다.

확실히 여기서 여자로 20년을 살면 난 완전히 여자가 돼 있을 거다. 아니, 20년이 아니라 10년만 살아도…….

"그럼 됐지?"

"어?"

"20년 뒤에 결혼하자."

정신이 멍해졌다. 나는 나도 모르게 고개를 끄덕이려다가 퍼뜩 정신을 차리고 숨을 들이켰다.

"자, 잠깐만. 20년 뒤에?"

"그래, 20년 정도 지나면 너도 괜찮아지지 않을까?"

그, 그건 그런데……. 그건 그렇지만, 20년 뒤에 내가 너랑……. 이거 뭔가 핀트가 어긋난 거 아닌가? 어……. 뭔가 좀 이상한 거 같은데……. 아, 아닌가?

나는 혼란스러운 얼굴로 눈만 껌벅이다가 의아한 얼굴로 물었다.

"내가 여기서 여자로 20년 살면 네 말대로 괜찮아지긴 할 거 같은데……."

"그럼 20년 뒤에 결혼하는 걸로……."

"아니, 근데 내가 20년 뒤에 왜 너랑 결혼을……."

나는 말을 하다가 깨달았다. 자꾸만 뭔가 이상하다 싶더니……. 내가 왜 20년 뒤에 쟤랑 결혼해야 되는데?

그건 내 성 정체성이 남자에서 여자로 뒤바뀌는 것과는 별개의 문제였다. 내가 오랫동안 여자로 살아서 나중에 남자가 좋아지는 날이 오게 되더라도 그게 저놈일 거라는 보장은 없었다.

그리고 20년의 세월은 짧은 게 아니다. 20년 동안 우리가 계속 이렇게 지낸다는 보장도 없었고, 20년이 지나면 난 거의 마흔이 다 될 텐데…….

"내가 너랑 결혼을 왜 해?"

내가 얼빠진 표정으로 묻자 그의 표정이 순식간에 굳어졌다.

"그럼 딴 남자랑 할 거야?"

"뭐?"

"사실 난 결혼 안 해도 별로 상관은 없어. 하나마나 어차피 똑같을 텐데……. 그래도 법적으로 공증이 되니까 하는 게 더 나을 거 같아."

"뭐?"

도대체 저게 무슨 개소리야…….

도저히 그의 말을 따라갈 수가 없었다. 멍청하게 계속 되묻기만 하는 날 보며 가을이 저 혼자 뭘 납득했는지는 모르겠지만 고개를 끄덕이며 말했다.

"요샌 결혼하기 전에 먼저 같이 살아보는 사람들도 많대. 일단 동거부터 하면서 결혼 문제는 천천히 생각해도 될 거 같아."

"……야, 너 도대체 아까부터 무슨……."

"넌 일단 같이 살아보고 결혼하는 게 좋아, 아니면 그냥 결혼하고 같이 사는 게 좋아?"

얼핏 들으면 다른 것 같지만, 저 두 개의 질문은 똑같은 말이었다. 어쨌든 둘 다 결혼을 전제로 하는 말이었으니까. 나는 좌우로 빠르게 고개를 흔들고 정신을 차렸다. 아까부터 자꾸 개미지옥에 빠지고 있는 듯한 기분을 지울 수가 없었다.

"난 둘 다 상관없어. 그 문제는 네 마음대로 해도 돼."

가을이 웃으며 선심 쓰듯 말했다. 무슨 말이든 해야 될 것 같아서 숨을 들이켜는데 가을이 먼저 입을 열었다.

"집은 어디로 할까? 아르젠이 나아, 아니면 다른 네가 좋아?"

"야, 잠깐……."

내가 당황하는 걸 본 가을이 다시 웃으며 말했다.

"그래, 그런 건 천천히 생각해보자. 그래서 셋 중에 어떤 걸로 할래?"

"……."

나는 넋이 나간 표정으로 입을 벌린 채 아무런 말도 할 수가 없었다. 그런 날 멀거니 보던 가을이 덧붙였다.

"지금은 우리가 아무런 사이가 아니라도 나중엔 무슨 사이가 되도 될 테니까 그게 뭐든 미리 해도 괜찮은 거야. 내 말 무슨 말인지 알겠지?"

"……."

그는 급기야 날 세뇌하고 있었다.

나는 결국 가지 않겠다고 버티는 가을을 발로 들고 차서 내쫓은
뒤에 방을 나섰다.

　이렇게 혼란스러울 땐 아이리스에게 상담하는 게 상책이었다. 나
는 방을 나와 빠른 걸음으로 복도를 걸었다. 내 머릿속엔 가을이 내
게 했던 말들이 리플레이되고 있었다.

　"생각해보니까 진짜 어이없네."

　나는 가던 걸음을 멈추고 그 자리에 서서 주먹으로 가슴을 두드
렸다.

　진짜 생각할수록 어이없고 답답하고 황당했다. 당황해서 아무런
말도 하지 못한 게 너무 억울했다.

　"결혼? 아니, 내가 왜? 내가 왜 너랑 결혼해야 되는데? 뭐? 그럼
딴 남자랑 할 거냐고? 아니, 왜 갑자기 말이 그리로 튀어? 지금 내가
딴 남자랑 결혼하겠다고 너랑 결혼 안 한다는 줄 알아? 아, 진짜 이
새끼가 무슨 말을 그렇게 속사포처럼……. 자기가 무슨 래퍼야? 사
기꾼 새끼, 약 팔면 겁나 잘 팔겠네."

나는 아무것도 없는 허공에 삿대질을 하며 아까 당황해서 하지 못한 말을 토해냈다. 다음에 만나면 또 그렇게 멍청하게 되묻지만 말고 말을 해야 했다.

"동거는 개뿔이……."

나는 투덜거리며 다시 걸음을 옮겼다. 아깐 왜 그렇게 아무 말도 못 하고 멍청하게 쳐다보기만 했을까? 그러니까 그놈이 날 만만하게 보고 그런 개소리를…….

"……."

나는 다시 걸음을 멈췄다.

뭔가 이상했다.

그 결혼 문제도 그렇고 내 트라우마를 치료해주겠다고 세 가지 방법 중 하나를 고르라고 했을 때도 그렇고.

그놈이 자기 마음대로 한다고 해서 불안했던 건 사실이었다. 하지만 내가 그때 같이 노력하자는 말을 하지 않았더라도 그는 어쩌면 아무 짓도 하지 않았을 것 같다는 생각이 들었다.

물론 진짜 자기 멋대로 했을 수도 있었겠지.

하지만 이유가 어찌 되었건 난 그가 원하는 대로 같이 노력하자고 했다.

결혼 문제를 얘기할 때도 가을이 말에 아무런 대꾸도 하지 못한 건 내가 당황했기 때문이었다.

하지만 그것뿐만이 아니었다.

신 나서 혼자 떠드는 그를 보며 내가 아무런 대꾸도 할 수 없었던 건 당황하기도 했지만 무엇보다 무슨 말을 어떻게 해야 할지 몰랐기 때문이었다.

"이런 씨발⋯⋯."

나는 뜬금없이 엄청난 사실을 깨달아버렸다.

강가을을 거절할 수 있는 방법을 잘 모르겠다.

나는 노크도 하지 않고 벌컥 문을 열었다.

"아이리스!"

나는 울상을 짓고 아이리스의 방 안으로 들어섰다. 발을 동동 구르며 아이리스를 찾았지만 방 안엔 아무도 없었다.

이럴 때 도대체 어딜 간 거지? 혹시 일하고 있나? 아니면 다른 곳에서 공부하고 있나?

이거 어떻게 해야 하냐고 한시라도 빨리 묻고 싶은데 보이지 않으니 갑자기 몸에 힘이 쭉 빠졌다. 한숨을 내쉬며 그 자리에 주저앉는데 문이 열렸다.

고개를 들자 아이리스가 방으로 막 들어오고 있는 게 보였다. 나는 울상을 지으며 벌떡 일어섰다.

"표정이 왜 그래? 무슨 일 있어?"

내 표정이 심상치 않은 건지 아이리스가 잔뜩 걱정스러운 어조로 물어왔다. 나는 나무 의자에 철퍼덕 앉아 손으로 얼굴을 가렸다.

"겨울아?"

"아이리스, 내가 지금 거절을 해야 되는데, 그 사람이 기분 안 나쁘게 어떻게 잘 거절할 수 있는 방법이 뭐가 있을까?"

내 물음에 아이리스가 의아한 얼굴로 내 맞은편에 앉았다.

"그 사람 얘기야?"

"아, 아니⋯⋯. 그냥 궁금해서 물어보는 건데⋯⋯."

나도 모르는 새에 거짓말을 해버렸다. 말을 하고 뜨끔했지만 나는 다시 태연한 척 얼굴을 굳혔다. 왠지 아이리스에게 가을이 이야기를 더 하면 안 될 것 같은 느낌이 들었다. 그랬다간 마치 알몸으로 서 있는 것처럼 내 모든 걸 다 들킬 것만 같았다.

하지만 나는 그런 생각을 하면서도 한편으로는 의문을 지울 수가 없었다. 들켜? 뭘? 뭘 들켜?

"무슨 거절을 말하는 거야?"

"어? 그, 그냥 모든 걸 다 통틀어서⋯⋯."

아이리스의 눈매가 가늘어졌다. 나는 숨을 삼키며 그녀의 눈을 피했다. 심란한 마음에 아이리스를 만나러 왔지만 막상 그녀를 만나니 더 심란해지는 것 같았다.

"뭔지는 모르겠지만 네가 싫으면 그냥 거절하면 되는 거 아니야?"

아이리스의 말이 맞다. 하지만 그럴 수가 없다는 게 문제였다.

"혼자 막 신 나서 떠드는데 내가 갑자기 싫다고 하면 걔가 기분 나쁘지 않을까?"

"기분 나빠도 어쩔 수 없지. 어쨌든 넌 그게 싫으니까."

그건 그런데……. 내가 우물쭈물하고 있는데 아이리스가 뜬금없이 물었다.

"그 사람이 사귀자는 말이라도 했어?"

"……."

저, 점쟁이냐?

내가 눈을 동그랗게 뜨고 숨을 멈추자 아이리스가 품 하고 웃었다. 그 소리에 정신을 차린 나는 파드득 놀라며 손사래를 쳤다.

"그런 말 안 했거든?"

"그럼 뭐라고 했기에 또 그렇게 풀이 죽어 있어?"

나는 잔뜩 인상을 쓰고 입을 꾹 다물고 있다가 될 대로 되라는 심정으로 말했다.

"결혼하자고 했어."

"……."

이번엔 아이리스가 입을 꾹 다물었다.

한참이 지나도 아무런 소리가 들려오질 않아서 의아한 얼굴로 고개를 드는데 갑자기 아이리스가 자리에서 벌떡 일어나며 탁자를 손으로 쿵 쳤다. 나는 화들짝 놀라 어깨를 움츠렸다.

"왜, 왜 그래?"

"미친 거 아니야?"

"어, 어?"

아이리스는 분노하고 있었다.

나는 저렇게 화가 난 아이리스를 본 적이 없었다. 표정없는 얼굴로 눈을 부리부리하게 뜨니까 형을 닮은 것 같아서 절로 몸이 움츠러들었다.

"결혼? 다짜고짜 결혼?"

"어? 아니, 그러니까……. 어……. 어, 응. 다, 다짜고짜……."

반사적으로 가을을 변호하려고 했지만 아이리스의 말이 다 맞았다. 그는 정말로 내게 다짜고짜 결혼하자고 했으니까.

내가 떨떠름한 얼굴로 고개를 끄덕이자 아이리스가 다시 탁자를 쳤다.

이번엔 그녀가 탁자를 치는 걸 봤는데도 나는 화들짝 놀라 몸을 떨었다.

"그 사람 진짜 정체가 뭐야?"

"어?"

"정체가 뭐야? 직업은? 몇 살인데? 이름은?"

아이리스가 무시무시한 표정으로 내게 물었다.

갑작스러운 족보 조사에 내가 뭐라고 입을 열려던 찰나, 다시 아이리스가 물었다.

"겨울아, 그렇게 다짜고짜 프러포즈를 하는 남자들은 절대 믿으면 안 돼. 그런 사람들은 바람둥이일 확률이 커. 진짜 누군진 몰라도……."

아이리스가 주먹을 꽉 쥐고 이를 갈았다.

"너 그 사람이랑 만난 지 얼마나 됐어? 1년도 안 됐잖아. 근데 뭐? 결혼? 사귀는 것도 아니고 결혼을 하자고? 그 사람이 너에 대해서 아는 게 뭐가 있어? 너는 그 사람에 대해서 아는 게 뭐가 있는데? 근데 갑자기 결혼부터 하자는 건……. 잠깐, 겨울아."

아이리스는 아까 가을이가 그랬던 것처럼 속사포로 말을 내뱉다가 순간 입을 다물었다. 그녀는 잔뜩 긴장한 얼굴로 내게 다가왔다. 갑자기 왜 저러는지 몰라서 어깨를 움츠리는데 내 곁으로 다가온 아이리스가 내 귀에 대고 속삭였다.

"너 혹시 그 사람이랑 잤……."

"야!"

나는 그녀의 말이 끝나기도 전에 비명을 지르며 벌떡 일어섰다. 내 고함에 아이리스가 화들짝 놀라며 뒤로 한 발자국 물러섰다. 그러더니 어색하게 웃으며 변명하듯 말했다.

"아니야, 나도 당연히 네가 그랬을 거라고 생각하지 않았어. 혹시나 싶어서 물어본 거야. 아이를 가졌다면 갑자기 결혼하자는 말이 나올 수도 있으니까……. 진짜야, 겨울아. 난 그냥 그럴 수도 있으니까 정말 혹시나 싶어서 물어봤던 거야."

"너 진짜 죽고 싶냐? 한 번만 더 그딴 소리 하면 입을 확!"

"미, 미안해."

나는 형에게 하는 것처럼 이를 갈면서 눈을 부라렸다. 아이리스에게 이렇게 험악하게 소리친 건 이번이 처음이었다.

"아, 아무튼……. 근데 갑자기 왜 그런 말을 해? 아, 혹시……."

"야!"

"아, 아니……. 그게 아니라, 겨울아. 그 사람이 혹시 네가 오라버니 딸이라는 걸 알아?"

다시금 아이리스가 진지하게 물어왔다. 나는 씩씩거리면서 고개를 끄덕였다. 그러자 아이리스의 표정이 이상할 정도로 차가워졌다.

"그래? 그걸 안단 말이지? 하긴, 네가 병아리라는 건 이제 교황청에서 모르는 사람이 없을 정도니까 밖으로 네 얼굴이 알려졌을 가능성도 있긴 해."

"야, 나 병아리 아니……."

"겨울아."

아이리스가 진지한 표정으로 내 어깨를 잡았다. 그녀는 내게 할 말이 있는 듯 몇 번 입술을 달싹이다가 이내 입을 열었다.

"지금부터 내가 하는 말 오해하지 말고 들어."

"어?"

"세상엔 여러 부류의 사람들이 있어. 착한 사람이 있으면 나쁜 사람도 있는 거고, 똑똑한 사람이 있으면 그렇지 않은 사람도 있는 거야. 신분이 높은 사람도, 낮은 사람도, 그리고 너와 나처럼 하루아침에 신분 상승을 한 사람도."

나는 의아한 얼굴로 아이리스를 쳐다봤다. 그녀가 내게 무슨 말을 하려고 하는지 짐작할 수가 없었기 때문이었다.

"네가 알진 모르겠지만 오라버니는 태어나길 교황으로 태어난 사람이 아니야. 우린 빈민층은 아니었지만 그렇다고 해서 귀족가도 아니었고, 집안에 고위 사제가 있는 것도 아니었어. 그저 어디에나 있을 법한 평범하고 흔한 가정이었지."

"……."

"그런데 오라버니에게 표식이 나타난 거야. 그저 평민이었던 오라버니 그리고 나와 아킨토스, 어머니, 아버지까지 순식간에 신분이 상승됐지. 사실 따지고 보면 교황이 된 오라버니 외에 우리에겐 아무런 권력이 없었지만 다른 사람들은 그걸 모르나 봐."

아이리스의 표정이 쓸쓸하게 변했다. 형과 형이 태어나고 자란 가정의 이야기는 처음 듣는 얘기였다. 왠지 직감적으로 좋지만은 않은 얘기라는 걸 깨달았다.

"순식간에 집이 난장판이 됐어. 전 세계 곳곳의 귀족들이 우리에게 찾아와 보석과 금을 바쳤어. 한 번이라도 좋으니 교황과 독대하고 싶다는 말을 하면서 뇌물을 준 거지. 어머니와 아버지는 거기에 지쳐 필레타 근교의 작은 시골 마을로 이사를 갔고."

"……."

"이런 말 해서 미안해. 하지만 세상엔 좋은 사람이 있으면 나쁜 사람도 있는 거야. 실제로 네가 오라버니의 딸이 된 이후로 많은 나라의 귀족과 왕족들이 너와 결혼하고 싶어 했어. 너랑 결혼하면 아르젠은 자동으로 그 나라의 우방국이 될 테니까."

아이리스가 내게 이런 말을 하는 이유를 알 것 같았다. 그녀는 날 걱정하고 있는 거다. 그러고 보니 알카 형에게 이와 비슷한 말을 들은 것 같기도 했다.

"오라버니가 널 정치적인 자리에 세울 리는 없겠지만 네가 의도하지 않은 곳에서 그런 상황이 발생할 수도 있어."

"……응, 근데 저기……. 걘 그런 사람 아닌데……."

"겨울아, 그 사람이 어떤 사람인지 나한테 말해주면 안 돼?"

나는 잔뜩 긴장한 표정으로 아이리스를 쳐다봤다. 다정한 얼굴이었지만 단호하기도 했다.

나는 그녀가 내게 왜 저런 질문을 하는지 단박에 알았다. 아이리스는 가을이가 혹시 어딘가의 귀족이나 왕족이 아닌지, 나를 교황 딸이라고 이용하려는 게 아닌지 조사하려고 저러는 거다.

그녀의 얼굴에서 형의 얼굴이 겹쳐 보였다. 나는 왠지 반항할 수가 없어서 중얼거리듯 말했다.

"진짜 그런 사람 아닌데……. 귀족도 아니고 왕족도……."

나는 말을 하다 말고 입을 다물었다. 갑자기 가을이 아빠가 피의 황제라는 사실이 떠올랐기 때문이다. 그럼 가을이는 왕자 아닌가? 아니, 지금 가을이 아빠가 황제가 아니니까 왕자는 아닌가?

"겨울아."

내가 입을 다물자 그걸 어떻게 받아들였는지 아이리스가 다시 날 불렀다. 도대체 이걸 어떻게 해야 할지 몰라서 나는 숨만 삼켰다.

기어이 내가 고개를 숙이자 머리 꼭대기에서 한숨 쉬는 소리가 들려왔다. 절로 어깨가 움츠러들었다.

아이리스가 진짜 형 동생이 맞긴 맞나 보다. 자꾸만 아이리스가 형처럼 보여서 본능적으로 반항할 수 없다는 사실이 어쩐지 슬펐다.

"저기……. 그 사람……."

그래, 아이리스가 알아도 별로 상관없을 거야. 이건 형도 아는 거고……. 그리고 딱히 숨길 이유도 없는 것 같고……. 나는 자기 합리화를 하며 슬며시 고개를 들었다.

"강가을이라고……."

"응? 강가을?"

이름이 특이해서 그런지 아이리스가 의아한 얼굴로 날 쳐다봤다. 나는 다시 숨을 삼키며 말했다.

"초월자……."

"뭐?"

"타, 탑의 마법사라는 초월……."

내 말이 끝나기도 전에 아이리스의 표정이 일그러졌다.

쾅 하고 문이 열렸다. 나는 울상을 짓고 아이리스의 뒤꽁무니만 쫓아갔다.

"오라버니. 제가 긴히 드릴 말씀이 있는데 시간 좀 내주세요."

형은 갑작스러운 아이리스의 침입에 당황한 것처럼 보였다. 아니, 갑작스러운 침입에 당황한 게 아니라 한기가 돌 정도로 차갑게 굳은 아이리스의 표정과 신경질적인 말투 때문일 거다. 나는 형이 당황하는 드문 상황을 즐길 새도 없었다.

"앉아."

형은 의자에서 일어서며 그녀에게 자리를 권했다.

곧 우린 찻잔 세 개가 놓여 있는 둥그런 탁자에 앉았다. 내가 잔뜩 긴장을 한 표정으로 숨을 삼키자 형이 미간을 좁히고 날 쳐다봤다. 그러더니 찻잔을 들어 차를 원샷하는 아이리스에게 고개를 돌리더니 다시 날 보며 표정을 일그러뜨렸다.

이게 도대체 무슨 상황이냐고 묻는 듯한 표정이었다.

"오라버니."

"왜?"

"알고 계셨어요?"

"뭘?"

나는 탁자 밑으로 손가락을 꼼질거리며 아이리스에게 그 사람이 가을이라고 말한 걸 후회했다.

내가 왜 그랬을까. 도대체 왜 말했을까. 그냥 입 꾹 다물고 있을걸. 아니, 애초에 아이리스를 만나러 가질 말 것을.

"겨울이가 탑의 마법사를 만나고 있다는 사실이요."

"……."

"알고 계셨군요."

형이 곤란해하고 있는 걸 보며 나는 진짜 이 상황이 보통 심각한 것이 아니라는 걸 깨달았다. 저 천상천하 유아독존인 사탄의 자식을 당황하게 할 수 있다니, 아이리스는 마왕임이 분명했다.

"어떻게 그러실 수가 있어요?"

"……."

"초월자라는 게 얼마나 위험한 사람들인지 저보다 더 잘 아시는 분이 어떻게 그러실 수가……. 왜 가만히 있으셨어요? 그러다가 겨울이가 잘못되기라도 하면……. 초월자 중에 다른 사람도 아니고 하필이면 탑의 마법사를……."

형은 아무런 말도 하질 않고 아이리스를 쳐다보기만 했다. 지금쯤이면 정신을 차릴 만도 한데, 도대체 얼마나 당황을 했으면…….

나는 울상을 짓고 형 대신 아이리스에게 말했다.

"저기, 아이리스. 형이 가만히 있었던 게 아니라……."

"넌 가만히 있어."

"……."

아……. 진짜 아이리스가 형 동생이 맞긴 맞구나…….

나는 그 말 한마디에 꼬리를 말고 고개를 숙였다.

"아이리스."

"네, 말씀하세요."

그때 형이 정신을 차린 듯 아이리스를 불렀다. 형은 한숨을 내쉬며 입을 열었다.

"병아리가 누굴 만나든 그건 본인 자유다."

"오라버……!"

"좋아 죽겠다는데 그럼 어떡해."

그 말에 아이리스가 입을 다물고 날 쳐다봤다. 그제야 형의 말을 이해한 나는 기겁하며 소리쳤다.

"야! 내가 언제 좋아 죽겠다 그랬어!"

"네가 뭘 걱정하고 있는지는 안다. 하지만 손 써둘 수 있는 건 다 써뒀으니 걱정하지 마라. 이러다가 잠잠해지겠지."

형은 내 말을 무시하고 아이리스를 보며 말했다.

"이건 오라버니답지 않아요. 아무리 손을 써놨다고 해도 상대는 탑의 마법사인데, 그가 마음만 먹으면 못할 짓이 없다는 걸 아시잖아요."

아이리스가 머리를 짚으며 고개를 숙였다. 피곤한 듯 보이는 아이리스를 보며 나는 그녀가 생각보다 날 훨씬 더 걱정하고 있다는 걸 깨달았다. 하지만 조금 이해할 수가 없었다.

내가 가을이랑 만나는 게 그렇게 큰일인가.

나도 가을이가 얼마나 위험한 사람인지는 알고 있다. 그놈이 사람을 죽이는 것도 봤고, 지금껏 지내오면서 얼마나 보통 사람들과 다른 사고방식을 가지고 있는지도 봐왔으니까.

하지만 나는 가을이가 내게 위험한 사람이라는 생각은 들지 않았다. 다른 사람한테 위험해도 나한테만 위험하지 않으면 되는 거 아닌가?

"지금 친한 사이라고 해도 탑의 마법사가 언제 변덕을 부릴지도 모르는 일인데……."

아이리스가 심각한 얼굴로 운을 떼자 형이 다시 한숨을 내쉬었다. 이러다가 아이리스가 울지도 모른다는 생각이 들었다. 도대체 이걸 어떻게 해야 되나 싶은 그때, 형이 말했다.

"넌 네 공부나 열심히 해. 시험도 얼마 안 남았……."

"지금 시험공부가 문제예요? 제가 정말 왜 이러는지 몰라서 그러세요? 탑의 마법사가 얼마나……!"

"아이리스."

형이 처음으로 목소리를 깔았다. 나지막하게 이름을 부르자 아이리스가 불퉁한 얼굴로 입을 꾹 다물었다.

정말 툭 건드리면 금방이라도 울음을 터뜨릴 것 같았다.

괜히 나 때문에 둘이 싸우는 거 아니야? 이대로 가만히 있을 수는 없겠다 싶어서 뭐라고 말하려는데 형이 피곤하다는 듯 쓰고 있던 안경을 벗으며 말했다.

"걱정하지 말라면 하지 마. 별일 없을 테니까."

그 말에도 아이리스는 구겨진 표정을 풀지 않았다. 반항이라도 하듯 잔뜩 인상을 쓰고 있는 아이리스를 보며 형은 어쩔 수 없다는 듯 혀를 찼다.

"계약했으니까 별일은 없을 거다."

"계약이요?"

그제야 아이리스가 입을 열었다. 그게 무슨 소리냐는 듯 의아한 표정이었다. 나 역시 아이리스와 똑같은 심정이었다.

계약이라니? 그건 또 무슨 소리야?

"그렇게만 알아둬. 일해야 되니까 그만 가라."

형이 의자에서 일어나며 다시 안경을 썼다. 아이리스는 아직도 할 말이 많아 보였지만 대놓고 나가라는 말을 들어서 그런지 다시 묻진 않았다.

아이리스는 풀이 죽은 표정으로 천천히 몸을 일으켜 걸음을 옮겼다. 형과 아이리스를 번갈아가며 보다가 나도 아이리스를 따라 나가려는데 형이 그녀를 불렀다.

"아이리스."

아이리스가 고개를 돌리자 형이 서랍에서 작은 케이스를 꺼내 그녀에게 건넸다.

"이게 뭐예요?"

"졸업 선물."

그 말에 아이리스의 눈이 동그랗게 뜨였다. 처음엔 당황하는가 싶더니, 아이리스는 마치 상을 받는 아이처럼 두 손으로 공손하게 케이스를 받으며 더듬더듬 말했다.

"이런 거 안 주셔도 되는데……."

"아무튼 너무 걱정하지 말고 넌 네 공부나 해. 서고에서 일하는 거 힘들면 말하고."

"안 힘들어요. 남들도 다 일하면서 사는데, 뭐……."

조금 상기된 얼굴로 투덜거리는 아이리스를 보며 나는 픕 웃었다. 아깐 그렇게 마왕처럼 무섭더니, 이렇게 보니까 딱 그 나이 또래의 여자애처럼 보였기 때문이다.

나는 혼자 큭큭거리며 형 주변을 기웃거렸다.

혹시 내 건 없나? 아이리스 선물 사면서 내 것도 덤으로 사지 않았을까?

기대감이 섞인 눈으로 기웃거리는데 그런 날 발견한 형이 미간을 좁히며 말했다.

"네 건 없어."

그 짧은 말에 나는 웃다가 말고 정색을 했다.

"뭐? 왜? 내 건 왜 없어? 난 선물 안 줘?"

"네가 아이리스 반만 닮아봐라, 내가 널 업고 다닌다."

"……."

형한테 업혀 다니긴 평생 글렀구나.

방으로 돌아가는 복도에서 아이리스가 내게 말했다.

"겨울아, 내가 저번에 한 말은 그냥 다 잊어."

"뭘 잊어?"

내가 의아한 얼굴로 묻자 아이리스가 걸음을 멈추고 날 쳐다봤다. 나도 덩달아 걸음을 멈추자 아이리스가 내 손을 잡았다.

"내가 너한테 해줬던 말들 그냥 다 잊으란 말이야. 네가 지금까지 말한 사람이 탑의 마법사였지? 그 사람은 소설 속에 나오는 남자가 아니라 그냥 나쁜 사람이야. 그러니 지금까지 그래왔던 것처럼 쭉, 거절하면 돼."

"……."

"알겠지?"

대답을 재촉하듯 아이리스가 빤히 날 쳐다봤다. 나는 그녀의 시선을 피하다가 아 하고 물었다.

"근데 그거 안 열어봐? 형이 뭐 줬어?"

눈에 빤히 보이게 말을 돌렸음에도 아까 받았던 선물 얘기가 나오자 아이리스가 헛기침을 하며 내 손을 놓았다. 선물 받은 게 진짜 좋긴 좋나 보다.

아이리스는 작은 케이스를 몇 번 만지작거리다가 천천히 뚜껑을 열었다.

달칵 하고 뚜껑이 열리자 그 안엔 얇고 가느다란 목걸이가 있었다.

"세상에……."

아이리스는 목걸이를 보자마자 탄성을 내뱉었다. 그러더니 엄지와 검지로 조심스레 목걸이를 빼냈다.

"진짜 예쁘다."

헤헤 하고 웃는 아이리스를 보며 나는 새삼 여자애들이 귀금속을 좋아한다는 걸 깨달았다. 학교 다닐 때, 여자애들이 선물 상자는 작을수록 좋다고 했던 말이 떠올랐다.

"목걸이가 그렇게 좋아?"

"응, 예쁘잖아. 진짜 예쁘다. 나 이거 해줘."

아이리스가 내게 목걸이를 건네며 등을 돌렸다. 나는 목걸이를 들고 멀뚱멀뚱 아이리스의 뒤통수만 쳐다봤다.

목걸이를 걸어달라는 건가?

나는 당황해서 목걸이의 이음새를 찾았다. 하지만 줄이 너무 얇아서 잘 보이지가 않았다. 게다가 이걸 어떻게 열어야 하는지도 잘 모르겠다.

"겨울아?"

"어? 아, 이거 어떻게⋯⋯."

아이리스가 내 손에 있는 목걸이를 가져가더니 쉽게 이음새 부분을 찾았다.

"여길 이렇게 누르면⋯⋯. 빠지지? 이걸 다시 채우면 돼."

뭐가 이렇게 작아⋯⋯.

나는 목걸이를 아이리스에게 해주는데 진땀을 빼야만 했다. 내가 겨우겨우 목걸이를 채우고 한숨을 내쉬는데 아이리스가 별안간 웃었다.

"넌 가끔씩 보면 좀 남자 같을 때가 있어."

"뭐?"

예상치도 못한 말에 화들짝 놀라는데 아이리스가 제 목에 걸린 목걸이를 손으로 만지며 웃었다.

"어울려?"

"어? 응, 어울려."

목걸이는 단순한 모양이었다. 그냥 얇은 줄에 동그란 보석이 박혀 있었는데 솔직히 너무 작아서 잘 보이지도 않았다.

도대체 여자애들은 저런 게 뭐 그렇게 좋다고 저러는지 이해가 잘되지 않았다.

그래도 뭐, 예쁘긴 예뻤다.

"아직 밥 안 먹었지? 나랑 같이 먹자."

나는 무심코 고개를 끄덕이려다가 아 하고 고개를 저었다.

"미안, 나 잠깐 볼일이 있어서……. 밥은 내일 같이 먹자."

아까 형이 한 계약이 도대체 뭔지 가을이한테 물어볼 생각이었다.

아이리스와 헤어진 뒤 산책할 때 자주 가던 정원으로 갔다. 가을이가 왔다간 지 얼마 되지도 않으니 그냥 내일 물어볼까 하는 생각도 들었지만 그 계약이라는 게 뭔지 너무 궁금했다. 나는 주변에 사람이 없는 걸 확인한 후에 귀걸이에 손을 갖다 댔다.

근데 얘가 지금 집에 있을까? 만약 가을이가 지금 시장통을 걷고 있으면 주변에 사람이 많을 텐데 갑자기 나타난 날 이상하게 생각하진 않을까?

나는 귀걸이를 잡고도 한참을 고민했다.

나는 계속 침음을 내며 끙끙대다가 결국 그냥 될 대로 되라는 심정으로 그의 이름을 불렀다.

어차피 대마법사 병아리라고 소문도 다 난 판국에 갑자기 나타난다고 해서 뭐 큰일이 생기는 것도 아닐 거다.

서서히 눈앞의 풍경이 어그러지기 시작했다. 마치 물에 물감을 푼 것처럼 이리저리 흔들리던 풍경이 곧 제자리를 잡아갔다.

조금 어지러워서 눈을 감았다가 뜨는데 시야가 뿌옇게 흐렸다.

게다가 조금 더운 것도 같았다. 잔뜩 습기가 차고 더운 게 마치 사우나에 들어온 것 같은……

"……"

"……"

나는 멀뚱멀뚱 가을을 보며 눈만 깜박였다. 그건 가을이도 마찬가지였다. 나는 천천히 고개를 돌려 주변을 살폈다.

여긴 아무리 봐도 욕실이었다. 게다가 가을이는 욕조에 들어가 있는 상태였다. 잔뜩 거품을 내서 안이 보이진 않았지만 어쨌든 씻는 중이었다.

때마침 그의 머리카락에서 물방울이 뚝 떨어졌다.

시뻘건 눈이 커다랗게 뜨여 있는 걸 멀거니 보는데 가을이 흘러내린 머리를 쓸어 넘기며 입을 열었다.

"웬일이야?"

"물어볼 게 좀 있어서……. 나가 있을 테니까 씻고 나와."

나는 머리를 긁적이며 등을 돌렸다. 욕실에서 나오자 안과는 달리 공기가 서늘했다.

나는 가까운 의자에 앉으며 헛기침을 했다.

설마 씻고 있을 줄은 꿈에도 몰랐네. 이 귀걸이가 편하긴 편한데 이런 문제점이 있었구나.

속으로 혀를 차고 있는데 욕실 안에서 우당탕하고 커다란 소리가 들렸다.

그러더니 그새 다 씻은 건지 가을이 물을 뚝뚝 흘리면서 욕실에서 나왔다. 가운을 걸치고 허리춤에 끈을 묶으며 나오는 가을을 보며 나는 한숨을 내쉬며 말했다.

"그렇게 빨리 안 나와도 되는데……."

괜히 나 때문인가 싶어서 조금 미안한 마음이 들었다. 그런 날 보며 가을이 다시 물었다.

"무슨 일 있어? 어쩐 일이야?"

"물어볼 게 좀 있어서 왔어."

"근데 넌 왜 놀라지도 않아?"

"어?"

가을이 이상한 표정으로 내게 물었다. 나는 어렵지 않게 그 말뜻을 이해할 수 있었다.

그래, 보통 여자들은 아무리 몸이 보이지 않더라도 남자가 씻고 있는 욕실에 들어가면 놀라지. 근데 지금은 나보다 가을이 더 당황하고 있었다.

나는 커다랗게 한숨을 내쉬며 말했다.

"난 솔직히 말하면 내가 벗은 걸 보는 것보다 네가 벗은 걸 보는 게 더 편해."

"……."

"아무튼 내가 아까 형이 하는 말을 들었는데 너 무슨 계……."

"잠깐만."

가을이 머리를 짚으며 의자에 앉았다.

그의 손을 타고 물이 줄줄 흘렀다. 머리카락에서도 마찬가지였다. 이러다가 물난리가 날 것 같아서 주변을 두리번거리며 수건을 찾는데 가을이 한숨을 내쉬었다.

"그게 무슨 말이야?"

가을이 이상한 표정으로 내게 물었다. 그 말에 나는 떨떠름한 표정으로 말했다.

"내 몸을 보는 것보다 네 몸을 보는 게 더 편하다고."

"……."

그는 내 말에 입을 다물고 석상처럼 굳었다.

쟨 내가 원래 남자였다는 걸 알면서도 저런 반응이라니 좀 이상했다. 내가 원래 남자였으니까 여자 몸을 보는 것보다 똑같은 남자 몸을 보는 게 더 편한 건 당연한 거 아닌가?

"왜?"

내가 의아하다는 듯 묻자 가을이 허탈하게 웃으며 말했다.

"아니, 그냥……. 좋아해야 될지 슬퍼해야 될지 갈피를 잡을 수가 없어서……."

"좋고 슬프고가 어디 있어? 아무튼 궁금한 게 있는데 너 우리 형이랑 무슨 계약 같은 거 했어? 아까 아이리스랑 형이랑 있는데 어쩌다가 그 얘기가 나와서……."

그때 가을이 커다랗게 한숨을 내쉬었다.

내 말은 듣고 있지도 않은 것 같았다.

탁자에 팔꿈치를 대고 손으로 이마를 짚고 다시 한 번 커다랗게 한숨을 내쉬는 가을을 보며 나는 내가 뭔가 잘못한 것 같다는 생각이 들었다.

왜 그래야 되는지는 모르겠지만 나는 일단 사과를 했다.

"미, 미안."

"됐어……."

"……."

"막 두근거리고 그러진 않았어?"

그때 가을이 슬쩍 고개를 들고 내게 물었다. 젖은 머리카락이 축 늘어져 그의 얼굴에 달라붙어 있었다. 얼굴을 타고 물이 줄줄 흐르는 걸 보며 나는 인상을 썼다.

내가 네 몸을 보고 왜 두근거려야 되는데…….

"그래, 뭐 때문에 왔다고?"

내 대답을 듣길 포기했는지 가을이 다시 한숨을 내쉬며 물었다. 나는 머리를 긁적이면서 말했다.

"아까 형이랑 아이리스랑 있다 어쩌다가 네 얘기가 나왔는데……. 너 우리 형이랑 무슨 계약 같은 거 했어?"

"하긴 했는데……. 그건 왜?"

"무슨 계약?"

내가 의아한 표정으로 묻자 가을이 빤히 날 쳐다봤다.

나도 덩달아 그를 빤히 쳐다보는데 가을이 다시 한숨을 내쉬었다.

"안 가르쳐줘."

"뭐?"

"안 가르쳐줄 거야."

단호하게 말하는 가을을 보며 나는 당황하지 않을 수가 없었다. 순간 그가 다섯 살 난 애처럼 보였기 때문이다.

마치 삐친 것처럼 잔뜩 고집스러운 표정으로 날 보는 강가을이 내가 아는 그 강가을이 맞나 의심스러울 정도였다. 이런 적은 처음이라 정말 당황스러웠다.

"왜 안 가르쳐줘?"

내가 얼빠진 표정으로 묻자 가을이 고개를 돌렸다.

"그냥 가르쳐주기 싫어졌어."

"……너 설마 지금 삐쳤냐?"

내 말에 가을이 다시 입을 다물었다. 진짜 삐쳤나 보다. 진짜로. 나는 당황한 표정으로 그를 보며 더듬더듬 말했다.

"야, 내가 지구에 있을 때 일주일에 한 번씩 목욕탕 갔어. 그리고 목욕탕을 떠나서 솔직히 내가 네 몸을 보고 놀라야 될 이유가 없잖아. 넌 또 뭐 그런 걸로……."

남자가 나한테 제 몸을 보고 왜 놀라지 않느냐고 삐친 건 이번이 처음이라 뭐라고 말을 해야 될지 모르겠다.

이걸 변명하고 있는 것 자체도 솔직히 말하면 우스웠다.

저놈도 저놈이지만 난 또 변명이랍시고 이딴 말을 왜 하고 있는지 알 수가 없었다.

"아, 아무튼 그 계약이 뭔데?"

"……."

"아, 진짜! 알았어, 다음에 보면 뒤로 나자빠지면서 놀랄 테니까 계약이 뭔지 말이나 좀 해봐!"

내가 빽 소리를 지르자 그제야 가을이 날 쳐다봤다.

"그게 왜 궁금해?"

"그냥……. 네가 형이랑 계약했다고 하니까 궁금한 거지."

내가 입술을 삐죽 내밀고 대답하자 가을이 자세를 고쳐 의자 팔걸이에 팔을 걸치며 말했다.

"그건 그 꼬마랑 나랑 계약한 거니까 넌 신경 안 써도 돼. 너한테 해가 되거나 그런 건 아니니까 걱정하지 마."

"아니, 나한테 해가 될까 봐 뭐 그런 것 때문에 물어본 게 아니라……."

"교황한테도 해가 되는 건 없어."

그 말에 나는 인상을 쓰고 입을 다물었다. 왠지 숨기고 있는 것처럼 보여서 이곳에 오기 전보다 훨씬 더 궁금해졌다.

"왜 안 가르쳐주는 건데?"

"네가 알아서 좋을 건 없으니까."

가을이 조금 곤란하다는 표정으로 대답했다.

그걸 보며 나는 왠지 좀 화가 났다.

"그거 나 때문에 한 거 아니야? 그럼 나한테도 말해줘야지. 내가 알아서 좋을 건 없어도 어쨌든 나 때문에 했으니까 나한테도 가르쳐줘."

내 단호한 말에 가을이 한숨을 내쉬었다. 그러더니 이내 팔을 들어 가운을 잡았다. 가을이 가운을 벌릴수록 가슴 쪽이 드러났다. 갑자기 옷을 벗는 것처럼 보여서 나는 당황했다.

"야, 너 왜 갑자기……."

옷을 벗고 지랄이야……. 내 말이 끝나기도 전에 가을이 조금 앞으로 다가왔다. 나는 고개를 바짝 내밀어 그의 왼쪽 가슴을 쳐다봤다.

심장이 있는 위치에 알 수 없는 글자들이 시커멓게 문신처럼 새겨져 있었다.

"이게 뭐야?"

내가 바짝 고개를 들이밀자 가을이 인상을 쓰며 내 머리를 밀어냈다. 그러더니 다시 가운을 여미며 말했다.

"모든 계약에는 갑과 을이 있잖아. 이 계약에선 교황이 갑이고 내가 을이야. 마법에 의한 계약은 을의 심장에 제약을 거는 게 보통이라 교황과 계약을 체결해서 내 가슴에 문양이 생긴 거야."

"그게 무슨 소리야? 그래서 무슨 계약을 한 건데?"

갑자기 불길한 예감이 들기 시작했다.

뭔지 알 수는 없었지만 스멀스멀 기어오르는 불안감에 잔뜩 긴장하고 있는데 가을이 태연하게 말했다.

"너한테 직접적으로나 간접적으로 해가 되는 행동을 했을 땐 내가 불이익을 받게 된다는 계약이야."

"……."

나는 일그러진 얼굴로 멀거니 그를 보면서 눈만 깜박였다.

저게 도대체 무슨 소리지? 직접적으로나 간접적으로 해가 되는 행동? 불이익?

나는 숨을 삼키고 입을 열었다.

"해가 되는 행동이 뭔데?"

"직접적으로는 내가 널 다치게 하거나 죽이려고 하거나 뭐 그런 거고, 간접적으로는 내가 누군가에게 사주해서 너한테 해를 끼치게 하거나, 뭐 그런……. 사실 널 죽이려면 굳이 내가 손을 쓰지 않아도 죽일 수 있으니까 그냥 이것도 계약 내용에 포함시킨 거야."

네가 날 왜 다치게 해? 날 왜 죽여? 나는 혼란스러운 표정으로 다시 물었다.

"불이익은 또 무슨 소리야?"

"그냥 말 그대로 내가 불이익을 받게……."

"그 불이익이 뭔데?"

나는 다시 숨을 삼켰다.

혹시라도 말을 놓칠까 싶어서 나는 그의 입술만 노려봤다. 다시 한 번 숨을 삼키는데 마침내 가을이 대답했다.

"심장에 계약을 했으니까 심장이 터지겠지."

"……."

마치 안부를 묻듯 태연한 목소리였다.

나는 지끈거리는 머리를 부여잡고 이를 갈았다.

"울아."

도저히 믿을 수가 없었다. 내가 지금 뭘 들은 거지? 얼마나 시간이 지났는지도 모르겠다. 한참 동안 이마를 짚고 있다가 나는 슬쩍 고개를 들고 입을 열었다.

"너희 초월자들은 심장이 터져도 안 죽어?"

"초월자라고 해서 불로불사는 아니야. 치명상을 입으면 죽어."

그 말에 나는 허탈하게 웃었다. 이건 말도 안 돼. 진짜 말도 안 된다. 어떻게 사람 목숨을 가지고 이런…….

"화났어?"

당황하며 묻는 가을을 보며 나는 얼이 빠졌다. 진짜 어이가 없었다.

화가 났냐고? 저 새끼는 저걸 말이라고 하나?

내가 아무런 말도 하질 않고 절 노려보기만 하자 가을이 마치 변명을 하듯 말했다.

"말이 계약이지 솔직히 이건 하나마나 별로 상관도 없는 거야. 어차피 내가 너한테 해를 끼칠 날이 올 것도 아닌데, 뭐 어때."

가을은 나를 달래기 위해서가 아니라 정말로 별거 아니라는 투로 말했다. 하지만 계약을 절대 어길 날이 오지 않더라도 만약 내 심장에 저런 게 새겨져 있으면 정말 끔찍할 것 같았다. 근데 쟨 어떻게 저렇게 태연할 수가 있지?

"너 진짜 왜 이래?"

나는 정말 궁금해서 물었다. 도대체 저놈이 왜 이렇게까지 하는지 이해할 수가 없었다.

"그 꼬맹이가 자꾸 날 못 믿어서 어쩔 수가 없었어."

웃으며 말하는 가을을 보며 나는 따라 웃을 수가 없었다. 저 미친 놈은 지금 이 상황에서 웃음이 나와? 나는 다시 머리를 짚었다.

"그래서 그 계약은 언제 했는데?"

"교황한테 맞았을 때."

"뭐?"

나는 눈을 부릅뜨고 그를 쳐다봤다.

맞았을 때면, 가을이 내게 최악이라고 했던 그 날이었다. 나는 그때 피가 나도록 처맞은 가을이를 보며 뭐라고 했는지 떠올렸다. 그리고 탁자에 머리를 쿵 박고 이를 악물었다.

미안하기도 하고 죄책감도 들고 솔직히 말하면 부담스럽기도 했다. 저놈이 도대체 나한테 왜 이러는지 모르겠다.

가을이가 날 사랑하고 좋아한다는 건 알겠지만, 세상 모든 사람이 사랑한다고 해서 목숨까지 걸진 않는다.

힘없이 눈을 깜박이고 있는데 가을이 내 이마를 잡고 얼굴을 들게 했다.

가을이 바로 코앞에서 의아한 표정으로 내게 물었다.

"왜 그래?"

"얼굴 치워, 등신아."

"나한테 미안해서 그래? 아니면 화나서? 불편해서?"

다. 미안하고 화나고 불편하고 부담스러워서, 씨발!

나는 신경질적으로 그의 손길을 피했다. 하지만 가을은 끈질기게 다시 내 턱을 잡았다. 그의 손을 뿌리치고 싶었지만 왠지 몸에 힘이 들어가질 않았다.

"딴 건 모르겠는데 혹시 나한테 미안한 거면 내 소원 하나만 들어줘."

"……."

"별로 어려운 건 아니야."

나는 멀뚱멀뚱 가을을 보다가 나지막하게 물었다.

"뭔데."

내 말에 가을이 화색을 띠고 입을 열었다.

"그 20년, 1년만 줄여줘."

"무슨 20년……."

나는 미간을 좁히고 되묻다가 「그 20년」이라는 게 뭔지 깨닫고 퍼뜩 의자에서 일어섰다. 내가 갑자기 의자에서 일어서자 가을이도 덩달아 몸을 일으켰다.

　나는 주먹을 꽉 쥐고 화를 삭였다.

　"밥해줄 테니까 밥이나 처먹어."

　뒤도 돌아보지 않고 주방 쪽으로 가는데 가을이 투덜거리면서 날 쫓아왔다. 쪼잔하다는 둥 치사하다는 둥 혼자 투덜거리는 그를 무시하고 밥을 하려는데 자꾸만 한숨이 나왔다.

　속에 뭔가 꽉 들어찬 것처럼 숨이 막히고 갑갑했다.

　도대체 내가 왜 이렇게 미안해해야 되는 거지? 내가 하라고 시킨 것도 아니고, 그냥 자기 멋대로 저런 건데, 도대체 내가 왜 이렇게 미안해해야 돼?

　그리고 솔직히 좀 화가 나기도 했다. 나한텐 묻지도 않고 자기 마음대로 계약하고, 우리가 무슨 결혼을 약속한 사이도 아닌데 덜컥 저런 거나 심장에 달고 있고……

　"씨발, 이거 뭐 이렇게 안 썰려!"

　나는 칼을 들고 피망을 썰다가 버럭 소리를 질렀다.

　옆에서 내가 피망을 써는 걸 구경하던 가을이 어깨를 움츠리며 놀라는 게 보였다. 그러거나 말거나 나는 다 썬 피망을 그릇에 담고 칼을 내리쳤다.

　당근이 반으로 잘리면서 주방 구석으로 튀었다.

가을은 얼떨떨한 표정으로 구석에 처박힌 당근을 주워 내게 가지고 왔다. 조심스레 당근을 내미는 가을을 보며 나는 화를 억누를 수가 없어졌다.

넌 왜 이렇게 전부 네 마음대로 하느냐고 따지고 싶었지만 입이 떨어지지 않았다. 나는 결국 그의 손에서 당근을 낚아채며 다시 칼질을 할 수밖에 없었다.

"그래서 그 계약 기간은 언제까진데?"

"따로 정하진 않아서 내가 죽을 때까지……."

"이런 미친……!"

나는 가을을 보며 위협하듯 칼을 들고 있던 손을 높이 들었다. 칼을 들면 놀랄 법도 한데 가을은 피하지도 않고, 오히려 멀거니 날 쳐다보기만 할 뿐이었다.

저 미친놈은 내가 이 식칼로 절 찔러도 저렇게 멀뚱멀뚱 날 쳐다보기만 할 거다. 그래서 더 화가 났다. 하지만 나는 다시 화를 삭이며 마음을 다스렸다.

"그 계약 취소는 안 돼?"

"안 돼."

조금의 망설임도 없는 단호한 목소리였다.

나는 잠시 눈을 감았다가 속으로 깊게 한숨을 내쉬고 눈을 떴다. 야채를 다 썰고 계란을 풀다가 다시 화딱지가 나서 이를 악물고 말했다.

"아까부터 왜 자꾸 옆에서 얼쩡거려?"

"화났어?"

저 새끼가 지금 불난 집에 부채질을 하나. 나는 계란을 풀던 숟가락을 꽉 쥐고 차분하게 말하려고 애를 썼다.

"넌 사람 목숨이 장난이냐?"

"저기 울아, 내가 당장 죽는다는 게 아니라 내가 너한테 해만 안 끼치면…….."

"그놈에 해 안 끼친다는 소리, 확! 누가 그걸 몰라?"

들고 있던 숟가락을 다시 번쩍 들자 이번엔 가을이 조금 움찔했다. 들어 올린 숟가락을 내리는데 가을이 진지하게 말했다.

"다음부턴 안 그럴게. 이렇게 화낼 줄은 몰랐어."

"이미 일은 저질러 놓고 다음부터 안 한다는 게 무슨 소용이야?"

내게 해를 끼치고 안 끼치고, 결혼을 하고 안 하고가 문제가 아니었다. 고작 이런 일 때문에 목숨을 걸었다는 사실을 나는 이해할 수가 없었다.

"자꾸 얼쩡거리지 말고 비켜."

"……."

목구멍 끝까지 튀어나온 욕지거릴 삼키느라 자꾸만 한숨이 나왔다. 아니, 이젠 한숨을 쉬는 걸로도 모자라 나도 모르게 쯧쯧 혀를 찼다. 오므라이스 하나 만드는데 도대체 몇 번이나 「참을 인」을 읊조렸는지 모르겠다.

나는 그렇게 겨우 완성한 오므라이스를 식탁 앞에서 얌전히 기다리고 있는 가을이에게 건넸다.

"그거 먹고 나 좀 집에 데려다 줘. 집에 갈래."

집의 구조를 보아하니 여긴 라칸 사막이었다. 나는 이 사막이 얼마나 미친 사막인지 몸소 체험해봐서 알고 있었다. 도망칠 때 정신이 없는 그 와중에도 뜨거워 뒈질 뻔했으니 제정신인 상태로 나가면 진짜 죽을지도 몰랐다.

식탁에서 멀찍이 떨어져 창밖으로 끝없이 펼쳐진 황금빛 사막을 멀거니 보고 있는데 머리 위로 그림자가 드리웠다. 고개를 돌리자 가을이 억울해서 죽을 것 같다는 표정으로 날 내려다보고 있었다.

"내가 뭘 그렇게 잘못했어?"

가을이도 화가 난 듯 가시 돋친 말투로 물었다. 그 말에 나는 도저히 참을 수 없을 만큼 화가 머리 꼭대기까지 치솟는 걸 느꼈다.

"너 지금 그걸 말이라고 해? 뭐? 해를 끼치면 심장이 터져 죽어? 날 다치게 하거나 죽이면? 장난 하냐? 애초에 그 해를 끼친다는 것 자체가 너무 범위가 넓잖아. 네가 지금 이렇게 열 받아서 그냥 나 한 대 툭 치면 넌 죽는다는 거 아니야? 만약 실수로 너 때문에 내가 다치면? 정말 고의가 아니라 실수였는데 내가 다치면? 그게 고의였는지 실수였는지 누가 판단해? 네 가슴에 있는 그 개 같은 글씨가 판단 하냐? 그 글씨가 그걸 판단해서 널 죽일지 살릴지 결정해?"

"……아니, 그건……."

내 말에 화가 난 것처럼 일그러져 있던 그의 얼굴이 점점 당황으로 물들어갔다. 나는 내가 뭐라고 지껄이는지도 모른 채 되는 대로 내뱉었다.

"내가 너한테 이 말 들으면 뭐라고 할 것 같았는데? 좋다고 춤이라도 췄을 거 같냐? 이제 살았다고 만세 삼창이라도 불렀을 거 같아? 넌 내가 왜 화를 안 낼 거라고 생각한 건데? 이 상황에서 화가 안 날 사람이 어디 있어? 집에서 키우던 개새끼가 죽어도 울고불고 난리굿을 칠 텐데 만약 이런 일로 네가 죽으면 내가 시시덕거리고 웃겠냐?"

"……."

"넌 네가 사람을 아무렇지도 않게 죽이니까 이젠 네 목숨도 그렇게 하찮아 보여?"

자꾸만 이유를 알 수 없는 배신감이 들어서 속이 상했다. 마치 믿었던 사람에게 배신을 당하고, 뒤통수를 맞은 것 같은 기분이었다.

나 때문에 죽을 수도 있는 상황인데, 그걸 아무렇지도 않게 말하는 그를 이해할 수도 없었고 이해하고 싶은 마음도 없었다.

저 새끼 머릿속엔 뭐가 든거지? 무슨 생각을 하면서 사는 거지? 도대체 우리가 무슨 사이라고 저딴 짓을 해?

형도 너무하다. 어떻게 사람 목숨을 가지고 이런 짓을 할 수가 있지? 죽지 않을 수도 있지만, 죽을 수도 있다. 아주 적은 확률이라도 죽을 수 있는데, 어떻게 이런 짓을 해?

혹시라도 죽으면? 그럼 그땐 어쩌는데?

"내가 계약 풀 수 있는 방법을 무슨 수를 써서든 찾아낼게."

그때 가을이 풀이 죽은 목소리로 대답했다. 내 눈치를 보면서 작게 말하는 가을을 보며 나는 커다랗게 숨을 내쉬었다. 여전히 화가 나긴 했지만, 그래도 저렇게 말하는 거 보니까 계약을 풀 수 있긴 한가 보다.

나는 잔뜩 굳은 표정으로 말했다.

"언제까지?"

"한 달 안에."

그 말은 정말 진심인 것 같았다. 나는 속으로 안도의 한숨을 내쉬었지만 겉으론 티를 내지 않았다. 다행이긴 했지만 아직 화가 풀리진 않았기 때문이다.

"그럼 계약 풀 때까지 한 달 동안 내 근처엔 얼씬도 하지 마."

"뭐?"

"혹시 네가 실수라도……."

"내가 바보도 아니고……."

내 말이 끝나기도 전에 다급하게 말하는 가을을 보며 나 역시 그의 말이 끝나기도 전에 버럭 소리쳤다.

"너 바보 맞아, 이 등신 팔푼이 새끼야!"

"……잠깐만, 일주일 안에 어떻게든 해볼게."

가을이 갑자기 말을 바꿨다.

그 말에 기쁘기는커녕 다시 화가 치솟았다.

"뭐? 너 그럼 지금 일주일 안에 할 수 있는 걸 한 달이나 걸린다고 나한테 뻥 친 거야?"

"그게 아니라 사실 한 달도 힘든데, 내가 열심히 하면……."

"어쨌든 열심히 하면 일주일 안에도 할 수 있다는 거잖아!"

다시 비 맞은 개새끼 같은 표정을 하는 그를 보며 나는 화를 삭였다. 만사가 짜증이 났다. 이대로 있다간 또 싸울 것 같아서 나는 한숨을 내쉬고 말했다.

"아무튼 일주일이고 한 달이고 넌 내 근처엔 얼씬도 하지 마. 그리고 나 지금 집에 갈 거야."

"그럼 그때까지 내 밥은 누가……."

지금 밥이 문제야? 계속 말도 안 되는 헛소릴 하는 가을을 보며 나는 다시 폭발했다.

"내가 네 밥통이냐? 네가 알아서 처먹어!"

결국 가을이가 오므라이스를 다 먹은 뒤에야 우리 교황청으로 올 수 있었다. 그는 내 방에 도착할 때까지 한마디도 하지 않고 내 눈치만 보다가 한숨을 내쉬며 혼잣말처럼 중얼거렸다.

"태어나서 이렇게 혼난 적은 처음이야."

자랑이다. 내가 쳐다보지도 않자 다시 한숨 소리가 들렸다.

괜히 침대 정리를 하고 있는데 뒤에서 찌를 듯한 시선이 느껴졌다.

데려다 줬으면 가면 되지 왜 저러고 있어? 근데 내가 화를 너무 냈나? 생각해보니까 가을이도 나랑 형 때문에 저런 건데…….

그래도 잘못한 건 잘못한 거다. 자기 목숨이 열 개나 있는 것도 아니고 어떻게 그런 계약을 해?

나는 속으로 한참 투덜거리다가 결국 한숨을 내쉬며 뒤를 돌아봤다. 가을이 잔뜩 인상을 쓰고 날 쳐다보고 있었다.

그래도 앞으로 한 달이나 못 만날 수도 있는데 이렇게 보내면 나도 마음이 편치 않을 것 같았다.

나는 딱 한 발자국만 그에게 다가가며 말했다.

"내가 아까 너무 화내서 미안해."

내 사과에 그의 표정이 더욱 일그러졌다. 화가 나서 그러는 게 아니라 거의 울상에 가까웠다.

나는 헛기침을 하며 다시 말했다.

"그래도 네가 잘못한 거잖아. 너 같으면 그 상황에서 화가 안 났겠냐?"

"난 네가 이렇게 화낼지 몰랐어."

풀이 죽은 그 목소리에 다시 화가 스멀스멀 기어 올라왔다. 나는 커다랗게 심호흡을 하고 화를 삭였다.

"네가 왜 그렇게 생각한 건지는 모르겠지만 그 상황에서 화를 안 낼 사람은 없어. 네가 입장을 바꿔놓고 생각해봐. 넌 내가 그러면 좋겠냐? 내가 널 건드리면 심장이 터져 죽는데 그게 좋냐? 어?"

"너랑 난 입장이 다르잖아."

아까까지만 해도 풀이 죽어 있던 놈이 다시 자기가 억울하다는 걸 피력했다. 나는 도대체 저놈이 왜 저렇게 억울해하는 건지 알 수가 없었다.

"아무튼 다음부턴 그러지 마."

"알았어."

하여튼 대답은 잘한다. 나는 혀를 차며 고개를 저었다. 가을은 이제 가려는 듯 창틀에 기대고 있던 몸을 세웠다.

그러더니 다시 길게 한숨을 내쉬었다. 또 왜 저러나 싶어 인상을 구기는데 가을이 또다시 한숨을 내쉬며 말했다.

"알았으니까 너도 내가 찾아오기 전까진 나 찾지 마."

"뭐?"

"귀걸이 써서 나한테 오지 마."

그 말에 나는 입을 다물었다. 저건 또 뭔 소리야……. 혹시 삐쳤나? 그래서 그런가?

물론 이 말도 안 되는 계약이 풀릴 때까지 내가 먼저 찾아갈 생각은 없었지만 대놓고 저런 말을 들으니까 기분이 이상했다.

내가 떨떠름한 표정을 짓자 가을이 말을 이었다.

"한동안 여기 없을 거야."

"그럼 어디 갈 건데? 집에서 방법 찾는 거 아니야?"

"여기선 못 찾아."

여기선 못 찾는다는 게 무슨 뜻이야? 집에선 못 찾는다는 건가?

의아한 표정을 짓는데 그가 엄청나게 과장된 몸짓으로 또다시 한숨을 내쉬었다.

"두 군데 정도 들러야 될 거 같은데……. 처음에 가서 방법을 찾으면 다른 덴 안 가도 되고. 근데 아마 찾을 수 있을 거야."

그게 무슨 소리냐고 물으려는데 다시 한숨 소리가 들렸다. 한숨을 아주 온몸으로 다 내쉬고 있었다.

난 잔뜩 일그러진 얼굴로 물었다.

"넌 왜 자꾸 한숨이야?"

"네가 뽀뽀해주면 더 빨리 찾을 수 있을 거 같아."

기함을 토할 말을 너무 태연하게 말해서 난 내가 잘못 들은 줄 알았다. 지금 뭐라고 지껄인 거냐는 눈으로 그를 바라보자 가을이 뭔가 생각하듯 턱을 쓸더니 말했다.

"싫으면 남은 19년에서 1년 줄여줄래?"

"뭐?"

"아니, 이건 아무리 생각해봐도 1년으론 수지가 안 맞아. 적어도 3년은……."

혼자 질문하고 대답하는 가을을 보며 나는 얼빠진 표정을 지었다.

"20년이 언제 19년이 됐어?"

"무슨 소리야? 아까 네가 1년 줄여줬잖아."

"뭔 개소리……. 내가 언제?"

가을이 내 말엔 대답도 하질 않고 어깨를 으쓱이며 헛소릴 했다.

"그럼 뽀뽀해주던가."

내가 왜? 진심으로 얼이 빠지고 어이가 없어서 어깨를 축 늘어뜨리자 가을이 날 설득하려는 듯 말했다.

"나한테도 확실한 계기가 있어야 힘이 나지. 안 그래도 아까 혼난 것 때문에 힘도 없어 죽겠는데 내가 그 사지에서 살아남을 수 있을 거 같아?"

"너 도대체 어딜 가는 거야?"

내가 불안한 얼굴로 묻자 가을이 진지하게 말했다.

"네가 뭘 상상하든 그 이상이야."

"……."

"난 지금 목숨을 걸고 가는 거란 말이야."

저 새끼가 도대체 어딜 가는 거야……. 이대로 보내도 되나 싶은 생각이 들었다. 어디냐고 계속 물어도 대답도 안 해주고……. 하지만 이 계약을 그대로 둘 수는 없었다.

나는 결국 혀를 차며 결정을 내렸다. 어차피 20년이나 17년이나 별 차이도 없으니까.

"알았어, 3년 줄여줄 테니까 빨리 해결 짓고 와."

"그럼 이제 16년 남은 거야."

16년이 아니라 17년인데……. 하지만 나는 한숨을 내쉬며 대충 고개를 끄덕였다. 오늘따라 왜 이렇게 피곤한지 모르겠다.

"근데 도대체 어딜 가는데? 많이 위험한 곳이야?"

"위험하긴 한데 별일은 없을 거야. 그리고 너 나 없을 동안 저번처럼 모르는 사람 따라가지 말고, 혼자 다니지 말고……. 아니, 그냥 일주일만 밖에 나가지 마. 어쩌면 일주일 더 걸릴 수도 있어."

"내 일은 내가 알아서 할 테니까 넌 네 걱정이나 해."

별 쓸데없는 소릴 다 한다. 내가 한두 살 먹은 애도 아니고. 빨리 가라는 듯 손을 흔들자 가을이 혼잣말처럼 중얼거렸다.

"아, 그냥 아까 5년이라고 할걸……."

"맞을래?"

　내가 주먹을 쥐고 위협해봤지만 그는 꿈쩍도 하지 않았다. 우리는 창가 앞에서 한참을 티격태격했다.

가을이를 그렇게 보내고, 그 뒤로 형이랑 말 좀 하고 싶었는데 얼마나 바쁜지 코빼기도 보이지 않았다. 결국 하루가 지나고 아침이 돼서야 형을 볼 수가 있었다.

"형, 나 할 말……."

"꺼져."

"……."

형은 날 쳐다보지도 않았다. 한 번만 더 말 걸면 맞을 것 같아서 나는 입을 삐죽 내밀고 형을 노려봤다. 한참을 노려봤지만 형은 일만 할 뿐이었다.

나는 결국 제풀에 지쳐 방으로 돌아와 침대에 벌러덩 누웠다.

저렇게 바쁜데 왜 가을이랑 그런 계약을 했냐고 성질을 내면 진짜 내 목숨이 위험해질 것 같았다.

그렇다고 그냥 넘기자니 그것도 좀 아닌 것 같고…….

도대체 어떻게 말을 꺼내나 고민하고 있는데 인기척이 느껴졌다. 침대에서 벌떡 일어서자 알카 형이 보였다.

벌써 공부할 시간이 다 됐나 보다.

그래도 꾸준히 공부를 해서 그런지, 얼추 글을 읽을 수 있는 수준까지 됐다. 처음엔 글자 몇 개 없는 동화책 읽는 것도 힘들었는데, 이 정도면 정말 장족의 발전이었다.

나는 알카 형이 읽어주는 『꼭 알아야 할 상식대백과사전』을 반쯤 졸면서 들은 뒤 평소보다 난이도가 올라간 받아쓰기까지 백 점을 받았다. 나는 오늘 분량의 공부를 마치고 책을 정리하고 있는 알카 형에게 물었다.

"아, 맞다. 형도 시험 치고 사제가 된 거예요?"

"아니요, 전 시험은 따로 치지 않았습니다."

그러고 보니 알카 형은 신성사제라고 했었다. 신성사제랑 그냥 사제랑 많이 다른가?

"그럼 시험 어떻게 치는지 모르는 거예요?"

"알긴 아는데……. 다음 달에 있는 시험엔 제가 감독관으로 들어가거든요. 그런데 그건 왜 물으십니까?"

사제에 대해 묻는 게 의외라는 듯 알카 형이 눈을 동그랗게 뜨고 물었다.

"그냥 궁금해서요. 아이리스가 그 시험공부를 하고 있거든요. 며칠 전에 조기 졸업하고 지금 여기에 와 있는데……. 졸업 선물로 뭐 하나 사주고 싶은데 뭘 사주는 게 좋을까요? 혹시 시험공부 할 때 꼭 필요한 거라던가, 뭐 그런 게 있어요?"

어제 형이 아이리스에게 선물을 준 걸 보고 나도 선물 하나 줘야겠다는 생각이 들었다. 더구나 그냥 졸업도 아니고 무려 조기졸업이니까.

"시험이나 공부에 필요한 건 예하께서 다 준비해주셨을 텐데……."

"그럼 그 나잇대 여자애들은 뭘 좋아하는지 혹시 알아요?"

"예?"

별생각 없이 한 질문에 알카 형이 의아하게 날 쳐다봤다. 갑자기 왜 저런 반응인지 몰라서 나 역시 고개를 갸웃하는데 알카 형이 이상한 얼굴로 되물었다.

"그 나잇대 여자애들이요?"

"네, 그 나이에 뭘 좋아하는지……."

나는 말을 하다 말고 입을 다물었다. 따지고 보면 나도 아이리스 또래의 여자앤데 이런 질문을 하니 이상하게 쳐다볼 만도 했다.

"아, 아니. 그러니까, 제가 그런 액세서리나 여자애들이 좋아할 만한 걸 별로 안 좋아해서……."

내가 더듬더듬 말하자 알카 형이 고민하는 듯 침음을 냈다.

"글쎄요……. 저도 그런 쪽으론 잘……."

"아, 맞다. 나 황금알 있는데 필요한 거 사라고 그거 하나 주는 게 나을까요? 그럼 너무 부담스러워 하려나……."

그래, 황금알은 너무 부담스러울 수도 있겠다. 나 같아도 누가 금덩어리를 주면 엄청 부담스러울 테니까.

그냥 그걸 돈으로 바꿔서 다른 걸 사주는 게 나을 것 같았다.

"뭘 사지……. 목걸이는 형이 줬으니까 또 목걸이 사주긴 좀 그런데……."

"아니면 오늘 수업도 끝났으니 시가지에 나가보시는 것도 좋을 것 같네요."

"아, 혹시 시간 괜찮으면 같이 갈래요?"

내 말에 알카 형이 곤란하다는 듯 웃었다.

"죄송합니다, 오늘은 선약이 있어서……."

나는 아쉬운 얼굴로 알카 형을 쳐다봤다. 그럼 어쩔 수 없이 혼자 나가야겠다. 아이리스 선물을 사면서 아이리스랑 같이 갈 수는 없으니까.

형한테 황금알을 돈으로 바꿔달라고 하고 싶었지만 너무 바빠 보여서 말도 못 걸었다.

계속 주변만 서성이다 결국 형의 손수건을 하나 훔쳐서 황금알을 빈틈없이 싼 뒤에 밖으로 나왔다.

나는 주머니에 있는 황금알을 손으로 꾹 쥐고 시가지 쪽으로 나와 주변을 살폈다. 금은방 같은 게 근처에 있나 모르겠다. 일단 이걸 팔아야 뭘 사든 할 텐데…….

손에 땀이 찰 정도로 황금알을 손에 꽉 쥐고 두리번거리고 있는데 문득 금이가 떠올랐다.

금이는 호수에서 잘 지내고 있으려나. 요즘 통 바빠서 보러 가지도 못했다. 이따 선물 사고 방에 들어가기 전에 한 번 들러야지.

이런저런 생각을 하며 길을 따라 걷고 있는데 멀리서 다이아몬드 모양의 간판이 보였다.

나는 화색을 띠고 그쪽으로 걸음을 돌렸다.

이 세상에 와서 참 마음에 드는 게 바로 이거였다.

이곳의 간판은 대부분 저런 식이었다. 음식점은 포크와 나이프 모양의 간판이었고, 채소를 파는 가게의 간판은 채소 모양이었다.

금은방은 조금 허름했고 근처에 사람이라곤 한 명도 보이지 않았지만 나는 아무런 의심도 없이 벌컥 문을 열고 안으로 들어갔다. 딸랑 하는 방울 소리가 귓가를 때렸다.

"저기, 금 좀 팔려고……."

나는 말을 하다 말고 말꼬리를 흐렸다. 그럴 수밖에 없는 게, 금은방의 분위기가 내가 생각하던 것과는 너무 달랐기 때문이다.

"아이고, 손님 오셨네. 어서 오슈!"

거대한 근육질의 남자가 존댓말인지 반말인지 애매한 말투로 껄렁거리며 내게 다가왔다. 뭔가 잘못됐다는 생각이 들었을 땐 이미 늦은 뒤였다. 나는 조폭인지 금은방 주인인지 알 수 없는 남자의 손에 이끌려 가게 깊숙한 곳에 있는 소파에 앉을 수밖에 없었다.

내가 소파에 앉자 근육질 남자가 내 맞은편에 자리를 잡았다. 마치 가시방석에 앉은 것처럼 온몸이 저려왔다.

"그래, 무슨 일로 오셨소? 급전이 필요한가?"

급전? 급전이라니?

나는 얼떨떨한 얼굴로 슬쩍 고개를 들어 주변을 살폈다. 먼지가 쌓여 있는 유리 진열장 안엔 딱 봐도 싸구려처럼 보이는 목걸이 두어 개와 반지 몇 개만 있을 뿐이었다. 그 외에 방 안에 있는 건 책상 세 개와 의자, 그리고 책상 위에 켜켜이 쌓여있는 수많은 종이쪼가리.

언뜻 보기엔 금은방처럼 생겼지만 자세히 보면 오히려 사무실에 가까웠다.

순식간에 머릿속이 하얗게 변했다. 어색하게 웃으며 자리에서 일어서려는데 어디서 나타났는지 거대한 체구의 장정들이 내 뒤에 동상처럼 섰다. 나는 일어나려던 자세 그대로 굳어 있다가 다시 조용히 소파에 앉았다.

내가 앉자 남자가 만족스럽다는 듯 이를 드러내며 웃었다. 금을 씌운 건지 이빨 하나가 불빛에 반사되어 누렇게 빛나고 있었다.

"얼마나 필요하신가?"

"그게……. 전 그게 아니라 금을……."

"이런, 현금이 아니라 금이 필요한가 보군. 일단 미리 말해두지만 보석 같은 경우엔 현금보다 이자가 좀 높으니까 그렇게 알아두쇼. 뭐, 그렇게 비싼 건 아니니까 너무 걱정은 하지 말고. 어이, 뭐하냐? 가서 빨리 계약서 들고 오지 않고."

근육질 남자가 험악한 얼굴로 내 뒤에 서 있는 남자에게 명령했다. 그러더니 품속에서 명함 한 장을 꺼내 내게 건넸다.

"이런 데 오는 건 처음인가? 그렇게 쫄아 있지 말고 어깨 좀 펴고. 어? 나 그렇게 나쁜 사람 아니오. 뭐, 사람들이 사채니 뭐니 장기가 떼이니 마니 그런 소리들을 자주 하는데, 우린 합법적으로다 장사하는 거니까 너무 걱정 말고. 그리고 그 뭣이냐……. 아, 일단 난 커크라고 하는데 그쪽은 이름이?"

"……저기요, 전 일단 겨울이라고 하는데 제가 돈이 필요한 게 아니라 사실……."

사채다. 이건 아무리 봐도 사채였다. 그리고 저놈들은 필시 조폭임이 틀림없었다.

살다 보니까 별일이 다 있다 싶어 다시 자리에서 일어서려고 하는데 갑자기 자신을 커크라고 밝힌 남자가 벌떡 일어서더니 솥뚜껑만한 손으로 내 어깨를 퍽퍽 쳤다. 자기 딴엔 장난이었겠지만 난 정말 어깨가 빠지는 줄 알았다.

결국 다시 자리에 앉게 된 날 보며 커크가 경박하게 웃었다.

"겨울! 겨울 좋지! 나도 편하게 부를 테니까 그쪽도 그냥 편하게 부르슈! 우린 이미 한 가족이 아닌가! 파하하하!"

"……."

"형님, 계약서 가지고 왔습니다!"

그때 남자 하나가 커크에게 종이 한 장을 건넸다. 상황이 점점 이상하게 돌아가고 있었다.

"이런 거 다 머리 아프니까 내가 그냥 간단하게 설명해줄게. 그러니까 현금이 아니라 금이 필요하다고 했나? 우선 현금이 아니라 보석일 경우엔 우리가 현금보다 이자를 월 7%씩 더 받아. 근데 금은 얼마나 필요한가?"

"저기요, 제가 금을 빌린다는 게 아니라 금을……."

"아, 그렇지! 결혼은 했나? 올해 몇 살이여?"

"······네?"

갑작스러운 화제 변화에 내가 얼이 빠진 채 되묻자 커크가 다시 웃었다.

"아니, 아니. 별건 아니고, 우리가 그 뭣이냐······. 여성우대로다가 유부녀한텐 이자를 좀 더 싸게 받거든. 이렇게 해주는 덴 우리밖에 없어. 동생 진짜 잘 온 거여."

"······."

저 조폭 새끼가 날 언제 봤다고 동생이래······. 슬금슬금 엉덩이를 뒤로 빼며 언제 일어설까 고민하고 있는데 갑자기 커크가 정색을 하고 날 쳐다봤다. 안 그래도 빡빡머리에 근육질이라 험악해 보이는 인상이었는데 저렇게 정색을 하니까 진짜 무슨 갓 출소한 범죄자 같았다.

내가 딸꾹질을 하자 커크가 진지한 얼굴로 물었다.

"동생, 우리가 팔이 한 짝 없으면 이자를 더 싸게 해주거든?"

"······예?"

"그러니까 팔이 하나만 붙어 있으면 이자가 최대 20%까지 내려가. 그래서 돈 급한 사람들은 가끔 멀쩡한 제 팔을 끊어다가 우리한테 찾아오기도 하지."

저게 무슨 소리야······. 나는 사색이 된 얼굴로 숨을 삼켰다. 팔이 한 짝 없으면 이자가 더 싸진다고? 양팔이 다 붙어 있는 나한테 저런 말을 하는 이유가 뭐지?

잔뜩 긴장한 채 숨만 꿀꺽꿀꺽 삼키고 있는데 갑자기 정색했던 커크가 다시 경박하게 웃음을 터뜨렸다.

"푸하하하!"

"크하하하!"

주변에 있는 사람들도 모두 함께 박장대소를 터뜨렸다. 내가 영문을 몰라 고개를 갸웃하는데 커크가 배를 부여잡고 웃으며 말했다.

"이거 겁나 웃기구먼! 파하하하!"

"……."

"장난이라고, 장난! 푸하하하, 킥! 쿨럭! 파하하하!"

……저 대머리 조폭 새끼는 도대체 뭐가 웃기다고 저렇게 웃는 거야. 나는 숨이 넘어갈 듯 웃고 있는 조폭을 안쓰러운 표정으로 쳐다봤다.

그러자 조폭이 다시 정색을 했다.

"뭐여? 안 웃겨? 어?"

"하하하! 하하하하!"

나는 필사적으로 웃었다. 배가 당길 정도로 억지로 웃고 있는데 조폭이 큼큼 하고 목을 가다듬더니 내게 계약서를 내밀었다.

"아무튼 여기에 사인하면 우린 이제 가족이 되는 것이여."

"저기요, 제가 아까부터 말씀드리려고 했는데 전 여기가 금은방인 줄 알고 들어왔지, 돈을 빌리려고 온 게 아니……."

"이런 염병할 새끼가!"

커크가 갑자기 육중한 몸을 일으키더니 내 뒤에 정자세로 서 있는 남자의 머리통을 뻐억 소리가 나게 후려갈겼다. 나는 화들짝 놀라 어깨를 움츠렸다.

"너 아침에 청소 안 했냐, 이 씨방새야! 땅바닥이 뭐가 이렇게 더러워!"

"죄송합니다, 형님!"

"쎄빠닥만 나불대지 말고 청소를 해, 이 호로새끼야! 손님 계시는데 먼지 풀풀 날리는 거 안 보이냐!"

"알겠습니다, 형님!"

커크는 흉흉한 눈빛으로 몇 번 더 남자에게 발길질을 한 뒤에 씩씩대며 자리에 앉았다. 여전히 살기가 좔좔 흐르는 눈빛이 내게 닿았다. 딸꾹 하고 내가 딸꾹질을 하자 커크가 금이빨을 드러내며 웃었다.

"이런, 미안합니다. 저 호로새끼…… . 아니, 직원이 제대로 일을 못해서…… ."

"…… ."

"그래, 아까 뭐라 하셨소?"

나는 양손으로 입을 가리고 딸꾹질만 해댔다. 도대체 난 나오기만 하면 왜 이러지? 이건 교황청에만 처박혀 있으라는 신의 계시인가. 내가 전생에 무슨 죄를 지어서…… . 속으로 난 죽었다를 읊으며 흐느끼고 있는데 딸랑 하는 소리가 들려왔다.

퍼뜩 소리가 난 쪽으로 고개를 돌리자 내 또래처럼 보이는 여자애가 문을 열고 들어오는 게 보였다. 나는 사색이 된 얼굴로 면식도 없는 여자애를 걱정했다.

나가! 여긴 네가 올 곳이 아니야!

속으로 비명을 지르고 있는데 갑자기 커크가 다급하게 몸을 일으키는 게 보였다. 커크는 자기 반만한 여자애에게 허리를 굽실거리며 인사를 했다.

"사, 사모님?"

"레바테인은 어디 있어? 그리고 내가 왜 네 사모냐? 내가 조폭이냐? 어?"

"아니, 그것이……. 형님이 요즘 통 보이질 않아서, 저희도 잘……."

땀을 뻘뻘 흘리면서 변명하고 있는 커크를 보며 여자애가 혀를 찼다. 나는 얼이 빠진 얼굴로 그녀와 커크를 번갈아 쳐다봤다.

아무리 뜯어봐도 여자애는 내 또래처럼 보였다. 나이는 많아 봐야 10대 후반이었고 어디에나 있을 법한 갈색 머리카락에 갈색 눈동자를 한 평범해 보이는 소녀였다. 게다가 인상은 강아지처럼 순해 보여서 도저히 저런 조폭들과 안면이 있을 거라는 생각은 들지 않았다.

"너희는 도대체 언제까지 사람들 등 처먹으면서 살래?"

"아, 그렇게 말씀하시면 저희가 섭섭하지요. 이래 봬도 저희는 합법적으로다가……."

"합법은 개뿔, 연 이자율이 1000%가 넘는데 그게 합법이냐? 어?"

그때 일그러진 얼굴로 혀를 차는 여자애와 눈이 마주쳤다. 뭔지는 모르겠지만 지금 이 상황에서 날 구해줄 수 있는 사람은 저 소녀밖에 없는 것 같았다. 나는 최대한 불쌍해 보이는 표정으로 그녀에게 텔레파시를 보냈다.

제발 나 좀 구해주세요. 나 좀 살려줘. 난 여기에 돈 빌리려고 온 게 아니라고. 난 여기가 금은방인 줄 알았어. 난 진짜 아무것도 모르고 왔단 말이야.

다행히 텔레파시가 통한 건지 내 얼굴을 멀거니 보던 여자애가 한숨을 내쉬며 커크에게 말했다.

"저 앤 뭐야?"

"그것이, 저희 쪽 손님……."

"야, 너 몇 살이야? 이게 겁대가리도 없이 여기가 어디라고 기어 들어와?"

그녀는 내 쪽으로 성큼성큼 다가오더니 한 팔로 내 팔뚝을 잡아 억지로 일으켜 세웠다. 나는 소파에서 몸을 일으키며 그녀에게 거의 매달리다시피 했다. 그리고 그제야 다른 팔 쪽의 옷이 텅텅 비어 있다는 걸 깨달았다.

"아무튼 레바테인 오면 나한테 좀 오라고 해."

"사모님! 그년은 우리 손님……!"

쾅 소리가 날 정도로 세게 문이 닫혔다.

그녀는 밖으로 나오자마자 내 팔뚝을 놓더니 잔뜩 일그러진 얼굴로 말했다.

"야, 네가 무슨 사정이 있는진 모르겠지만 사채에 손대면 네 인생은 끝장나는 거야. 알겠냐? 그리고 하필 사채를 빌려도 이런 데서……."

"아, 아니……. 제가 사채를 빌리려고 여기에 온 게 아니라……. 저는 그냥……."

악의 소굴에서 벗어났다는 안도감과 함께 억울함이 물밀듯 밀려왔다. 내가 울먹거리자 그녀가 한숨을 내쉬며 내 어깨를 두드렸다.

"나이도 어려 보이는데 인생 포기하지 말고 열심히 살아라."

"가, 감사합니다."

나는 그녀의 한 손을 꽉 붙잡고 다시 울먹거렸다. 이 애가 아니었다면 난 지금쯤 신체 포기각서에 도장을 찍고 있었을지도 모르는 일이었다. 눈시울을 붉히며 잔뜩 어깨를 움츠리고 있는데 다시 헐렁하게 비어 있는 소매가 눈에 들어왔다.

아무래도 팔 한쪽이 없는 것 같았지만 나는 애써 못 본 척 고개를 돌렸다. 다시 한 번 감사하다고 인사를 하려는데 지척에서 누군가의 목소리가 들려왔다.

"레바테인은 만났어?"

"아, 깜짝이야!"

그녀는 화들짝 놀라며 소리가 난 쪽으로 고개를 돌렸다.

그녀를 따라 나도 덩달아 고개를 돌리자 익숙한 얼굴이 보였다. 나는 눈을 동그랗게 뜨고 입을 벌렸다.

"왜 그렇게 놀라? 오랜만에 나왔는데 밥이나 먹고 들어가자."

"집에서 안 먹고?"

"밥하기 싫어."

피의 황제다. 그러니까 가을이 아빠…… . 내가 입을 벌리고 어버 버거리고 있는데 날 알아본 피의 황제가 의아한 얼굴로 그녀에게 물었다.

"근데 네가 얘랑 왜 같이 있어? 둘이 아는 사이였어?"

그녀는 어리둥절한 얼굴로 나와 피의 황제를 번갈아 보다가 말했다.

"얘가 누군데?"

"가을이 친구."

그 말에 그녀의 눈이 점점 커지기 시작했다. 그녀는 얼빠진 표정으로 날 가만히 보다가 느닷없이 내 손을 덥석 잡았다.

"내 아들 잘 좀 부탁드립니다."

"…… ."

어쩐지 감격에 겨운 말투였다.

도대체 어쩌다가 일이 이렇게 된 건지 모르겠다.

"초면에 이런 말 하기 좀 그런데, 너 인간이냐?"

"네?"

"쟤 사람 맞아. 난 저번에 한 번 봤거든."

"그럼 됐다. 됐어. 사람이기만 하면 돼."

난 도대체 저 사람들이 무슨 말을 하는지 하나도 알아들을 수가 없었다. 내 또래처럼 보이는 저 팔 없는 여자애가 가을이 엄마라는 것부터가 기가 막혔다.

믿기가 힘들었지만 어쨌든 가을이도 그렇고 가을이 아빠도 그렇고 원래 나이보다는 젊어 보이니 그건 그렇다고 치자. 하지만 나는 아무리 생각해도 왜 내가 가을이 부모님이랑 같이 밥을 먹어야 하는지는 납득이 되질 않았다. 솔직히 말하면 이 자리가 아까 그 조폭들이랑 있는 자리보다 더 불편했다.

가을이가 그냥 내 친구라면 친구 부모님이랑 밥 한 끼 먹는다고 편하게 생각할 수 있겠지만, 그렇지 않으니까 문제였다.

더구나 오가는 대화가 꼭 상견례 자리에 있는 것 같았다.

"근데 너 요리는 잘해? 쟨 한가지면 된다지만 난 딱 두 가지면 돼. 인간이고, 요리 잘하기만 하면 네가 사실 남자라거나 할머니라도 별 상관은 없어."

"너 지금 그거 나 들으라고 하는 소리냐? 요리 못하는 게 내 탓이야?"

"가을이는 다 좋은데, 요리 못하는 걸 널 닮았다는 게 진짜 안타까워. 솔직히 가을이가 무슨 죄가 있겠어, 부모 잘못 만난 게 죄지……."

피의 황제가 한숨을 내쉬며 상심했다. 거기에 가을이 엄마가 이를 바득바득 갈며 그를 노려봤다.

그러다가 다시 나에게 시선을 돌렸다.

"근데 너 이름은 뭐냐? 몇 살인데? 부모님은 뭐하셔? 아니, 됐어. 다 필요 없어. 네 이름이 봉팔이라도 상관없어. 나이가 어리든 많든 그것도 상관없고, 부모님이 뭘 하든 그런 것도 상관 안 할게."

그녀는 손을 뻗어 포크를 쥐고 있는 내 손을 감쌌다. 여전히 감격스럽다는 표정이었다.

이거 봐라, 꼭 호구 조사하는 것 같은 말투와 내가 사람이기만 하면 상관없다는 게 며느리를 인정하는 시어머니 같지 않은가.

게다가 이곳이 룸 형식이라는 것도 내겐 드라마에서 주인공들이 상견례를 할 때 찾는 고급 레스토랑으로 보였다.

하고 많은 식당 중에 왜 하필 이런 비싼 룸 형식 식당인 거지?

"근데⋯⋯. 너 어디 하자가 있거나 그런 건 아니지?"

"네?"

그녀의 표정이 갑자기 안타깝다는 표정으로 변했다. 가을이 엄마는 마치 내가 불쌍하다는 듯 쳐다보며 다시 입을 열었다.

"아니, 솔직히⋯⋯. 가을이가 내 새끼긴 한데 좀⋯⋯. 그렇잖아. 너도 무슨 말인지 알지?"

"⋯⋯."

"야, 너 그게 무슨 소리야? 가을이가 뭐 어때서?"

내가 입을 꾹 다물자 피의 황제가 일그러진 얼굴로 맞받아쳤다. 그러자 그녀가 내 손을 놓더니 깊게 한숨을 내쉬었다.

"그래, 고슴도치도 제 새끼는 예뻐 보인다더라."

"야, 솔직히 말해서 가을이가 또라이 소리 듣는 건 널 닮아서 그래. 걔가 성격은 널 닮은 거고 똑똑한 건 날 닮은 거라고. 양심에 가책을 느껴야 될 건 너야. 넌 내가 불쌍하지도 않아?"

"뭐? 너 이 새끼, 저번 달에 네가 냉장고 바꾼다고 쓴 돈이 도대체 얼마야? 멀쩡한 침대 버리고 새 걸로 바꾼다고 쓴 돈은! 너 때문에 씨발, 내 등골이 휘고 있잖아! 넌 그 낭비벽 언제 고칠래? 우리가 갑부냐? 돈이라고는 개뿔도 못 버는 백수 새끼가 어디서 돈을 물 쓰듯 쓰고 있어! 내가 그거 메운다고 얼마나 개고생을 한 줄 알아? 넌 사방팔방으로 돈 구하러 다니는 내가 불쌍하지도 않아?"

분위기가 갑자기 험악하게 변했다.

나는 이러지도 저러지도 못한 채 그저 벌벌 떨기만 했다. 그녀의 말에 피의 황제가 허탈하다는 듯 웃었다. 그들은 이미 내 존재 따윈 잊은 듯했다.

"내가 냉장고랑 침대를 바꾼 건 너 때문이잖아. 너 저번에 나랑 싸우고 집 나가서 무슨 짓 했어? 내가 그땐 그냥 넘어갔는데, 엄연히 말하면 넌 바람피운 거야. 가을이가 나한테 너 술집에서 헌팅하고 있단 소리 했을 때 난 억장이 무너졌어."

"너 갑자기 왜 지나간 얘기를……. 야! 바람은 무슨, 그건 그냥 얘기한 거야. 대화! 그냥 말한 것밖에 없는데 그게 왜 바람이야? 그리고 우리가 싸운 거랑 네가 돈지랄 한 게 무슨 상관인데?"

"난 스트레스 받으면 원래 그래. 냉장고 사고 침대 사고 옷 사고 집 사고 그러면서 스트레스 풀거든. 너처럼 바람피우면서 스트레스 푸는 게 아니라. 그리고 내가 성에서 나올 때까지만 해도 네가 나 먹여 살린다고 했잖아. 내가 그 말에 속는 게 아니었는데……."

피의 황제는 모든 걸 체념한 사람처럼 허망한 표정을 지었다. 왠지 저 얼굴을 보고 있자니 인생무상이라는 말이 절로 떠올랐다.

저번에 가을이 집에 토마토 따러 갔을 때 이혼이니 결혼이니 그런 소릴 하더니 지금 그게 싸움의 원인이 된 것 같았다.

음, 아닌가. 그냥 냉장고 때문에 싸우는 건가…….

어쨌든 이대로 가만히 있다간 정말 싸움이라도 날 것 같아서 말리려는데 가을이 엄마가 개미 기어가는 목소리로 변명하듯 말했다.

"누가 너 안 먹여 살린대? 네가 돈을 너무 쓸데없이 많이 쓰니까 그러지! 그리고 내가 바람을 피운 게 아니라 그건 진짜⋯⋯."

피의 황제는 그녀의 말을 듣는 둥 마는 둥 하며 칼질만 했다. 화가 난 표정은 아니었는데 걸레처럼 찢어지는 스테이크를 보니 그런 것도 아닌 듯했다.

"그건 내가 미안하다고 했잖아. 그리고 진짜 바람피운 거 아니야."

조금 전까지만 해도 백수 새끼라고 소리치던 가을이 엄마는 술집에서의 헌팅이 그래도 찔리긴 했는지 아까보단 기세가 꺾인 목소리로 웅얼웅얼 말했다.

"그래, 미안하겠지. 나도 멀쩡한 냉장고랑 침대 바꿔서 미안해."

형체를 알아볼 수도 없을 만큼 스테이크를 찢어발긴 피의 황제가 포크와 나이프를 내팽개치며 도리어 사과를 했다. 누가 들어도 저건 빈말이었다.

"아니⋯⋯. 그, 그럴 수도 있지. 생각해보니까 냉장고도 그렇고 침대도 그렇고 너무 낡았어. 바꿀 때가 됐는데 네가 잘 바꾼 거야. 더 바꿔. 더 바꿔도 돼. 이번 달에 돈 좀 남는데 그걸로 다른 것도 더 바꿔."

"네가 등골 휘어지게, 사방팔방으로 돈 구하러 다니는데 내가 그럴 순 없지."

피의 황제는 단단히 삐친 듯 그녀에게 시선도 주지 않았다. 그들을 번갈아가며 쳐다보며 나는 내가 왜 여기에 있는지 모르겠다는 생각을 다시 한 번 했다.

그냥 조용히 일어나서 나가도 모를 것 같은데…….

"야."

"……."

"그래서 또 뭘 바꾸고 싶은데."

"……."

그녀의 노력이 닿았던 걸까, 피의 황제가 슬쩍 고개를 돌려 초롱초롱한 눈망울로 그녀를 쳐다봤다. 아까 스테이크를 찢어발긴 사람이라고는 생각할 수 없을 정도로 빠른 표정 변화였다.

"식탁 바꿔도 돼?"

피의 황제가 기다렸다는 듯 묻자 그녀가 어색하게 웃었다.

"저기, 여보. 바꿔도 되는데, 크기만 좀……. 지금 있는 식탁도 내 생각엔 너무 큰 것 같아. 나는 우리 둘밖에 안 사는 집에 왜 12인용 식탁이 있어야 하는지 도대체 이해를 할 수가……."

"안 된다고?"

"……바꾸자. 그래, 바꿔. 근데 그거 얼마야?"

그냥 일어날까, 그런 생각을 잠시 하다가 그래도 그건 예의가 아닌 것 같아서 나는 조심스레 그들의 대화에 끼어들었다.

"저, 저기요. 제가 집에 가봐야 될 것 같은……."

"그게 이번 신상인데 22골드밖에 안 해. 내가 봤을 때 그 브랜드에선 22골드도 되게 싼 거거든? 그것도 무려 신상이 22골드면 완전 거저먹는 거야. 근데 세일해서 20골드까지……."

"뭐? 22골드? 너 죽고 싶냐? 22골드가 무슨 개집 이름이야?"

내 목소리는 그녀의 목소리에 묻혀버렸다. 나는 그녀를 붙잡으며 울며 겨자 먹기로 그들을 말렸다.

"저기요, 싸우지 마시고 서로 대화로……. 저기, 여기서 이러시면 안 되는데……."

"아니, 자기야. 22골드가 아니라 세일해서 20골드……."

"20골드고 나발이고 때려치워!"

그녀는 화가 머리끝까지 났는지 자리를 박차고 일어섰다. 그러자 피의 황제 역시 벌떡 일어서서 따지듯 말했다.

"야! 식탁 하나에 20골드가 비싸? 그게 뭐가 비싸!"

"안 비싸다고? 식탁 하나에 2억이나 하는데 그게 안 비싸다고?"

"2억?"

나는 헉 숨을 들이켰다. 얼마라고? 내가 지금 잘못 들었나?

내가 입을 쩍 벌리자 서로 노려보고 있던 가을이 엄마랑 아빠가 빛의 속도로 내게 시선을 돌렸다. 그 갑작스러운 시선에 내가 어깨를 움츠리자 가을이 엄마가 내 어깨를 붙잡았다.

"네가 생각해도 비싼 거 같지? 내가 이상한 거 아니지?"

"네, 진짜 엄청 비싼 거 같아요……."

내가 재빠르게 고개를 끄덕이자 그녀가 화가 난 표정으로 다시 한 번 피의 황제를 노려봤다.

나는 분위기를 좀 전환해 보고자 슬며시 고개를 들어 그녀에게 물었다.

"근데 20골드가 2억이면, 1골드가 천만 원이에요?"

내 말에 그녀가 의아한 얼굴로 날 쳐다봤다. 그때 피의 황제가 아 하고 내게 물었다.

"그러고 보니까 너 지구에서 왔다고 했지?"

"네?"

"어? 걔가 얘였어? 네가 겨울이야? 한겨울?"

나는 우리가 아직 통성명도 하지 않았다는 사실을 깨달았다. 나는 어색하게 웃으며 고개를 끄덕였다.

"안녕하세요, 한겨울이라고 합니다. 저기, 그만 싸우시고……. 스테이크 다 식는데……."

내가 더듬더듬 말하자 그제야 그들이 다시 의자에 앉았다. 가을이 엄마랑 아빠는 언제 싸웠냐는 듯 내게 이것저것 말을 걸기 시작했다.

"네가 가을이한테 잭 더 리퍼라고 했지?"

"너 진짜 이름 잘 짓는다."

푸핫 하고 웃으며 그녀가 말했다. 자기 아들한테 「잭 더 리퍼」라고 했는데 이름 잘 지었다고 웃는 엄마는 또 처음 봤다.

나도 덩달아 허허 웃는데 피의 황제가 새우 하나를 까서 그녀의 접시에 얹었다. 가을이 엄마는 걸레가 된 스테이크를 옆으로 치워놓고 피의 황제에게 콘 수프를 떠먹여 줬다. 그 모습이 너무 자연스러워서 기분이 좀 이상해졌다.

　아까까지만 해도 싸우더니……. 역시 부부싸움은 칼로 물 베기인가 보다.

　"근데 넌 돈 단위도 모르면서 사채를 빌리러 갔던 거야?"

　"아니요, 제가 사채를 빌리려고 간 게 아니라……."

　"저 정도면 양반이지. 넌 처음에 여기 왔을 때 식칼 하나를 300억 주고 샀잖아."

　"야, 넌 또 왜 옛날 얘기를 꺼내고 난리야?"

　이러다가 사채까지 빌릴 정도로 가난한 애로 낙인찍히는 게 아닐까 싶은 생각이 들어 나는 황급히 티격태격하는 그들의 대화에 끼어들었다.

　"저기요, 저 사채 빌리려고 간 거 아니에요."

　"뭐? 그럼 너 설마 장래희망이 조폭이냐?"

　"어쩐지. 내 토마토 다 훔쳐갈 때부터 알아봤어."

　"……."

　도무지 대화를 따라갈 수가 없었다. 내가 얼빠진 표정으로 아무런 말도 하질 못하자 가을이 엄마가 내 눈치를 보다가 피의 황제를 팔꿈치로 툭 쳤다.

"야, 장래희망이 조폭일 수도 있고, 살다 보면 도둑질도 하고 그럴 수 있는 거지."

내 생각을 해준다고 한 말 같았는데 전혀 위로가 되지 않았다. 정말 내가 이상한 애가 된 것 같았다. 나는 거의 반쯤 울먹이면서 변명을 하기 시작했다.

"저기요, 제가 도둑질을 한 게 아니라 가을이가 먹어도 된다고 해서 토마토 따고 있었던 거고요, 저 장래희망 조폭 아니에요……."

내가 도대체 왜 이런 변명을 해야 되는지는 모르겠지만 나는 필사적으로 말했다.

"전 나중에 커서 조폭이 아니라 요리사가 되는 게 꿈이에요. 사실 처음부터 요리사가 되고 싶었던 건 아닌데 제가 할 수 있는 게 그거밖에 없어서……. 지금은 요리사 진짜 되고 싶거든요? 제가 요리하는 거 진짜 좋아하거든요? 전 누가 제가 만든 거 맛있게 먹어주는 거 보면 정말 기분이 좋거든요? 제가 진짜 거짓말 안 하고 싸우는 것도 싫어하고 조폭은 더 싫어하는데……."

말하다 보니까 진짜 억울해졌다. 내가 여기서 왜 이런 변명을 하고 있어야 되나……. 가을이가 너무 보고 싶었다.

이 새끼는 평소엔 잘만 나타나더니 오늘은 왜 코빼기도 안 보여? 갑자기 짠 나타나서 내가 진짜 요리도 잘하고 장래희망이 조폭도 아니라고 같이 변명해주면 너무 좋을 것 같았다.

"어……. 음, 그래. 장래희망이 요리사라고?"

가을이 엄마의 말에 나는 필사적으로 고개를 끄덕였다.

"네, 저 진짜 요리 되게 잘하는데……. 싸우는 거 말고 요리……. 중학교 때부터 혼자 김장도 했고, 게장도 만들 수 있고, 제과제빵도 할 수 있고……."

시뻘겋게 달아오른 얼굴로 더듬더듬 말하고 있는데 멀거니 날 쳐다보기만 하던 피의 황제가 대뜸 물었다.

"너 게장 만들 때 양념 어떻게 만들어?"

"네?"

"내가 게장은 여기 와서 처음 만들어봤는데 자꾸 비려서 만들어놓고 다 갖다버렸거든."

그 말에 나는 훌쩍거리면서 물었다.

"어떤 거요? 양념게장이요, 아니면 간장게장이요? 간장게장은 간장 끓일 때 사이다 넣으면 되는데……. 근데 여기 사이다 있어요? 없으면 레몬즙 넣어도 되는데……."

내 말에 피의 황제가 처음으로 화색을 띠고 웃었다.

내가 도대체 왜 이 집에서 이러고 있는지 모르겠다.

아까 식당에 갈 때도 비슷한 느낌이었던 것 같은데……. 나는 황급히 고개를 좌우로 흔들며 달아나려는 정신을 붙잡았다.

나는 거의 반쯤 정신을 놓고 게를 손질하며 말했다.

"여기 입을 떼어내면……. 이게 모래주머니거든요? 일단 이걸 제거하고……."

피의 황제는 내 옆에서 내가 게를 손질하는 걸 똑같이 따라 하고 있었다. 마음 같아서는 게장이고 뭐고 제발 나 좀 집에 보내달라고 하고 싶지만 차마 그럴 수가 없었다. 피의 황제가 마치 수업을 듣는 아이처럼 내 말을 너무 열심히 경청하고 있었기 때문이다.

"다리 끝 부분도 잘라주시고, 다 하셨으면 게를 반으로 자르시고……."

내 옆에 산처럼 쌓여 있는 꽃게를 멍하게 보다가 나는 내가 왜 여기에 있는지를 떠올렸다.

그러니까 우리는 식당에서 나와 시가지 변두리로 갔다.

그곳은 번화가와는 달리 숲이었다. 그동안 나는 계속 게장을 맛있게 담그는 101가지 방법에 대해 연설하고 있었다. 우리는 길이 끝날 때까지 한참을 걸었고, 멀리서 풀이 듬성듬성 난 돌벽이 보였다.

계속 가면 여긴 막다른 길인데 왜 자꾸 걷는지 의아해하고 있을 때 갑자기 내 말을 잘 듣고 있던 피의 황제가 벽을 통과했다.

놀라서 입을 쩍 벌리고 굳어있는데 가을이 엄마가 내 등을 밀었다. 벽을 통과하자 믿을 수 없을 만큼 넓게 펼쳐진 꽃밭과 작은 집 한 채가 보였다.

지금 생각해보면 이것도 마법인 듯한데, 아무튼 아깐 정말 놀라서 기절하는 줄 알았다.

속으로 한숨을 내쉬며 무심코 고개를 돌리는데 가을이 엄마가 보였다. 그녀는 우리가 집에 도착해 게를 손질할 동안 계속 화분에 물을 주고 있었다. 나는 의아한 얼굴로 그녀와 피의 황제를 번갈아가며 쳐다봤다.

생각해보니까 좀 이상했다. 보통 게장 만드는 걸 남편이 배우나?

"근데 요리를 아저씨가 하세요?"

내가 조심스레 묻자 그가 별안간 한숨을 내쉬며 떨떠름하게 말했다.

"너 가을이가 음식 만드는 거 본 적 있어?"

그 말에 별생각 없이 고개를 저으려다가 문득 가을이가 수플레를 만들려다가 오븐을 폭파시켰던 사건이 떠올랐다.

내 얼굴이 희게 질리는 걸 본 아저씨가 허탈하게 허허 웃었다.

"거짓말 안 하고 쟤가 딱 가을이 두 배야. 나 아플 때 계란 프라이 하나 만들어준다고 설치다가 계란을 숯으로 만들었거든."

아저씨가 턱짓으로 화분에 물을 주고 있는 가을이 엄마를 가리켰다. 아무리 그래도 그건 너무 과장된 얘기 아닌가?

"계란을 어떻게 숯으로 만들어요?"

내가 푸핫 웃으며 묻자 아저씨가 정색을 하고 날 쳐다봤다.

"장난 같지?"

"……."

내가 웃다가 입을 다물자 아저씨가 한숨을 내쉬었다. 속에서부터 우러나오는 굉장히 깊은 한숨이었다.

나는 슬쩍 고개를 돌려 가을이 엄마를 쳐다봤다. 그녀는 화분에 물뿌리개를 내려놓고 이파리를 만지고 있었는데 그때 거짓말처럼 이파리가 뚝 부러졌다.

헉 숨을 들이켠 아줌마는 잠시 그대로 굳어 있다가 부러진 이파리를 화분 뒤로 숨기곤 이내 아무 일도 없었다는 듯 다시 태연하게 물을 주기 시작했다. 그걸 보며 나는 그녀가 정말 계란을 숯으로 만들 수도 있을 거라는 생각을 했다.

"그래도 요리하는 거 되게 좋아하시나 봐요. 보통 남자는 요리 잘 안 하잖아요."

"난 내가 살기 위해서 요리를 시작했어."

그 말을 들으며 나는 공감했다. 아저씨도 어쩔 수 없이 요리를 시작했구나. 마치 내 모습을 보는 것 같아서 연신 고개를 끄덕이다가 말했다.

"손질 다 했으면 이제 밑간해두고 20분 정도 놔두면 돼요."

나는 수건으로 손을 닦으며 말했다. 처음엔 당황했지만 그래도 이렇게 손질이 잘 된 게를 보고 있자니 뿌듯한 마음이 들었다. 나는 싱글벙글 웃으며 냄비를 꺼냈다.

"간장이랑 물을 1:1.5 비율로 넣으면 돼요. 소주 있으면 물 대신 소주 넣어도 좋고요. 그리고 같이 끓일 건, 뭐…… 그때그때 집에 있는 걸로 그냥 넣으면 돼요. 대추도 넣고 월계수 잎도 넣고 통후추, 생강, 마늘, 대파, 양파, 고추 등등. 한약재 있으면 그것도 넣으면 좋아요."

냄비에 간장과 물, 그리고 준비된 재료를 넣고 불을 켜는데 아저씨가 뜬금없이 물었다.

"너 올해 몇 살이라고?"

"지구에 있을 땐 열아홉 살이었는데 지금은 열일곱 살이에요."

"넌 나이도 어리면서 못하는 게 없네. 지금 부모님은 뭐하셔? 혹시 귀족이야?"

그 말에 나는 의아한 얼굴로 아저씨를 쳐다봤다.

갑자기 저런 걸 왜 묻지? 내가 입을 다물자 아저씨가 웃으며 태연하게 말했다.

"귀족인 줄 알았더니, 이런 것도 다 할 줄 알고……. 그럼 아까부터 자꾸 너 쫓아다니는 남자는 누구지? 넌 알고 있었어?"

"네?"

"난 또 네가 귀족이라서 호위 같은 거 붙이고 다니는 줄 알았지. 근데 아무리 봐도 귀족은 아닌 것 같아서."

도대체 저게 무슨 소리야? 날 쫓아다니는 남자라니? 내 어리둥절한 표정을 짓자 아저씨는 어떻게 생각했는지 탁자를 손가락 끝으로 톡톡 치기 시작했다.

"넌 모르는 사람이라는 거지?"

"절 쫓아다니는 남자라니요? 그게 누구예요?"

"나도 모르지. 혹시 너 원한 같은 거 산 적 있어? 저건 암만 봐도 훈련된 놈 같은데. 지금 우리 집 지붕 위에 있어."

갑자기 등 뒤로 오한이 끼쳤다. 날 쫓아다니는 남자라니? 아니, 도대체 언제부터? 왜? 누가?

갑자기 불길한 예감이 들어서 주먹을 꽉 쥐는데 아저씨가 한숨을 내쉬었다.

"너 집이 어디야?"

"지, 집이요?"

"아니다, 집에 가도 위험하긴 마찬가지일 것 같은데. 어쩌지? 네가 모르는 사람인 줄 알았으면 여긴 못 오게 했을 텐데."

"네?"

아저씨가 옆에 있는 젓가락 하나를 들고 허공에 그림을 그리기 시작했다. 아무것도 없는 허공에 마치 도화지에 그림을 그린 듯 하나둘 선이 생겨났다.

"아까 우리가 여길 지났잖아. 여기가 사실 다른 사람들이 볼 땐 그냥 벽이거든. 나가거나 들어올 때마다 걸려 있는 마법을 풀어야 되는데 너 쫓아오고 있는 남자가 너랑 아는 사이일 것 같아서 그냥 들어오게 내버려뒀어."

태연하게 말하는 아저씨를 보며 갑자기 미안한 마음이 들었다. 마법까지 걸어놓고 살 정도면 이곳에 아무나 오면 안 되는 것 같은데 괜히 나 때문에……

"죄송해요."

내가 조심스럽게 말하자 아저씨가 손을 저어 허공에 그려진 선들을 흩트리며 말했다.

"괜찮아. 그럼 지붕 위에 있는 저 남자는 너랑 아무 상관 없는 사람이라는 거지?"

나는 별생각 없이 고개를 끄덕이려다가 멈칫했다. 아저씨의 얼굴에서 가을이 겹쳐 보였다. 또 왜 피의 황제라는 별칭이 붙었는지, 피의 황제가 즉위할 당시에 저질렀던 악행이 뭔지에 대해 들은 이야기들이 떠오르기 시작했다. 갑자기 불길한 예감이 들었다.

일단 나는 바로 대답을 하지 않고 보글보글 끓고 있는 냄비를 보다가 불을 껐다.

"이제 이거 식혀서 부으면 돼요. 지금 부으면 게가 익어서……. 근데 저기요, 제가 책에서 봤는데……."

아저씨는 차를 끓이려는 듯 주전자에 물을 붓고 있었다. 이렇게 보면 그냥 옆집 아저씨 같아서 도저히 그가 피의 황제라는 게 믿기질 않았다. 가을이랑 닮아서 좀 특이해 보이는 구석이 있기는 했지만, 특이한 것과 무서운 건 달랐다. 나는 숨을 삼키며 물었다.

"아저씨가 정말 황제였어요?"

그 책의 내용이 과장됐던 거 아닐까? 내 불안한 얼굴을 말끄러미 보던 아저씨가 고개를 옆으로 젖히며 말했다.

"어떻게 알았어?"

"네? 어, 그게……. 책에 삽화가 있었는데 그 삽화가 아저씨랑 똑같아서요."

"내 얼굴 들어간 책은 다 없앴는데 어디서 봤어?"

그 말에 나는 그제야 형이 내게 보여줬던 책이 금서였다는 사실을 떠올렸다. 우리 형 방에 있는 책꽂이에서 봤다고 하면 안 될 것 같아서 나는 머리를 긁적이며 말을 돌렸다.

"근데 완전히 똑같이 생긴 건 아니고……. 좀 비슷하던데요? 머리카락 하얗고 눈 빨갛고, 음."

내가 더듬더듬 말하자 아저씨가 깊은 한숨을 내쉬었다. 내가 움찔 몸을 떠는데 아저씨가 찻잎을 주전자에 넣으며 말했다.

"그 책에 써져 있는 건 다 뻥이야."

"네?"

"난 되게 좋은 왕이었거든. 영웅이 있으면 악당도 존재하는 것처럼, 좋은 왕이 있으면 그 곁엔 언제나 나쁜 사람들이 있기 마련이지. 내가 너무 잘나서 질투한 사람들이 날 악당처럼 써놓은 거야. 한마디로 역사 왜곡이지."

억울하다는 듯 말하는 아저씨를 보며 나는 역시 하고 고개를 끄덕였다. 이럴 줄 알았다. 피의 황제는 무슨, 암만 봐도 우리 옆집에 사는 그냥 평범한 동네 아저씨 같았다. 다만 좀 심하다 싶을 정도로 젊어서 문제지.

"그렇죠? 거봐, 내가 그럴 줄 알았어. 솔직히 그 책 보니까 아저씨를 완전히 못된 악당처럼 써놨더라고요."

아저씨가 쟁반에 찻잔을 담았다. 그리고 우리는 아까 아줌마가 말한 12인용 식탁에 나란히 앉았다.

"난 그 책 보고 무슨 소설인 줄 알았어요."

"그냥 소설이라고 생각하면 편해."

아저씨가 태연한 얼굴로 말했다. 그 말에 고개를 끄덕이고 있는데 화분에 물을 다 준 아줌마가 내 옆에 앉아 찻잔을 들었다.

"무슨 소설?"

"아, 제가 옛날에 책을 봤는데 거기에 아저씨 얘기가 나와 있더라고요. 근데 그 책 좀 이상한 것 같아서요. 막 피의 황제가 어쨌다느니……."

아줌마는 차를 한 모금 마시더니 아아 하고 입을 열었다.

"그거 나도 봤는데 진짜 이상했어."

"맞죠? 그 책 쓴 사람도 너무한 거 아니에요? 어떻게 그렇게 과장 되게……."

"거의 사기 수준으로 미화시켜놨던데. 역사를 아예 새로 썼더라."

"……예?"

나는 마시고 있던 차를 뿜을 뻔했다. 미화? 과장이 아니라?

"미화가 아니라 과장이겠지."

아저씨가 찻잔을 내려놓으며 내가 생각하던 걸 그대로 말했다. 아줌마는 뭐라고 하려다가 이내 한숨을 내쉬며 혀를 찼다.

나는 얼빠진 표정으로 아줌마랑 아저씨를 번갈아가며 보다가 얌전히 고개를 숙였다. 저건 그냥 못 들은 걸로 해야겠다.

"그나저나 우린 오늘 처음 만나는 건데 집에 데리고 와서 게장이나 만들라고 하고……. 많이 놀랐지?"

"아니요, 괜찮아요. 어차피 할 것도 없었는데요, 뭐. 근데 아까 아줌마랑 아저씨 싸울 땐 진짜 놀랐어요."

"그러게, 진짜 네 앞에서 별짓을 다 했네. 근데 아까 진짜 사채는 왜 빌리러 갔던 거야?"

의아한 얼굴로 묻는 아줌마를 보며 나는 한숨을 내쉬었다.

"제가요, 진짜 사채 빌리러 갔던 거 아니거든요? 전 그냥 거기가 금은방인 줄 알고 들어갔는데, 들어가자마자 잡혀서 억지로 계약서에…….

난 그냥 황금알 돈으로 바꾸러 간 건데……."

"저런……."

아줌마가 안쓰러운 눈으로 날 쳐다봤다. 진짜 아까 일은 생각하기도 싫었다. 정말 아줌마 아니었으면 난 어떻게 됐을까.

"지금은 가게 문 다 닫았을 텐데. 현금으로 바꿀 거면 내가 바꿔 줄까?"

아줌마가 힐끗 시계를 보며 말했다. 나는 화색을 피고 잊고 있었던 황금알을 꺼냈다. 손수건을 풀자 노랗게 빛나는 황금알이 드러났다.

"얼마에 팔 생각이었어?"

그 말에 나는 뜨끔했다.

"어……. 음, 그냥 시세에 따라?"

"……너 설마 시세도 모르고 그냥 갔던 거야?"

나는 아무런 말도 하지 못하고 입을 다물었다. 생각해보니까 난 이게 얼마짜린 줄도 몰랐다. 하마터면 크게 사기를 당할 수도 있었겠다는 생각이 들었다.

"아, 맞다. 근데 아줌마는 만약 선물 받으면 뭐 받고 싶어요? 제가 사실 친구……. 아니, 친구가 아니라, 음. 따지고 보면 고모? 아무튼 고모가 학교를 조기 졸업해서 선물을 사주려고 하는데 뭐가 좋을까요?"

"글쎄……. 나이에 따라 다르지. 고모가 몇 살인데?"

"저랑 동갑이고, 지금은 학교 졸업해서 사제 시험 준비하고 있어요."

내 말에 아줌마가 눈을 동그랗게 뜨고 날 쳐다봤다. 하긴, 고모가 나랑 동갑인 경우는 흔한 게 아니니까. 아줌마는 이내 고개를 끄덕이며 말했다.

"사제 시험 준비하고 있는 거면 표식도 나타났겠네."

아줌마는 의자에서 일어나 방으로 들어갔다.

그 사이 나는 반쯤 식은 차를 마시며 주변을 둘러봤다. 집 자체는 큰 편이 아니었는데 가구들이 모두 굉장히 고급스러워 보였다. 게다가 이건 나무집인데 천장에 크리스털 샹들리에가……. 멍청한 표정으로 샹들리에를 쳐다보고 있는데 아줌마가 가죽 주머니와 반지 하나를 가지고 내게 다가왔다.

"일단 이건 황금알 가격."

나는 묵직한 가죽 주머니를 받으며 화색을 띠었다. 드디어 나에게도 현금이 생기는구나. 나는 주머니를 열어볼 생각도 하지 못하고 속으로 웃었다.

"그리고 이건 신성력을 증폭시켜주는 반지야. 아마 네 고모가 사제 시험 준비를 하고 있는 거라면 이게 많은 도움이 될 거야."

"네? 이거 저 주시는 거예요?"

얼떨결에 반지를 받는데 아줌마가 어색하게 웃으며 말했다.

"네 허락도 없이 집으로 데리고 와서 미안해. 쟤가 게장 만들다가 실패한 게 처음이 아니라서 오기가 생겼나 봐. 고마워서 주는 거니까 그냥 받아. 어차피 지금 가게 문도 다 닫았을 텐데."

"어, 그래도 이거 되게 비싸 보이는데……."

"별로 안 비싸. 그리고 우리가 가지고 있어봐야 별 쓸모도 없고……."

나는 자그마한 은색 반지를 보며 숨을 삼켰다. 반지 자체는 단순한 모양이었지만 가운데 척하니 박혀 있는 알맹이는 언뜻 봐도 굉장히 비싸 보였다. 처음 봤을 땐 다이아몬드처럼 보였는데 계속 보니 각도에 따라 색깔이 변했다. 예쁘긴 겁나게 예뻤다.

자꾸 거절하기도 뭐하고 설마 비싸면 뭐 얼마나 비싸겠나 싶은 생각이 들어 나는 활짝 웃으며 말했다.

"고맙습니다. 대신 제가 다음에는 양념게장 만들러 올게요."

내 말에 아줌마가 입을 다물고 멀뚱멀뚱 날 내려다봤다. 의아한 얼굴로 아줌마를 올려다보고 있는데 아줌마가 느닷없이 내 머리를 슥슥 쓰다듬었다.

"살다 보니까 별일이 다 생기네."

"네?"

"아무것도 아니야. 날도 어두워졌는데 이제 그만 가봐야지. 그리고 지붕에 붙어 있다는 그 사람은 그냥 여기 두고 가고."

그러고는 아저씨를 돌아보며 말했다.

"네가 겨울이 집에 좀 데려다 주고 와."

"알았어."

어? 나는 눈을 동그랗게 뜨고 아줌마를 쳐다봤다.

그러고 보니까 그 지붕에 있다는 사람을 까먹고 있었다. 그 사람 도대체 누구지? 누군데 날 따라다녀?

"지붕에 있는 사람은 왜……."

"왜 널 미행하고 있냐고 물어봐야지. 아무튼 넌 걱정하지 말고 조심히 들어가. 다음에 또 놀러 오고."

아줌마는 웃었지만 나는 덩달아 웃을 수가 없었다. 주춤주춤 의자에서 일어나는데 갑자기 아줌마가 구석에 세워진 시커멓고 긴 칼을 익숙하게 잡아 쥐었다. 검집도 따로 없는, 날이며 손잡이까지 죄다 검은색인 검이었다.

"어디 살아?"

"네? 어, 저 교황청이요."

얼떨떨하게 대답하자 순간 아저씨도 아줌마도 동상처럼 굳어버렸다. 그 반응에 고개를 갸웃하는데 아저씨가 입을 열었다.

"너 혹시 사제야? 아니면 성녀?"

"아니요? 어, 옛날엔 성녀였는데 지금은 아니에요. 그냥 형이……. 아니, 아빠가 교황청에 살아서 저도 그냥 거기서 사는데……."

"……너희 아빠가 누군데? 사제야?"

그 말에 나는 고개를 저으며 말했다.

"아니요, 교황이요."

"……."

"……."

아줌마가 들고 있던 검을 툭 떨어뜨렸다. 챙그랑 하는 소리에 놀라 어깨를 움츠리는데 아줌마가 화들짝 정신을 차리며 떨어진 검을 주웠다.

"교황이 양녀를 들였다더니……. 그게 너였어?"

아저씨가 한숨을 내쉬며 머리를 짚었다. 아줌마도 그렇고 아저씨도 그렇고 갑자기 왜 저러는지 모르겠다. 영문도 모른 채 계속 고개만 갸웃하는데 아저씨가 허탈하다는 듯 웃었다.

"저기……. 아저씨 나쁜 사람 아니야."

"네?"

"나쁜 사람은 아닌데……. 음, 그게 이건 네가 태어나기도 전의 일이라 들어도 잘 이해를 못할 거야. 그러니까 그냥 집에 가서 아저씨 만났다는 말은 하지 마. 알겠지?"

얼떨결에 고개를 끄덕이는데 문득 떠올랐다. 저 지붕 위의 사람이 누군지, 그리고 내가 굳이 말하지 않아도 형이 내가 뭘 했는지 다 알거라는 것도.

"저기요, 생각해보니까 그 지붕 위에 있는 사람이요. 저도 까먹고 있었는데……."

"그래, 알겠어. 네가 무슨 말을 할지 알겠……."

아저씨가 말을 하다 말고 입을 다물었다. 표정이 마치 나라를 잃은 사람처럼 침통하기 그지없었다. 그때 아줌마가 털썩 의자에 앉으며 중얼거렸다.

"사질리스랑 나르비크에 가 있을 테니까 겨울이 데려다 주고 여기 정리하고, 그리로 와."

갑자기 분위기가 암울하게 변했다. 사질리스는 뭐고 나르비크는 뭐지? 그게 뭐냐고 물어볼 틈도 없이 아저씨가 날 보며 말했다.

"가자, 교황청 앞까지 데려다 줄게."

"네? 가, 감사⋯⋯. 아니, 근데 혹시 무슨 안 좋은 일이라도⋯⋯."

아저씨가 내 어깨를 잡은 순간, 시야가 흐리게 변했다. 눈앞에 보이는 풍경도 아줌마의 모습도 점점 흐려지기 시작했다. 완전히 암흑으로 변하기 직전 아줌마가 들고 있던 검은색 검에서 시커먼 안개 같은 것들이 스멀스멀 기어 나오는 게 보였다.

그리고 풍경은 눈 깜짝할 새에 늘 보던 교황청 정문으로 바뀌었다. 약간 어지러워서 눈을 감았다 뜨는데 귓가로 혀를 차는 소리가 들려왔다.

"다음에 또 보자."

아저씨가 있는 쪽으로 고개를 돌리려는데 귓가로 희미하게 목소리가 스쳐 지나갔다. 소리가 난 쪽으로 완전히 고개를 돌렸을 땐 그곳에 아저씨가 아닌 어디서 본 것 같은 남자만 남아 있었다. 나는 그 남자가 형이 내게 붙여뒀던 사람이라는 걸 어렵지 않게 깨달았다.

마치 귀신이라도 본 듯 눈을 부릅뜨고 있는 남자를 보며 나는 어색하게 웃었다. 왠지 예감이 좋지 않은 게, 집에 들어가면 형한테 엄청 혼날 것 같았다.

09. 폭풍 속의 병아리.

교황청으로 돌아와 다음 날이 되도록 형은 날 찾지 않았다. 날 미행하고 있던 사람이 분명 형한테 내가 어제 누굴 만났는지 다 말했을 텐데⋯⋯. 불안한 마음에 나는 형이 부르지도 않았는데 형 근처를 서성거렸다.

괜히 쓸데없이 화분도 건드려 보고, 유리 진열장에 입김을 불어 글씨도 한 번 써보고, 형이 일하고 있는 책상 바로 앞에서 스트레칭도 하고, 펄쩍펄쩍 뛰어도 봤지만 형은 요지부동이었다.

"열반의 경지에 이르셨네⋯⋯."

한숨을 푹 내쉬고 혼자 중얼거리는데 그제야 형이 고개를 들어 날 쳐다봤다.

저러다가 또 금방 시선을 서류 쪽으로 옮길 것 같아서 나는 재빨리 다가가 책상에 손을 짚었다. 그리고 고개를 숙여 형이 보던 서류를 쳐다봤다.

물론 한 줄도 읽을 순 없었다.

"요새 많이 바빠?"

형은 평소에도 많이 바쁘긴 했지만 요 며칠 전부터 유독 심했다. 형이 기계처럼 일만 하는 바람에 난 편해졌지만 사실 좀 불쌍해 보이기도 했다. 잠도 못 자고 밥도 못 먹고 저러다가 사람 하나 잡을 것 같았다.

"바빠. 이틀 동안 시간 비워야 되니까."

"어? 이틀 동안? 왜? 어디 가?"

내가 눈을 동그랗게 뜨고 묻자 형이 멀거니 날 쳐다봤다. 그 시선에 어리둥절한 표정을 짓는데 형이 안경을 벗더니 미간을 꾹꾹 누르며 말했다.

"내일 필레타에 간다고 했잖아."

"내일? 필레타? 그게 뭔데? 나한테 그런 말 안 했는데?"

필레타가 뭐지? 어디서 들어본 것 같기도 했지만 그게 뭔지 기억은 나지 않았다. 내 말에 형이 미간을 좁혔다.

"말 안 했다고?"

그 말에 나는 쯧쯧 혀를 찼다. 저거 봐라, 내가 저럴 줄 알았어. 일만 하니까 저렇게 정신이 없지.

안쓰러운 눈으로 형을 쳐다보고 있는데 형이 다시 안경을 쓰고 펜을 들었다.

"어머니랑 아버지 뵈러 가는 거니까 너도 그렇게 알고 있어."

나는 잠시 형의 말을 이해하지 못했다. 어머니랑 아버지? 왠지 생소하고 어색한 단어였다. 그게 무슨 말이냐고 입을 열려고 할 때, 형이 내게 무슨 말은 한 건지 깨달았다. 형이 말한 어머니와 아버지는 이곳에서 형을 낳아준 사람이라는걸.

"뭐?"

나는 당황하지 않을 수가 없었다. 설마 내가 형의 어머니와 아버지를 만날 거라곤 꿈에도 생각하지 못했으니까.

"자, 잠깐만. 뭐라고? 누굴 만나? 내, 내가 왜……."

나는 말을 하다가 혀를 깨물었다. 나도 모르게 본심이 나왔다. 형을 낳아준 사람이 누군지 궁금하기도 했지만 솔직히 말해서 그다지 만나고 싶지는 않았다. 만나면 뭔가 어색할 것 같고, 그 사람들도 날 싫어할 것 같고, 그리고 또……. 아무튼 좀 그랬다.

"내일 아침 일찍 출발할 거니까 빨리 자."

"……그 말을 지금 하면 어떡해?"

나는 원망 어린 눈으로 형을 보며 책상을 짚고 있던 손을 뗐다. 분명 조금 전까지만 해도 기분이 괜찮았는데 순식간에 우울해졌다. 뭔가 심장이 싸하고 얼굴 근육이 경직돼 도저히 표정을 지을 수가 없었다. 나는 그러면서도 최대한 태연해 보이려고 노력하며 입을 열었다.

"너무 갑작스럽잖아. 그, 난 아직 마음의 준비도 안 됐고…… 이, 이대로 그냥 갈 수도 없고……."

내 말에 형이 코웃음을 쳤다.

"선 보러 가냐?"

"……."

평소라면 형의 비아냥거림을 자연스럽게 받아쳤겠지만 지금은 도저히 그럴 수가 없었다. 분명 형도 장난이었을 텐데 그게 좋게 들리지 않았다. 고까운 마음에 입을 꾹 다물자 형이 뭔가 이상함을 느낀 듯 고개를 들었다.

나는 형을 보며 눈만 껌벅거렸다.

형이랑 탄트라에 참관수업을 갔을 때도 이것과 비슷한 기분을 느꼈다. 아킨토스랑 머리를 쥐어뜯고 싸웠는데 형이 내 편을 안 들어준다고 울면서 뛰쳐나갔을 때.

솔직히 머리로는 내가 엄청 유치하고 이러면 안 된다는 걸 알고 있었지만 그땐 그게 내 마음대로 되지 않았다. 섭섭하기도 했지만 가장 컸던 건 불안감이었다. 딱 꼬집어 말할 수 없는 여러 가지 불안감이 터진 댐처럼 쏟아져서 도저히 이성을 유지할 수가 없었다. 조금만 이성을 챙겼더라면 진짜 울면서 뛰쳐나가진 않았을 텐데.

지금도 그때랑 비슷했다. 머리로는 내가 이러면 형이 곤란해하리라는 걸 알았지만 그게 내 마음대로 되질 않았다.

나는 내가 형의 부모님을 만났을 때 상황을 상상했다.

아늑하고 포근한 냄새가 나는 집안에 형과 형의 부모님, 아이리스와 아킨토스, 그리고 내가 함께 앉아 있었다. 형의 부모님은 아이리스와 아킨토스에게 이런저런 이야기를 하고, 아이리스는 사제 시험 준비에 관한 이야기를, 아킨토스는 왠지 학교에서 시험을 망쳤다는 둥 친구랑 싸웠다는 둥 그런 이야기를 하며 툴툴거릴 듯했다.

그 옆에서 형은 차를 마시며 간간이 짧게 대답을 하거나 신이 나서 말하는 아이리스와 아킨토스를 보며 웃기도 할 것 같았다.

하지만 나는 꿔다놓은 보릿자루처럼 얼어서 아무런 말도 못 할 거다. 마치 하얀 도화지에 누군가가 실수로 툭 떨어뜨린 시커먼 물감처럼 혼자만 다른, 어울리지 않는 방 안의 가구처럼 그저 그곳에 있기만 하겠지.

그 외에 다른 상상은 할 수가 없었다.

"필레타가 어디야? 여기서 가까워?"

꾀병을 부리거나 그것도 안 되면 가출을 해서라도 그곳엔 가고 싶지 않았다. 형의 부모님이 싫어서가 아니라, 그 사람들이 날 싫어할까 봐 그런 게 아니라, 그냥 내가 그 공간에 가면 많이 외로워질 것 같아서였다.

나는 도대체 왜 이렇게 쿨하지 못한 것인가……. 나도 이런 내가 한심해 죽을 것 같았다. 한숨을 푹 내쉬며 속으로 혀를 차고 있는데 형이 말했다.

"멀어."

"그럼 또 마차 타고 가?"

"아니, 포탈 타고 넘어갈 거야."

순간이동이라도 하려나 보다. 나는 딱히 할 말이 없어서 고개만 끄덕였다. 갑자기 시작된 침묵에 이리저리 시선을 돌리다가 문득 어제 아줌마한테 받은 반지가 떠올랐다. 나는 재빨리 걸음을 옮겼다.

"아무튼 알았어. 나 아이리스한테 좀 갔다 올게. 어제 나도 선물 샀거든. 아, 맞다. 내일 가는데 형 부모님 선물도 사야겠다. 아이리스 안 바쁘면 같이 가자고 해야지. 너도 일 잘해."

나는 형이 뭐라고 하기도 전에 빠르게 방을 빠져나왔다.

나는 방을 나와 아이리스에게 가다가 나는 복도 구석에서 벽에 머리를 쿵 박았다.

"허허허……."

분명 이상하게 보였을 거다. 마치 도망치듯 빠져나왔던 것도, 그리고 마지막에 일 잘하라고 어색하게 말했던 것도, 전부 다!

난 왜 이렇게 속이 좁을까. 진짜 쪼잔하다. 성격 이상해. 형이 날 보면서 얼마나 어이가 없었을까. 황당했을 거야. 쟤 왜 저러나 싶었을 게 분명했다.

나는 벽에 머리를 박으며 자책하다가 미끄러지듯 벽에 등을 기대고 주저앉았다. 멍청하게 앞을 보다 고개를 들자 하얀 천장이 보였다.

내가 진짜 이상한 거겠지? 솔직히 그럴 수도 있겠지만, 나는 좀 도가 지나칠 정도로 심한 것 같았다. 무슨 한두 살 먹은 애도 아니고……. 내가 생각해도 유치했다.

"아, 죽겠다."

쪽팔려……. 내가 독립심이 없어서 이런가? 아무래도 안 되겠다. 일을 하든 뭘 하든 여기서 나가야겠어. 일단 나가서 나도 내 인생을 찾아야지. 그냥 나가겠다고 하면 형이 반대할 게 분명하니까 우선 글이라도 빨리 떼야겠다.

팔찌가 없어도 말 잘하고 글도 잘 쓰면 그래도 무작정 반대하진 않겠지.

지금은 내가 아직 여기 온 지도 얼마 안 됐고, 짧은 기간 동안 감당할 수 없는 일들이 겹치고 또 겹쳐서 내가 좀 약해진 것 같다.

"내가 진짜 이렇게 이상한 애가 아니었는데……. 상황이 사람을 이상하게 만드네."

마치 변명하듯 혼자 중얼거리고 있는데 머리 위로 그림자가 졌다. 멍청한 얼굴로 고개를 들자 익숙한 얼굴이 보였다. 나는 얼떨떨한 얼굴로 천천히 일어나며 말했다.

"네가 여기 왜……."

"너 여기서 뭐하냐?"

"어? 난 그냥 인생무상……. 아니, 그냥 사색을 좀……."

횡설수설하는 날 보며 아킨토스가 이상한 표정을 지었다. 마지막으로 본 지 얼마 지나지도 않았는데 키가 꽤 커 있었다. 하긴, 나도 저 나이 땐 갑자기 키가 확 커서 성장통 때문에 밤에 끙끙 앓았지.

"사색이고 나발이고 너 도대체 뭐야?"

"어?"

아킨토스가 갑자기 따지듯 물었다. 고개를 갸웃하는데 아킨토스가 느닷없이 이상한 말을 했다.

"안 돼."

"어?"

"안 되면 안 된다는 줄 알아!"

아킨토스가 버럭 고함을 질렀다. 내가 깜짝 놀라자 아킨토스가 말을 이었다.

"넌 아무튼 그 새끼 만나면 다리몽둥이를 분질러 버릴 줄 알아."

"……."

저 새끼가 아까부터 도대체 무슨 헛소리……. 얼빠진 표정으로 아킨토스를 보다가 나는 그가 무슨 말을 하고 있는지 깨달았다.

진짜 형도 그렇고 알카 형도 그렇고 아이리스에 이젠 아킨토스까지…….

"이게 겁대가리도 없이……."

"그래, 걘 겁나게 위험한 놈이지. 사람도 아무렇지 않게 죽이고 마음만 먹으면 못할 게 없고, 윤리의식이라고는 개뿔도 없는 또라이."

나는 거의 해탈한 채 중얼거렸다. 이제 저런 말을 듣는 것도, 그리고 내가 이런 말을 해야만 하는 것도 전부 다 지겨워 죽겠다.

"야, 넌 그걸 알면서……."

"알았어, 알았어. 근데 넌 여기 어쩐 일이야? 학교는? 설마 너도 조기 졸업했어?"

내 말에 아킨토스가 순간 어깨를 움찔했다. 그는 마치 죄를 지은 것처럼 뜨끔한 표정을 지으며 말을 돌렸다.

"너 근데 어디 가냐?"

"난 지금 아이리스 만나러 가는데……."

말을 하다가 깨달았다. 생각해보니까 아이리스에게 줄 반지를 가지고 나오지 않았다. 한숨을 내쉬며 혀를 차는데 아킨토스가 말했다.

"누나 지금 일 갔어."

일이라면 그 아르바이트? 오늘은 진짜 뭘 해도 안 되는 날인가 보다. 왠지 몸에 힘이 쭉 빠져서 어깨를 축 늘어뜨렸다. 나는 다시 한숨을 내쉬며 걸음을 옮겼다.

"그래, 난 밖에 좀 나갔다 와야겠다."

"어디 가는데? 너 설마 또 그 새끼 만나러 가냐?"

아킨토스가 도끼눈을 떴다. 눈에서 레이저라도 나올 것 같은 기세였다.

"너 도대체 어디서 뭘 듣고 온 거야?"

"시치미 떼지 마, 누나한테 다 들었어."

듣기는 뭘 들어. 나는 멀뚱멀뚱 아킨토스를 보다가 한숨을 내쉬었다. 심신이 고단해서 그런지 자꾸만 한숨이 나왔다.

"이 계집애가 나이도 어린 게 발랑 까져서."

"……."

생각해보니까 아킨토스는 나보다 훨씬 어렸다.

따지고 보면 쟨 중학생인데⋯⋯. 나보다 세 살이나 어린데⋯⋯. 내가 여기선 열일곱 살이라고 해도 나보다 한 살 어린데⋯⋯.

"너 지금 글씨 공부하고 있다며? 그럼 그냥 공부나 해. 연애는 개뿔, 그것도 하필 그런 새끼랑⋯⋯."

"연애 안 하거든?"

"연애든 뭐든! 글씨도 못 쓰는 게."

저 새끼가 진짜⋯⋯. 나는 발끈해서 소리쳤다.

"야! 글씨 못 쓰면 연애도 못 하냐?"

"뭐? 그래서 지금 연애를 하고 있다고? 그 새끼랑?"

"아니라고, 등신아! 안 해! 연애 안 한다고! 안 할 거야! 너는 왜 갑자기 튀어나와서 시비를 걸고 난리야? 내가 글씨 못 쓰는데 네가 뭐 보태준 거 있어? 내가 글씨 못 쓰는 게 너랑 뭔 상관이야!"

안 그래도 신경 쓸 일이 많아서 머리 아파 죽겠는데 아킨토스까지 저러니까 정말 머리가 터질 것 같았다. 내가 달려들 듯 빽 소리치자 아킨토스가 주춤했다.

"아니, 글씨 못 쓴다고 무시하는 게 아니라⋯⋯. 근데 이게 어디서 소리를 질러?"

"신경 꺼!"

나는 신경질적으로 소리친 뒤에 획 등을 돌렸다. 거의 뛰다시피 복도를 걷고 있는데 아킨토스는 여유롭게 내 뒤를 쫓으며 말했다.

"내가 진짜, 네가 뭘 모르는 것 같아서 해주는 말인데."

나는 걸음을 멈추고 다시 등을 돌려 아킨토스를 올려다봤다. 나는 거의 경보를 하다시피 걸었는데 아킨토스는 분명 평소와 다름없이 걸어왔다. 그런데 어떻게 이렇게 날 바짝 쫓아올 수가 있지?

나는 아킨토스를 위아래로 훑으며 인상을 썼다. 키가 겁나게 컸다. 내가 지구에 있을 때보단 작았지만 지금의 나보단 훨씬 더 컸다. 안 그래도 기분이 나빴는데 더 기분이 나빠졌다.

"넌 남자를 너무 몰라."

"뭐?"

저런 미친……. 내가 너무 어이가 없으면 웃음이 나온다는 걸 실감하고 있는데 아킨토스가 허 하고 웃더니 진지하게 말했다.

"네가 아직 어려서 뭘 모르나 본데, 남자는 다 늑대야."

"아, 그래? 남자는 다 늑대야?"

비아냥거리듯 말꼬리를 늘리는데 아킨토스가 고개를 끄덕였다.

"애초에 여자랑 남자는 다르거든? 예를 들어서, 네가 그 새끼랑 사귄다고 쳐. 똑같은 날짜에 만나서 똑같이 밥을 먹고, 똑같이 놀고, 똑같이 행동해도 네가 생각하는 거랑 그 새끼가 생각하는 건 다르다고. 왜? 남자랑 여자는 다르니까."

"……."

"네가 아직 어려서 잘 모르는 거야. 애초에 남자랑 여자는 생각하는 사고방식이 달라요. 그러니까 괜히 쓸데없는 생각 하지 말고 넌 글씨 공부나 해. 알겠어?"

마치 강의를 듣는 것 같았다. 나는 얼빠진 표정으로 아킨토스를 보다가 길게 한숨을 내쉬었다. 요새 중학생들은 참 빠르구나. 내가 중학생이었을 땐 저런 생각 못 했는데.

"그리고 다음에 커서 누구 좋아하게 되거나 누가 너 좋다고 그러면 나한테 허락받고 만나."

얼씨구?

"남자는 남자가 제일 잘 아는 법이거든. 내가 그 새끼가 괜찮은 사람인지 아닌지 봐줄게."

잘 논다, 잘 놀아. 나는 허허 웃으며 아킨토스에게 말했다.

"야, 솔직히 말하면 너보다 내가 남자를 더 잘 알거든?"

"뭐?"

하여튼 쟤는 나보다 나이도 어린 게 못하는 소리가 없어요. 나는 다시 등을 돌려 복도를 따라 걸었다. 밖에 나가서 형 부모님 선물 사고, 맛있는 것도 사 먹고⋯⋯.

"야!"

아킨토스가 한달음에 내게 달려왔다.

"자, 잠깐만. 야! 야, 너 그게 무슨 소리야!"

"쫓아오지 마!"

"그거 무슨 뜻이냐고!"

결국 나는 아킨토스와 함께 시가지까지 나왔다. 그는 계속 내 뒤를 쫓으며 끈질기게 물어댔다.

"너 빨리 대답 안 해?"

아킨토스가 버럭 소리칠 때마다 사람들이 우릴 돌아봤다. 나는 속으로 한숨을 내쉬며 그런 아킨토스를 모르는 척했다.

쪽팔려. 그냥 계속 모르는 사람인 척하고 다녀야지. 그렇게 생각하며 빠르게 걸음을 옮기는데 아킨토스가 다시 날 불렀다.

"야!"

"아, 진짜! 뭐! 뭐!"

내가 획 돌아 소리치자 아킨토스가 순간 주위를 살피더니 내 팔목을 붙잡았다. 그러더니 날 구석진 곳으로 끌고 가 마치 대의를 도모하는 듯 비장한 표정으로 물었다.

"너 진짜 그 새끼랑 무슨 사이야? 아니지? 빨리 아니라고 해!"

"이게 진짜⋯⋯. 야, 너 왜 자꾸 소리를 질러? 내가 그 새끼랑 무슨 사이면 네가 어쩔 건데!"

"안 돼, 그 미친놈은 안 돼!"

아킨토스가 발작하듯 소리쳤다. 형이나 아이리스도 심하긴 했지만 아킨토스는 유독 심했다. 그는 사색이 된 얼굴로 내 어깨를 붙잡았다.

"난 그 새끼 싫어! 그놈이 옛날에 형님한테 무슨 짓을 했는데!"

그러고 보니 가을이가 형한테 몹쓸 짓을 하긴 했다. 갈비뼈가 부러져서 폐를 찔렀다고 했으니 많이 위험했을 거다. 나는 한숨을 내쉬며 말했다.

"네가 무슨 말을 하는지는 알겠는데……. 진짜 아무 사이도 아니라니까?"

"진짜야?"

"그래."

내 말에 아킨토스가 미심쩍다는 눈빛으로 날 쳐다봤다. 나는 그의 시선을 피하지 않고 똑바로 마주 봤다. 내가 뭐 거짓말하는 것도 아니고. 난 꿀릴 게 하나도 없었다. 그러자 아킨토스가 뜬금없이 말했다.

"아무 일도 없었어?"

"무슨 일?"

갑자기 일은 무슨 일? 내가 고개를 갸웃하자 아킨토스가 헛기침을 하며 말했다.

"그, 왜……. 소, 손잡은 적 있냐?"

"……."

아킨토스의 얼굴이 순식간에 벌겋게 달아올랐다. 손잡는 게 뭐 그렇게 대단한 일이라고 얼굴까지 벌게져서 저렇게 말을 더듬는지 모르겠다. 나는 멀거니 아킨토스를 보다가 입을 열었다.

"손잡은 적 있냐고?"

"그래, 손!"

손만 잡은 게 아니라 다른 것도 했는데……. 태연하게 그런 생각을 하다가 문득 사막에서 있었던 일이 떠올라 다시 기분이 심란해졌다. 나는 내 어깨 위에 올라와 있는 그의 손을 뿌리치고 벽에 머리를 쿵 박았다.

내 갑작스러운 행동에 아킨토스가 화들짝 놀라며 소리쳤다.

"야! 너 손 잡았지!"

나는 아픈 이마를 부여잡고 끙끙거리다가 손을 뻗어 그의 손을 잡았다. 나는 신줏단지 모시듯 조심스러운 손길로 그의 손을 꽉 붙잡고 말했다.

"손잡는 게 왜? 지금 우리도 잡고 있잖아."

"그 새끼랑 넌 남이잖아!"

"그럼 우린 뭐……."

남 아니냐? 그렇게 말하려다가 나는 입을 다물었다. 내 말을 못 들었는지, 아니면 듣고도 아무렇지도 않은지 아킨토스가 말을 이었다.

"나랑 그 새끼가 같냐? 이게 어디서 외간 남자 손을 덥석덥석 잡고 난리야!"

"……."

여기가 조선 시대였나? 손도 못 잡아? 혹시 남자랑 여자는 밥도 같이 못 먹나? 아니면 그냥 아킨토스가 순진한 건가?

하지만 당황스러운 와중에도 진심이 느껴지는 그 말투에 조금 기분이 이상해졌다. 이제 아킨토스도 그렇고 정말 날 가족이라고 생각하는구나. 그런 생각이 들자 아까 형한테 그랬던 게 좀 미안해졌다. 그리고 아이리스나 아킨토스, 형의 부모님한테까지도.

"야, 근데……."

나는 힐끗 아킨토스를 올려다보며 입을 열었다. 내가 대놓고 말을 돌리려 한다고 느꼈는지 아킨토스가 붉으락푸르락한 얼굴로 먼저 말했다.

"진짜 손잡았어?"

아, 진짜 저 새끼가……. 나는 얼빠진 표정으로 아킨토스를 보며 한숨을 내쉬었다. 그리고 다짐했다. 쟤한텐 두 번 다시 가을이 얘긴 하지 않기로. 손잡았다는 말만 해도 저 난리를 부리는데 다른 것까지 했다고 하면 무슨 사달이 날 줄 몰랐다.

"그게 아니라, 내일 그, 너희 부모님 만나러 가는 거 너도 알고 있어?"

"아, 말 돌리지 말고!"

"……안 잡았어. 진짜 맹세코."

도저히 다른 대화를 할 수가 없어서 나는 맹세하듯 손을 들어 올렸다. 그러자 아킨토스가 날 옆으로 밀더니 간격을 쟀다.

"혹시 만나더라도 딱 이 정도 거리만큼 떨어져서 다녀. 알겠나?"

"……."

"야, 대답 안 해?"

흉악한 표정으로 말하는 선비 아킨토스의 말대로 나는 고개를 끄덕였다. 가을이랑 아킨토스는 절대 둘이 만나게 하면 안 되겠다.

"아마 내일 가는 거 우리 다 같이 갈걸?"

좀 진정이 됐는지 아킨토스가 걸음을 옮기며 말했다. 나는 그를 따라가며 물었다.

"너도 내일 가는 거 때문에 온 거야?"

"어? 어, 아니. 그건 아니고……."

아킨토스가 갑자기 내 시선을 피하며 헛기침을 했다. 아까 조기 졸업 얘기 나왔을 때도 그러더니 얘가 왜 이러지?

나는 의아한 얼굴로 그를 올려다보다가 내가 헐떡거리면서 숨을 몰아쉬고 있다는 걸 깨달았다. 나는 손을 뻗어 그의 팔목을 잡으며 커다랗게 숨을 내쉬었다.

"야, 좀 천천히 걸어."

아까부터 아킨토스와 걸음을 맞추느라 거의 뛰다시피 걸었더니 숨이 차 죽겠다.

가을이랑 걸을 땐 이랬던 적이 한 번도 없었는데…….

"아, 미안."

아킨토스가 얼떨떨한 표정으로 말했다. 나는 굽히고 있던 허리를 펴고 다시 길음을 옮겼다.

"아무튼 빈손으로 갈 수는 없잖아. 그래서 뭐 좀 사려고 하는데, 뭐가 좋을까?"

"그냥 빈손으로 가도 돼."

"야, 그래도 어떻게 빈손으로 가? 처음 인사하러 가는 건데. 뭐 따로 좋아하시고 그런 거 있어? 나 돈 많으니까 비싼 것도 돼."

황금알을 돈으로 바꿔서 돈 걱정은 안 해도 되는 게 참 좋은 것 같았다. 싱글벙글 웃으며 말하자 아킨토스가 잠시 고민하는 듯하더니 말했다.

"여기서 좀 나가면 사과 파이 파는 데가 있는데, 여기서 살 때 그거 되게 좋아하셨어. 근데 이사 가고 난 뒤부턴 잘 못 먹었으니까 아마 그거 사가면 되게 좋아하실 거야."

"진짜? 거기가 어딘데? 여기서 가까워? 근데 먹을 걸 지금 사도 되나? 그냥 내일 아침 일찍 나와서 살까? 지금 사면 다 식잖아."

"오븐에 데워 먹으면 되니까 지금 사도 돼. 근데 여기서 좀 나가야 되는데……."

아킨토스가 다시 고민하듯 미간을 좁혔다. 여기서 좀 나가야 된다는 게 무슨 뜻이지? 설마 다른 지역에 있다는 건가?

내가 의아한 표정을 짓자 아킨토스가 결심했다는 듯 앞으로 걸어 나갔다.

"빨리 갔다 오면 해 지기 전까진 올 수 있을 거야. 가자."

"어? 야, 거기가 어딘데?"

"성문 지나서 3, 40분 정도 가면 작은 마을이 하나 나오거든. 거기서 팔아. 우리가 옛날에 거기서 살았으니까."

형이 교황이 되기 전에 살던 마을인가? 나는 빠르게 앞으로 걸어나가는 아킨토스를 뒤따라가며 가슴이 두근거리는 걸 느꼈다. 형이 예전에 살던 마을에 가는 것도 그렇고 걸어서 성문 밖을 빠져나간 적도 없었기 때문이다.

나는 웃는 얼굴로 아킨토스의 등을 보며 뛰다가 다시 숨이 차오는 걸 느끼고 버럭 소리쳤다.

"야! 나 좀 데려가!"

내 고함에 아킨토스가 슬쩍 날 돌아봤다. 하지만 속도는 줄이지 않고 짓궂은 표정으로 웃기만 했다.

"빨리 와."

"같이 가자니까!"

아킨토스는 실실 웃다가 아예 뛰기 시작했다. 나는 기겁을 하고 전속력으로 질주했지만 거리는 점점 멀어질 뿐이었다. 그러다가 누군가와 어깨를 부딪쳤다. 나는 뒤로 넘어질 뻔한 걸 겨우 중심을 잡고 고개를 숙였다.

"죄송합니다."

나와 부딪친 여자는 어깨를 툭툭 털더니 인상을 쓰고 날 지나쳤다. 괜히 멋쩍어서 머리를 긁고 있는데 아킨토스가 내 옆으로 다가왔다. 그는 아직도 웃고 있었다.

"뭐가 그렇게 웃겨?"

아까부터 왜 저렇게 웃는지 영문을 알 수가 없었다. 아킨토스가 웃는 얼굴로 대답했다.

"그냥 졸졸 쫓아오는 게 진짜 병아리 같아서."

"병아리 아니라고!"

내 고함에 아킨토스가 다시 푸핫 웃음을 터뜨렸다.

3, 40분만 가면 된다더니, 성문을 지나는 데만 30분이 넘게 걸렸다. 이곳에 와서 이렇게 오랫동안 걷는 게 처음이라 다리가 좀 아팠지만 숲길의 풍경이 너무 예뻐서 힘든 것도 잊었다.

게다가 내가 생각했던 것보다 나와 아킨토스는 잘 맞는 구석이 꽤 많았다.

"행복은 성적순이 아니야."

"그거 완전 명언이다."

"세상엔 공부가 다가 아니거든."

"맞아!"

내 말에 아킨토스가 맞장구를 쳤다. 아킨토스를 보고 있자니 지구에서의 내 모습이 떠올랐다.

"그래서 너 몇 등 했는데?"

"아직 성적 안 나와서 몰라. 근데 아마 꼴등일걸?"

"아직 안 나왔다면서 그걸 어떻게 알아? 그렇게 못 쳤어?"

이번 시험을 망쳐도 단단히 망쳤나 보다.

왠지 남 일 같지 않아서 걱정스레 묻자 아킨토스가 헛기침을 했다. 그러더니 아까부터 사람 그림자도 보이지 않는 길목을 두리번거리며 작은 목소리로 말했다.

"안 쳤어."

"뭐?"

내가 눈을 동그랗게 뜨자 그가 뜨끔한 표정을 지었다. 시험을 못친 게 아니라 아예 시험도 치지 않았다는 건가? 나도 공부와는 담을 쌓고 살았지만 그래도 시험은 쳤었는데…….

내 얼굴을 힐끗힐끗 쳐다보며 아킨토스가 더듬더듬 변명을 했다.

"그게, 사실…… 펜을 잃어버려서…….."

"펜을 잃어버려서 시험을 치지도 않았다고?"

그게 말이 되나? 내가 얼빠진 표정을 짓자 아킨토스가 느닷없이 버럭 소리를 질렀다.

"아, 난 그 펜 아니면 시험 못 친다고!"

"……."

"글자를 쓸 때 더도 말고 덜도 말고 딱 내 마음에 들 정도로 적정량의 잉크가 나오는 펜은 그 펜밖에 없다고! 그리고 글자를 쓸 때 무심코 손에 힘이 들어가도 잉크도 안 튀고, 내가 필기를 하다 잠깐 졸아도 종이에 잉크가 번지지도 않아! 딱히 신경을 쓰지 않고 휘갈겨도 글씨는 또 얼마나 잘 써진다고! 난 입학한 뒤로 그 펜밖에 안 썼어!"

나도 형한테 시험 못 친 변명은 많이 해봤다. 근데 저렇게 장황하고 말도 안 되게 해본 적은 한 번도 없었다.

혼자 씩씩거리는 아킨토스를 물끄러미 보다가 나는 그냥 고개를 끄덕였다. 지금 내가 뭐라고 안 해도 쟨 어차피 나중에 형한테 뒈지게 혼날 걸 알고 있었기 때문이다.

"그래, 그래서 펜은 찾았어?"

"아니……."

"아, 그럼 다음 시험도 못 치겠네?"

"아, 아마도 그럴 예정……."

필사적으로 변명하는 아킨토스가 너무 짠하고 안쓰러웠다. 나도 저런 시절이 있었지. 혀를 차며 한숨을 내쉬는데 아킨토스가 머리를 쥐어뜯으며 말했다.

"난 이제 죽었다."

"그래도 널 죽이진 않을 거야."

"도대체 공부는 왜 하는 거지? 아니, 내가 수학을 왜 배워야 돼? 수학은 그냥 돈 계산만 할 수 있으면 되는 거 아닌가? 국어는 또 왜 배워? 내가 말을 못하는 것도 아니고, 글자를 못 쓰는 것도 아닌데! 국사는 이해를 해. 근데 내가 남의 나라 역사까지 왜 배워야 되냐고! 그리고 고대어는 왜 배워야 되는데? 우리가 뭐, 말할 때 고대어로 말하나? 그냥 우리나라 말만 잘하면 사는 데 아무런 지장이 없잖아!"

그 말에 추임새를 넣듯 고개를 끄덕이며 대답하고 있는데 아킨토스가 돌멩이 하나를 발로 뻥 찼다.

"그래서 성적표는 언제 나오는데?"

내 말에 씩씩거리던 아킨토스가 다시 어깨를 움츠렸다. 설마 벌써 나온 건가? 아킨토스를 따라 나도 덩달아 긴장하고 있는데 그가 내 손을 덥석 잡았다.

"넌 내 편이지?"

저게 무슨 뜻인지는 모르겠지만 여기서 아니라고 하면 왠지 주저앉아 울 기세였다.

"형이 널 때려죽이려고 하면 내가 옆에서 말려줄게."

"진짜?"

화색을 띠는 아킨토스를 보며 나는 다시 혀를 찼다. 저놈이 도대체 시험을 얼마나 못 쳤으면……. 아니, 시험을 아예 안 쳤다고 했지? 그럼 정말 맞아 죽을 수도 있겠다.

"사실 학교에서……. 그, 선생님이 이번 시험도 안 치면 교황청으로 성적표를 보낸다고 했거든."

아킨토스가 내 눈치를 보며 말했다. 그걸 보며 나는 벌어지는 입을 다물 수가 없었다. 이번 시험도 안 치면? 그럼 시험 안 친 게 이번뿐만이 아니란 말이야?

"그, 그래서 이미 성적표는 보내졌는데……. 그게, 하, 한 번만 더 낙제하면 형님이 진짜 내 머리 삭발시킨다고 해서……."

"……"

"그, 그래서 내가, 어, 음. 그……."

그럼 그전에도 낙제한 적이 있다는 말이네. 나는 입술을 달싹거리는 아킨토스를 보며 눈을 가늘게 떴다. 불길한 예감이 들었다.

"너 설마 그 성적표 때문에 학교 빠지고 여기 온 건 아니지?"

"……"

"……"

내 말이 끝나기도 전에 그의 얼굴이 희게 질렸다. 갑자기 숨이 턱턱 막히는 기분이 들었다. 어떡해, 진짠가 봐……. 나는 내 손을 꼭 부여잡고 있는 그의 손을 슬며시 놓으며 말했다.

"삭발까진 안 시킬 거야."

"그, 그렇지?"

"으응, 그냥 네 머리통이 반으로 쪼개지는 정도……."

내가 어색하게 웃으며 말하자 아킨토스가 다시 제 머리카락을 쥐어뜯었다.

"아, 진짜 어떡해. 난 죽었다."

"그러게 왜 시험을 안 쳤어? 시험이라도 쳤으면 그나마……."

"늦잠 잤단 말이야!"

아깐 펜을 잃어버렸다면서요…….

아킨토스를 보고 있자니 한숨밖에 나오지 않았다. 나는 혀를 차며 선심 쓰듯 말했다.

"내가 노하우를 가르쳐줄게. 이건 나도 잘 써먹는 방법이었는데……."

"그냥 무작정 빌까? 막 울까?"

"아니, 그런 걸로 용서받기엔 넌 이미 너무 많은 죄를 지었어. 그런 거로는 턱도 없고……. 일단 형을 보자마자 네가 먼저 말을 걸어. 형이 먼저 입을 여는 순간 게임은 끝나는 거야. 알겠어? 무슨 말을 지껄이든 그냥 무작정 떠들다가……."

"뭐라고? 뭐라고 떠들어?"

아킨토스가 절박한 표정으로 날 쳐다봤다. 나는 내가 지구에 있을 때 뭐라고 했는지 곰곰이 생각하며 말했다.

"하늘 같으신 형님, 오늘 날씨가 겁나 좋네요. 빨래 참 잘 마르겠네. 밀린 이불 빨래나 해야겠다. 근데 오늘 뭐 먹고 싶어? 장 보러 갔다 올 테니까 뭐 먹고 싶은지 생각해나. 내가 진짜 형 볼 때마다 얼굴이 수척해져서 가슴이 너무 아파. 밥 다 먹고 대청소해야지. 근데 오늘 텔레비전 봤어? 드라마 새로 나왔던데 그거 진짜 막장이더라. 근데 또 볼수록 중독성이 있는 게……."

"자, 잠깐만. 텔레비전이 뭐야?"

"그런 게 있어. 아무튼 이런 식으로 계속 쓸 데라곤 개뿔도 없는 헛소리만 줄줄 늘어놓다 보면……."

내 말을 기다리듯 아킨토스가 침을 꿀꺽 삼켰다. 나는 아킨토스를 멀뚱멀뚱 보다가 한숨을 내쉬며 힘없이 말했다.

"형이 네 머리통을 후려갈길 거야."

"뭐? 야, 그런 게 어디 있어!"

"잘 들어봐. 그래도 앞에 포석은 깔아놨으니까 안 하는 것보단 덜 맞아. 나중에 뒈지게 맞다가 빨래하러 가야 된다고 그냥 바닥을 질 질 기어가. 그럼 형이 완전 어이없어하면서 웃거든? 그때가 기회야. 일단 형을 앉히고 과일을 갈아. 얼음 넣고 물 좀 넣고, 설탕은 넣지 말고. 그렇게 주스 만들어서 갖다 바치고 넌 집에 있는 이불을 다 꺼 내서 욕조에 처박아. 그럼 그거 다 빠는 데 하루가 가거든? 그리고 바로 집을 나오는 거야. 장 보러 가야 된다고. 혼잣말로 그냥 밤에 가야 세일을 많이 한다고, 그런 말도 가끔씩 중얼거리면 더 좋아."

아킨토스가 이상한 표정으로 날 쳐다봤다. 도저히 믿을 수 없다는 듯 미심쩍은 얼굴이었다.

"그 다음 날엔, 학교 마치자마자 집에 와서 겨울옷을 다 꺼내. 겨 울이면 여름옷을 꺼내고. 아무튼 그렇게 집에 있는 옷을 다 꺼내서 또 빨래를 하는 거야. 그럼 또 그거 다 빠는 데 하루가 가거든? 그 리고 또 그 다음 날에는, 집에 있는 그릇을 다 꺼내서 닦아. 찌든 때 는 치약으로 닦으면 되게 잘 지워져. 그렇게 부엌을 난장판으로 쳐놓고 바쁘게 그릇을 닦고 있으면 또 하루가 다 지나가. 그리고 또 다음 날에는 학교 마치고 집에 오면서 시장에 들러서 상추를 한두 박스 정도 사. 그리고 그걸 집에 가져와서 상추 겉절이를 만드 는 거야. 또 그렇게 난장판을 치고 만들다 보면 하루가 다 지나가.

그리고 겉절이는 어차피 둬봤자 물만 생기거든? 그러니까 우리가 먹을 거 빼고 남은 건 옆집, 윗집, 뒷집, 다 나눠주고. 그래도 남으면 다음 날 학교 갈 때 가져가서 급식 먹을 때 같이 먹으면 돼."

"······."

"아무튼 그렇게 계속 하루가 지나고 또 지나다 보면 형도 자기 할 일도 있고 바빠서 다 까먹어. 거기다가 애쓴다고 용돈까지 주지. 완전 일석이조야."

내 비법을 전수받은 아킨토스는 일그러진 표정으로 한숨을 내쉬었다. 저게, 감격에 겨워 감사하다고 절은 하지 못할망정!

"진짜 애쓴다······."

"뭐, 인마?"

"네 말대로 하면 맞진 않겠다. 근데 몸살 걸릴 거 같은데?"

그 말에 나는 꿀 먹은 벙어리가 됐다. 가만 생각해보니까 진짜 저러고 난 뒤에는 삭신이 쑤셔서 밤에 잠도 제대로 못 잤다. 나는 헛기침을 하며 말했다.

"아무튼 그래도 맞진 않잖아."

"근데 형님이 진짜 널 그렇게 개 패듯 팼냐? 누나는 뭐 잘못해도 형님이 나한테 그러는 것처럼 때리진 않던데······. 진짜 누나는 형님한테 꿀밤 한 대도 맞은 적 없어. 뭐, 애초에 누나가 뭘 잘못한 적도 별로 없긴 하지만."

"걘 여자······."

나는 말을 하다 말고 혀를 깨물었다. 그러자 아킨토스가 의아한 얼굴로 날 쳐다봤다.

"지, 지금은 안 때려."

"그럼 네가 어렸을 때 때렸단 거야? 그게 더 심한 거 같은데……."

"야, 아무튼! 어? 그렇게 하면 열 대 맞을 거 한 대밖에 안 맞는 거야. 알겠어?"

내 말에 아킨토스가 떨떠름한 표정으로 고개를 끄덕였다. 그러더니 고개를 돌려 앞을 보며 심각한 표정으로 중얼거렸다.

"남자는 여자 때리는 거 아니라 그랬는데……."

나는 힐끗 아킨토스를 쳐다봤다. 정말 심각해 보이는 얼굴이었다. 이대로 두면 이상한 오해를 할 것 같아서 나는 말을 돌렸다.

"야, 근데 그, 필레타라고 했나? 내일 거기 가면 난 어떻게 해야 돼?"

"뭘 어떡해?"

"내가 낯가림도 심하고, 그……. 아무튼 좀 그래. 난 말도 잘 못하고……."

내일 필레타에 갈 생각을 하니 다시 심란해졌다. 내가 깊게 한숨을 내쉬자 아킨토스가 느닷없이 푸핫 하고 웃었다.

"그래, 너 낯가림 심한 건 알고 있지."

"뭐?"

내가 의아한 표정으로 묻자 아킨토스가 웃는 얼굴로 말했다.

"형님한테 다 들었어. 너 어렸을 때 낯가림이 워낙 심해서 밖에 나가서 모르는 사람 만나면 갑자기 길바닥에 쓰러져서 죽은 척했다며? 그리고 아는 사람 보이면 벌떡 일어나서 그 사람한테 달려가고."

"……."

"야, 진짜 내가 살다 살다 너처럼 낯가림 심한 애는 또 처음 본다. 아무리 낯가림이 심해도 그렇지 어떻게 길바닥에 쓰러져서 죽은 척을 하냐?"

……저게 도대체 뭔 소리야. 진짜 어처구니가 없었다. 내가 어렸을 때 낯가림이 심한 건 사실이었지만 내가 무슨 바보도 아니고 어떻게 그런 짓을…….

"야, 누가 그래? 형이 그래? 내가 길바닥에서 죽은 척했다고?"

"혼자 걷다가 모르는 사람 보이면 구석에 등 돌리고 완전 다소곳하게 누워서 죽은 척하다가 그 사람 지나가면 다시 멀쩡하게 일어났다던데."

"너 지금 그 말도 안 되는 헛소리를 믿는 건 아니지?"

내가 허허 웃으며 묻자 아킨토스가 내 어깨를 토닥였다.

"사람이라면 누구나 들키고 싶지 않은 과거가 있기 마련이지."

"무슨 소리야? 나 진짜 안 그랬어!"

"그래, 안 그랬다 쳐."

"야! 진짜 안 그랬다고!"

그 새끼가 미쳤나! 날 무슨 대인기피증 환자로 만들고 있어! 내가 아무리 소리쳐도 아킨토스는 믿지 않는 눈치였다. 억울해서 죽을 것 같았다.

내가 어렸을 때, 그래. 낯가림 심했던 건 맞아. 유치원 처음 갈 때도 가기 싫다고 엉엉 울던 것도 기억나고, 유치원 가자마자 몰래 빠져나와서 집에 가려다가 길 잃어버려서 울던 것도 기억나고, 그러다가 목말라서 놀이터에서 돌멩이 주어다가 슈퍼 가서 돌멩이 던지고 아이스크림 가지고 나왔던 것도 기억나고…… 물론 슈퍼 아줌마한테 잡혀서 또 울긴 했지만, 어쨌든!

어렸을 때 일은 다 기억하는데 길바닥에 누워서 죽은 척했던 적은 진짜 없었다.

"그럼 너 어렸을 땐 형님이랑 같이 있었어? 근데 어쩌다가 헤어지게 된 거야?"

"어? 아, 그게……. 좀, 말로 설명하지 못할 사정이라는 게……."

근데 이런 걸 아킨토스나 아이리스한테 계속 숨겨도 될까? 형이 아직 말 안 한 걸 보니까 말하면 안 될 것 같은데 계속 속이려니까 마음이 편치 않았다. 다른 사람한테는 몰라도 아킨토스나 아이리스한테는 말해도 될 것 같은데…….

"처음에 형님이 너 찾는다고 했을 때도, 또 길바닥에서 죽은 척하고 있을 거 같다고 빨리 찾아야 되겠다고 했거든."

"야, 근데 진짜 나 죽은 척 안 했거든?"

내가 정색을 하자 다시 웃던 아킨토스가 문득 걸음을 멈추고 뒤를 돌아봤다. 나 역시 덩달아 뒤를 돌아보는데 이곳이 꽤 어둡다는 걸 깨달았다.

나는 의아한 표정으로 고개를 들어 하늘을 쳐다봤다. 숲이 우거져 하늘이 잘 보이지 않았다. 고개를 숙이자 포장된 도로가 아닌 흙바닥이 보였다.

"이 길이 아니네. 저쪽으로 가야 돼."

"너 길 모르는 거 아니야?"

내가 의심쩍은 눈빛으로 묻자 아킨토스가 코웃음을 쳤다.

"내가 거기서 몇 년을 살았는데 가는 길도 모르겠냐? 네가 자꾸 말 시켜서 이상한 데로 온 거잖아."

우리가 길 잘못 든 게 내 탓이라는 거냐? 어이가 없어서 뭐라고 말하려는데 문득 머릿속으로 영상이 하나 스쳐 지나갔다.

아주 어렸을 때, 그러니까 유치원에 가기도 전의 일이었던 것 같다. 밥 먹으라고 날 데리러 온 엄마의 얼굴은 희미했지만, 엉엉 울던 내 얼굴은 어째 또렷하게 떠올랐다. 내가 계속 떼를 쓰면서 울면 엄마는 결국 밥그릇을 들고 놀이터까지 왔다.

내가 미끄럼틀을 한 번 타고 내려오면 엄마가 밥 한 숟가락을 내 입에 넣어주고, 그럼 난 그걸 오물오물 씹으면서 다시 미끄럼틀을 탔다. 그렇게 밥그릇의 밥을 반 정도 먹었을 때 책가방을 등에 멘 형이 놀이터로 왔다.

형은 미끄럼틀을 타면서 밥을 먹는 날 보며 잔소리를 했다. 뭐라고 했는지는 잘 기억나지 않지만 대충 엄마 귀찮게 하지 말라는 말이었던 것 같다. 그러다가 결국 형도 날 따라 미끄럼틀을 타면서 내 밥을 다 빼앗아 먹었다.

내가 다시 울자 엄마는 한 손으론 내 손을 잡고 다른 손으론 형의 손을 잡고 집으로 갔다. 그렇게 엄마 손을 잡고 집으로 가는 길의 풍경이 마치 오래된 그림을 보는 듯했던 기억이 났다.

"뭐해?"

그 소리에 고개를 들자 어느새 아킨토스가 제법 멀리까지 가 있는 게 보였다. 나는 머리를 긁적이며 아킨토스에게 뛰어갔다.

"그 사과 파이 파는 덴 도대체 어디야? 나 다리 아파."

"네가 운동을 안 해서 그런 거야. 뭐 얼마나 걸었다고 벌써 다리가……."

아킨토스가 내 어깨너머를 보며 말꼬리를 흐렸다. 나는 의아한 얼굴로 고개를 돌려 뒤를 쳐다봤다. 분명 조금 전까지만 해도 아무도 없었는데 대여섯 명은 되는 사람들이 우리 쪽으로 오고 있었다.

"뭐, 뭐야?"

문제는 그 사람들의 손에는 하나같이 커다란 칼이 들려 있다는 것이었다. 나는 말을 더듬으며 아킨토스의 옷자락을 쥐었다. 아킨토스는 내 어깨를 감싸며 이리저리 주변을 살폈다.

내 뒤만이 아니었다.

사방에서 마치 포위망을 좁히듯 칼을 든 남자들이 우리에게 다가오고 있었다. 그들은 한 손으로 칼을 장난감 다루듯 휙휙 돌리기도 했고, 바닥에 칼을 질질 끌기도 했고 또 휘파람을 불며 웃기도 했다.

"본거지 옮기자마자 사냥감이 제 발로 기어들어왔네?"

장난을 치는 듯한 말투였다. 나는 바짝 얼어 있다가 고개를 들어 아킨토스를 쳐다봤다. 그는 날카로운 눈빛으로 험악해 보이는 남자들을 노려보고 있었지만 얼굴빛이 좋지 않았다. 내 어깨를 잡은 아킨토스의 손이 떨리고 있는 게 느껴졌다.

"내가 시간 벌 테니까 왔던 길로 도망쳐. 길 기억하고 있지?"

"뭐?"

"성문 쪽으로……."

아킨토스가 날 뒤로 슬쩍 밀며 말했다. 하지만 그 말이 끝나기도 전에 어느새 지척까지 다가온 남자들 중 한 명이 심드렁한 목소리로 명령하듯 말했다.

"잡아."

그 말에 바닥에 칼을 질질 끌고 있던 남자가 손목을 세워 칼을 바로 잡았다. 그때, 분명 조금 전까지만 해도 화창했던 하늘에서 빗방울이 툭툭 떨어졌다.

비는 곧 한 치 앞도 보이지 않을 정도로 쏟아져 내리기 시작했다.

덜컹덜컹 몸이 흔들렸다. 마치 흔들의자에 앉아 있는 것처럼 편안한 느낌이었다. 몇 번 입을 우물거리고 있는데 갑자기 머리가 아파 오기 시작했다.

바늘에 찔린 것처럼 따끔거렸던 고통이 곧 견딜 수 없을 만큼 커졌다. 나는 잇새로 신음을 흘리면서 눈을 떠봤지만 사방천지가 어두울 뿐이었다.

뒤척이다가 일어나려고 해봤지만 몸이 말을 듣질 않았다. 머리가 아파서 죽을 것 같았다.

"윽……."

나는 울음기 섞인 신음을 내뱉다가 내 양손이 결박되어 있다는 걸 깨달았다. 손을 비틀어봤지만 얼마나 세게 묶인 건지 꿈쩍도 하질 않았다. 오히려 손목을 뒤틀면 뒤틀수록 살갗이 찢어질 듯 아파왔다.

"아, 씨팔. 뭔 놈에 비가 이렇게 많이 와?"

"앞이 안 보이네."

갑자기 들려오는 낯선 목소리에 나는 흠칫 몸을 굳혔다. 눈을 부릅뜨고 숨을 죽이는데 주룩 눈물이 흘렀다. 눈을 가려놓았는지 앞도 보이지 않았다. 계속 덜컹거리고 흔들리는 걸 보니 여기는 마차 안 같았다.

"근데 대장은 갑자기 무슨 바람이 불어서 본거지를 옮긴 거야?"

"나도 몰라, 등잔 밑이 어둡다나 뭐라나. 요새 대장이 간덩어리가 쳐 부었는지……."

"말조심해, 이 새끼야."

나는 조금도 움직일 수가 없었다. 묶여 있어서 그런 것도 있었지만 무서워서 그런 게 훨씬 더 컸다. 그러다가 아킨토스가 떠올랐다. 아킨토스는? 아킨토스는 어딜 갔지? 걔도 나처럼 묶여 있나?

너무 무서워서 머리가 제대로 돌아가질 않았다. 터진 수도꼭지처럼 자꾸만 눈물이 줄줄 흘렀다.

혹시 납치라도 당한 걸까? 숲 속에서 만났던 그 남자들은 납치범이고? 아킨토스는 무사할까? 날 이렇게 묶어둔 걸 보니 아킨토스도 무사하겠지?

근데 머리가 왜 이렇게……. 나는 속으로 끙끙거렸다. 기절하기 전에 머리라도 얻어맞았나 보다.

그때, 마차가 멈췄다. 나는 마차가 멈춘 걸 깨닫자마자 눈을 꾹 감고 숨을 멈췄다. 미동도 없이 숨을 참고 있는데 끼익 하고 문이 열리는 소리가 났다. 문이 열리자 빗소리가 더욱 크게 들려왔다.

빗소리 사이로 아까 그 남자들의 목소리가 섞여 들려왔다.

"이 연놈들 왜 이렇게 안 일어나? 뒈진 거 아니야?"

이 연놈들? 그럼 내 옆에 아킨토스도 있는 건가? 나는 속으로 안도의 한숨을 내쉬었다.

"나이도 어려 보이던데, 너무 세게 때렸나?"

"걱정도 팔자다. 됐고, 저것들 끌어내려."

죽은 척 눈을 감고 있는데 곧 몸이 들렸다. 마치 가축을 대하듯 거친 손길이었다. 날 짐짝처럼 어깨에 멘 남자가 마차에서 나왔는지, 몸 위로 빗물이 떨어졌다. 보이진 않았지만 나는 내가 물에 빠진 생쥐처럼 쫄딱 젖었다는 걸 느꼈다.

그렇게 또 한참을 흔들리다가 갑자기 비가 멈추는 걸 느꼈다. 아니, 비가 멈춘 게 아니라 어느 건물 내부로 들어온 것 같았다.

그때 날 어깨에 메고 있던 남자가 날 바닥으로 내던졌다.

"윽!"

나도 모르게 잇새로 신음이 터져 나왔다.

"이년 깼나 본데?"

"딱 맞춰서 일어났네. 안대 벗겨."

누군가가 거친 손길로 내 안대를 벗겨 냈다. 갑작스레 들어온 빛에 잔뜩 인상을 찡그리고 쉽게 눈을 뜨지 못하는데 문득 이곳에 처음 왔을 때가 떠올랐다.

그때도 마차 안에서 눈을 떴다.

마차가 멈추자마자 납치범들은 고함을 질러대며 마차에서 내리라고 했다. 그리고 아이들이 울기 시작하자 납치범 중 한 명이 아무렇지도 않게 여자애를 죽였다. 돼지나 닭을 잡듯 배에 칼을 쑤셔 넣고 빼더니, 칼에 묻은 피를 털며 대수롭지 않다는 듯 입 닥치라고…….

"일어난 거 다 아니까 괜히 힘쓰게 하지 말고 눈 떠. 수작 부리다가 뒈지는 수가 있어."

귓가로 사나운 목소리가 꽂혀 나는 퍼드득 떨며 눈을 떴다. 저, 절대 소리 지르면 안 돼. 울지도 말아야지. 괜히 그랬다가 죽을 수도 있어. 그렇게 다짐하며 눈을 떴지만, 나는 비명을 지를 수밖에 없었다.

"아킨토스!"

아킨토스가 보였기 때문이다. 그는 머리부터 발끝까지 젖어서 축 늘어져 있었는데, 머리맡에서는 시뻘건 핏물이 비치고 있었다. 아직 기절한 듯 미동조차 하지 않는 모습이 죽은 것처럼 보였다.

"이년 이거, 목청 한 번 끝내주네."

나는 사색이 된 얼굴로 소리가 난 쪽으로 고개를 돌렸다. 이 상황이 뭐가 그렇게 웃긴지 남자들이 배를 부여잡고 웃고 있었다. 나는 거의 기다시피 몸을 움직이며 아킨토스에게 다가갔다.

피다. 머리에서 피가 나고 있었다.

그때 휘장을 걷으며 누군가가 들어왔다.

"일어났나?"

"네, 방금 일어났습니다."

남자들이 웃음을 그치고 자리에서 일어나는 걸 보니, 들어온 남자가 대장이라는 사람 같았다.

대장은 날 한 번 힐끗 보더니 기절해 있는 아킨토스에게 시선을 돌리며 인상을 찌푸렸다.

"이 새끼 죽었냐? 대가리에서 왜 이렇게 피를 질질 흘리고 있어?"

"죽진 않은 거 같은데……."

사람이 죽었을지도 모르는데 어떻게 저렇게 태연하기만 할 수 있지?

"대, 대장."

그때 누군가가 사색이 된 얼굴로 대장을 불렀다. 그는 마치 귀신이라도 본 듯 아킨토스를 쳐다보고 있었다.

"왜, 인마?"

"아킨토스……."

"뭐?"

"이, 이번 교황 동생이라는 새끼 이름도 아킨토스였는데……."

그 말에 나는 고개를 획 돌려 대장을 쳐다봤다. 하지만 그는 무슨 개소리를 하나는 듯 코웃음을 칠 뿐이었다.

"동명이인이겠지. 아까 그 방향이면 퀼트 마을밖에 없어. 있는 거라곤 늙은 노인네들밖에 없는 마을에 교황 동생이라는 새끼가 왜 가겠냐?"

"하, 하긴. 교황 동생이라는 새끼가 거길 왜⋯⋯. 하하!"

그들이 다시 푸하하 하고 웃기 시작했다. 뭐지? 이게 뭐지? 나는 혼란스러운 눈으로 그들을 쭉 훑었다. 교황이라는 건 대통령이랑 비슷한 거지? 아킨토스가 정말 교황 동생이라고 하면 적어도 목숨은 보장되는 거 아닌가?

나는 입술을 깨물고 아킨토스를 쳐다봤다. 그의 머리맡엔 빗물과 섞인 핏물이 홍건하게 고여 있었다. 이대로 두면 과다출혈로 죽을 것만 같은 양이었다.

"저, 저기요."

나는 울며 겨자 먹기로 입을 열었다.

"교황 동생 맞는데⋯⋯."

내 말에 얼빠진 표정으로 날 보던 대장이 이내 표정을 험악하게 일그러뜨리며 내게 다가왔다.

"이년이 어디서 수작질⋯⋯!"

"대, 대장!"

한 대 맞을 것 같아서 잔뜩 어깨를 움츠리고 눈을 감는데 다시 누군가가 다급하게 그를 불렀다.

"왜, 이 새끼야!"

"교, 교황 고향이 퀼트 마을이었던 것 같습니다!"

"뭐?"

"이번 교황 새끼가 표식 나타나기 전에 분명 퀼트 마을에서⋯⋯."

순식간에 사방이 쥐죽은 듯 고요해졌다. 몇 초간 침묵이 흐르다가 마치 짜기라도 한 듯 여기저기서 목소리가 터져 나왔다.

"마, 맞아! 나도 들었어!"

"나도!"

"저도 들었습니다!"

하나둘 외치는 그들의 표정엔 짙은 낭패감이 깃들어 있었다.

"입 닥쳐!"

그때 대장이 주먹으로 벽을 쾅 치며 소리쳤다. 다시 사방이 쥐죽은 듯 고요해졌다. 대장은 씩씩거리며 시뻘겋게 핏줄이 선 눈동자로 날 노려봤다.

"저 애새끼가 진짜 교황 동생이든 아니든 그딴 건 상관없다. 교황이 씨발, 신이냐? 저 애새끼가 여기서 뒈지면 어떻게 찾겠어? 우리가 죽였다는 증거도 없어."

"그, 그래도……."

"닥쳐! 저 연놈들 여기서 죽이고 우린 뜬다. 빨리 움직여!"

주춤거리던 납치범들은 대장의 말에 허리춤에 꽂혀 있던 칼을 뽑아들었다.

스르릉 하고 칼이 뽑히는 소리에 소름이 쫙 끼쳤다. 나는 다시 움직여 아킨토스에게 다가갔다. 필사적으로 더러운 바닥을 기어가고 있는데 다리가 붙잡혔다.

"으악!"

비명을 지르며 발버둥을 치자 내 다리를 잡고 있던 남자가 칼을 놓쳤다.

천만다행으로 칼이 떨어지며 칼날이 밧줄을 스쳤다. 나는 숨을 헉헉거리며 떨어진 칼을 줍는 남자를 쳐다봤다.

"재수도 오지게 없지……. 하필이면, 젠장."

"헛소리하지 말고 빨리 죽여!"

대장이 아킨토스의 멱살을 쥐고 내 쪽을 보며 소리쳤다. 그는 금방이라도 아킨토스를 죽일 것처럼 보였다.

"아킨……!"

내 비명이 채 끝나기도 전에 귓가로 나지막한 신음이 들려왔다. 소란스러운 이 와중에도 그 꺼질 듯 희미한 목소리만은 또렷하게 들려왔다. 대장은 아킨토스가 깬 걸 눈치챘는지 마치 귀신이라도 본 듯 놀라서 그를 내팽개쳤다.

"아킨토스! 야!"

아킨토스가 떨어지며 바닥에 머리를 박았다. 내 필사적인 외침을 들은 듯 파르르 떨리기만 하던 눈꺼풀이 점점 열리기 시작했다. 부옇게 흐린 갈색 눈동자엔 초점이 없었다.

"아킨토스!"

느리게 눈을 깜박이던 아킨토스의 시선이 내게 닿았다.

"아킨토스!"

피를 토하는 심정으로 그를 부르는데 눈물이 났다.

내가 눈물을 줄줄 흘리면서 다시 한 번 그의 이름을 부르짖자 이
내 아킨토스의 눈동자에 초점이 잡혔다. 그는 혼란스러운 표정으로
사방을 살폈다.

"야, 너 괜찮……."

나는 말을 하다 말고 말꼬리를 흐렸다. 아킨토스의 모습이 심상치
않았기 때문이다. 아킨토스의 시선은 대장이 들고 있는 시퍼렇게 날
이 선 칼에 고정되어 있었다. 그는 희다 못해 퍼렇게 질린 얼굴로 이
를 따닥따닥 부딪치며 사지를 사시나무 떨 듯 떨고 있었다. 그 모습
이 너무 생소하고 이상했다.

아킨토스가 겁에 질려서 손가락 하나 까닥이지도 못한 채 그저 동
상처럼 굳었다는 사실을 깨닫자마자 시끄럽게 웅웅 울리던 머릿속
이 이상할 정도로 고요해졌다.

"이, 이 새끼가……."

대장은 아킨토스가 아무런 말이 없자 주춤거리며 칼을 고쳐 쥐
었다. 대장이 움직일 때마다 아킨토스도 덩달아 어깨를 떨며 놀랐
다. 나는 그가 아직 열여섯 살밖에 안 된 중학생이라는 사실을 떠
올렸다.

"잠깐만요!"

나는 재빨리 다리를 놀려 아킨토스와 대장의 사이를 파고들었다.
나는 주먹을 꽉 쥐고 나이 든 고목나무처럼 커다란 납치범의 대장을
보며 말했다.

"아킨토스는 교황 동생 맞아요. 그리고 난 그 교황의 양녀고요."

"뭐?"

"왜요? 교황이 이번에 양녀 들였다는 소문은 못 들었어요?"

나는 차갑게 굳은 머리를 굴렸다. 이런 곳에서 개죽음을 당할 수는 없다. 게다가 나 혼자만 있는 것도 아니고 여기엔 아킨토스까지 있었다. 아킨토스는 바짝 얼어서 제대로 움직이지도 못하는데 나까지 정신을 놓고 있을 수는 없었다.

"이년이 어디서 개수작이야!"

대장이 벼락과도 같은 호통을 치며 높이 손을 들어 올렸다. 곧 퍽 하는 소리와 함께 내 고개가 획 돌아갔다. 나는 내가 뺨을 맞았다는 사실을 뒤늦게 깨달았다. 맞았다는 사실을 인식하자마자 얼굴이 터질 것 같은 고통이 온몸을 엄습해왔다.

반사적으로 눈물이 고였지만 나는 입술을 베어 물고 눈을 치켜떴다.

"안 믿어도 돼요. 어차피 지금 날 경호하던 사람이 교황청에 사람 부르러 갔을 테니까."

"뭐, 뭐?"

"믿기 싫으면 믿지 마요."

나는 최대한 태연하게 웃으며 그를 노려봤다. 나도 완전히 까먹고 있었는데 말을 하다 보니까 생각이 났다.

형이 나한테 붙여뒀다던 사람은 지금 뭘 하고 있는 거지? 왜 상황이 이 지경까지 됐는데 나타나질 않아?

"내가 분명 경고하겠는데."

"⋯⋯."

나는 형이 날 협박할 때를 떠올리며 최대한 비슷하게 따라 했다.

"우릴 건드리면 절대 합의 안 해줄 겁니다."

내 말이 끝나자 좌중이 고요해졌다. 협박이 먹힌 건가? 더 세게 나갈 걸 그랬나? 그냥 죽인다고 할 걸 그랬나?

나는 정색을 하고 대장을 노려보는 와중에도 머릿속으론 별의별 생각을 다 하고 있었다.

"로만."

그때 날 쳐다보던 대장이 누군가를 불렀다. 그사이 힘겹게 숨을 들이켜는데 찝찔하게 피 맛이 났다. 아까 맞으면서 입술이라도 터졌나 보다. 입술이 심장이 뛰는 것처럼 두근두근 거렸다.

슬쩍 혀를 내밀어 입술을 핥는데 날 보던 대장이 칼을 고쳐 쥐며 입을 열었다.

"당장 저 연놈들 죽이고 우린 뜬다."

"윽! 씹, 이거 놔!"

대장이 손을 뻗어 내 멱살을 쥐는 순간 커다란 형체가 날 지나쳤다. 나는 눈을 부릅뜨고 고개를 돌렸다. 누군가가 쓰러져 있는 아킨토스를 향해 칼을 내려치고 있는 게 보였다. 그 모습은 마치 슬로비디오처럼 느렸고, 또 현실감이 없었다.

"아킨토스!"

칼끝이 마치 빛에 반사된 것처럼 번뜩였다. 날카로운 칼끝이 점점 아킨토스에게 다가가다가 어느 순간, 사라졌다.

"아킨토스!"

참고 있던 눈물이 터졌다. 그때 갑자기 두목이 나를 낳다. 나는 어떻게 된 상황인지 살필 틈도 없이 바닥에 쓰러지며 피를 토하듯 그의 이름을 불렀다. 기다란 칼이 아킨토스의 옆구리를 찌른 것이 똑똑히 보였다.

"아킨토스! 야! 너 그 칼 치워, 이 개새끼야!"

나는 거의 바닥을 기다시피 그에게로 다가갔다. 칼이 뽑히자 시뻘건 핏물이 분수처럼 콸콸 쏟아져 나왔다. 쓰러져 있는 아킨토스에게 다가가자 그는 소리도 내지 못한 채 입만 뻐끔거리고 있었다.

그때 핏물이 묻어 있는 칼이 눈에 들어왔다. 나는 칼의 손잡이 부분을 발로 밟고 칼날 쪽에 내 손목을 묶고 있는 밧줄을 가져다 댔다. 급한 마음에 빠르게 문지르다가 밧줄과 함께 내 손목까지 끊어버릴 뻔했지만 지금 그런 걸 신경 쓸 여유가 없었다.

"내, 내 목소리 들려? 아킨……!"

"으아아악!"

그때 고막을 찢을 듯 날카로운 비명이 들려왔다. 나는 화들짝 놀라 소리가 난 쪽으로 고개를 돌렸다. 그리고 그대로 굳어버렸다.

"대, 대장!"

"마법사다! 저년 마법사야!"

"대장!"

조금 전까지만 해도 날 죽이려고 했던 대장이 칼을 높이 치켜든 그 자세 그대로 얼음 동상이 되어 있었다. 난 비로소 아까 두목이 왜 나를 놨는지 알았다.

서, 설마 강가을 그 새끼가 또 그 사람 죽이는 칼처럼……. 거기까지 생각하다가 나는 퍼뜩 손을 올려 귀걸이를 만졌다. 이거다. 이것만 있으면……!

"크…….."

아킨토스가 얕게 숨을 내쉬며 신음을 흘렸다. 나는 귀걸이를 만지고 있던 손을 툭 떨어뜨렸다.

내가 이 귀걸이를 써서 이곳에서 벗어난다고 해도 아킨토스까지 같이 이동되리라는 보장이 어디 있지? 만약 나만 이동되면 아킨토스는?

나는 뻣뻣한 고개를 들어 혼란스러운 눈으로 주변을 살폈다. 날 마법사라고 착각한 납치범들은 욕지거릴 내뱉으며 우리에게 다가오지도 못하고 포위만 하고 있었다.

여기서 내가 사라지면 아킨토스는 무조건 죽는다.

같이 이동될 수도 있었지만, 같이 이동되지 않을 확률이 단 1%밖에 없다 해도 나머지 99%를 믿고 도박을 할 수는 없었다.

"아킨토스, 걸을 수 있어?"

나는 그의 팔을 내 어깨에 두르고 천천히 아킨토스를 일으켰다.

"아악!"

"괜, 괜찮아. 별로 많이 다친 거 아니야. 그냥 긁힌 거니까 너무 걱정하지 마. 피도 별로 안 나."

아킨토스가 몸을 일으키자 후두둑 피가 떨어졌다. 혹시라도 아킨토스가 걱정할까 봐 나는 우는 것도 웃는 것도 아닌 이상한 표정으로 그를 안심시키려 노력했다.

"집에 가면 형이 다 고쳐줄 거야. 조금만 참아. 여기서 가까워."

"윽, 흐……."

아킨토스가 억눌린 신음을 내며 눈물을 흘렸다. 창백하게 질린 표정이 금방이라도 죽을 것처럼 애처로워 보였다.

내가 움직일 때마다 마치 바다가 갈라지듯 납치범들이 쭉 옆으로 비켜섰다.

"저것들 잡아! 잡으라고!"

귀가 먹먹할 정도로 고함을 지르던 납치범 중 하나가 들고 있던 칼을 우리에게 던졌다. 하지만 칼은 내게 닿기도 전에 얼어붙어 바닥에 떨어졌다.

축 늘어진 아킨토스는 마치 돌덩이처럼 무거웠다. 몇 번이고 앞으로 고꾸라질 뻔했지만 겨우 밖으로 나올 수 있었다. 밖으로 나오기까지 몇 명이 더 내게 달려들었지만 전부 얼음 동상이 되어버렸다.

"아킨토스, 내 말 들려?"

하늘에 구멍이 뚫린 것처럼 비가 쏟아지고 있었다.

내리는 비를 고스란히 맞으며 우거진 숲으로 들어가는데 아킨토스가 필요 이상으로 조용하다는 걸 깨달았다. 슬쩍 고개를 숙이자 그의 입술이 새파랗게 질려 있는 게 보였다.

"아킨토스!"

"……소, 소리 지르지 마."

"정신이 들어?"

"흑, 젠장……."

나는 숨을 내뱉으며 뒤를 돌아봤다. 그 많던 납치범들이 하나도 보이지 않았다.

나는 다시 앞을 보며 걸음을 옮겼다. 발을 질질 끌며 무작정 걷는데 아킨토스가 끊어질 듯 나지막한 목소리로 중얼거렸다.

"추, 추워……."

그는 사시나무 떨듯 떨며 발밑으로 피를 줄줄 흘리고 있었다. 얼음장처럼 차가운 빗물은 그칠 기미를 보이지 않았다. 게다가 사람이라곤 그림자도 보이지 않았고, 근처에 마을이 있을 것 같지도 않았다.

이대로 계속 비를 맞으면 위험할 것 같았지만 언제 또 납치범들이 나타날지 모르는 일이었다. 어쩌지? 도대체 어떻게 해야 하지?

"한겨울."

그때 아킨토스가 고개를 들어 날 쳐다봤다.

"여, 여기서……. 앞으로 쭉 가다 보면……. 폭포 하나가 나오는데……."

"그냥 말하지 말고 가만히 있어."

"폭포를 끼고 왼쪽으로 돌면……. 거기서 경비병, 윽!"

아킨토스를 질질 끌고 앞으로 가다가 돌부리에 발이 걸려 앞으로 고꾸라졌다. 축축하게 젖은 흙바닥에 얼굴을 박은 나는 아프다는 걸 느낄 새도 없이 얼른 일어나 아킨토스를 부축했다.

"미, 미안해. 괜찮아?"

"헉……."

나는 이를 악물었다. 아킨토스가 너무 떨고 있었다. 입술은 이제 새파랗다 못해 허옇게 질려 있었고, 상처가 난 옆구리에선 아직도 피가 줄줄 흐르고 있었다. 이대로 계속 가는 건 무리였다.

나는 다시 아킨토스의 팔을 어깨에 두르고 몸을 일으켰다.

숲엔 커다란 돌과 나무뿐이었다. 게다가 앞이 보이지 않을 정도로 비가 내리고 있어 이곳이 어딘지도 모르겠다. 하지만 전부 거기서 거기인 것 같은 풍경이 어쩌면 다행일 수도 있었다. 우리를 추적하는 납치범들도 헷갈릴 테니까.

나는 커다란 나무 뒤로 가 그곳에 아킨토스를 앉혔다. 나무 뒤엔 잘 보지 않으면 보이지 않을 정도의 작은 돌로 된 굴이 하나 있었다. 문제는 그 굴이 너무 작아서 사람이 들어갈 정도의 크기가 아니라는 것이었다.

나는 뭔가에 홀린 것처럼 미친 듯 흙을 팠다. 비에 젖어 그런지 다행히 바닥은 그리 딱딱하지 않았다.

양손으로 바닥을 파면서 나무뿌리에 손톱이 걸리고, 돌멩이에 부딪쳐 상처가 났지만 나는 손을 멈추지 않았다.

대충 땅을 파자 그래도 아킨토스가 누울 정도의 자리는 생겼다. 나는 다시 몸을 일으켜 아킨토스에게 다가갔다.

"야! 자지 마!"

아킨토스는 죽은 것처럼 눈을 감고 있었다. 나는 피와 흙으로 범벅이 된 손으로 그의 뺨을 때렸다. 짜악 하는 소리와 함께 아킨토스가 천천히 눈을 떴다. 그를 일으키는데 살갗이 얼음장처럼 차가웠다.

나는 입술을 깨물고 아킨토스를 굴속으로 넣었다. 그래도 위에 지붕처럼 돌이 있어서 직접 비를 맞지는 않을 것 같았다. 나는 다시 주변을 두리번거리다가 몸을 일으켰다.

"경비병 불러와. 빨리 가서……."

"헛소리하지 말고 넌 다리나 좀 구부려. 다리 접어서 안으로 넣고 있어. 알겠어?"

멀리서 바닥에 떨어져 있는 나뭇가지가 보였다. 그 나뭇가지를 부러뜨리고 커다란 풀잎으로 아킨토스를 가리려는데 그가 손을 뻗어 내 옷깃을 쥐었다. 언제 납치범들이 다시 나타날지 몰라서 급해 죽겠는데! 나는 휙 고개를 돌려 아킨토스를 노려봤다.

"이거……!"

놓으라고 소리치려는데 아킨토스가 입술을 달싹였다.

"가, 가지 마."

"……."

겁에 질린 표정으로 아킨토스가 내게 애원하듯 말했다. 다시 한 번 순식간에 머릿속이 차갑게 식었다. 나는 손을 뻗어 그의 손을 맞잡으며 말했다.

"안 가. 안 가니까 넌 내가 올 때까지 숫자 세고 있어. 왔는데 잠들어 있으면 귀싸대기 맞을 줄 알아."

물웅덩이에 파문이 이는 것처럼 그의 눈동자가 형편없이 흔들렸다. 눈물이 잔뜩 고여 있는 아킨토스를 보고 있자니 나도 눈물이 날 것 같았다. 나는 눈물이 볼을 타고 흘러내리기 전에 몸을 일으켜 부러진 나뭇가지가 있는 쪽으로 뛰어갔다.

나뭇가지를 부러뜨리고 주변의 풀을 품에 한가득 안고 돌아오자 아킨토스가 날 쳐다봤다. 나는 아킨토스를 한 번 보고 굴 입구에 천천히 풀과 나뭇가지를 쌓기 시작했다. 나뭇가지로 앞을 가리자 거기에 붙어 있는 풀잎이 아킨토스를 가려줬다. 하지만 이거로는 한참 부족했다.

나는 다시 몸을 일으켜 떨어진 나뭇가지와 풀잎을 찾았다. 그렇게 한참을 반복하다가 이제 그의 얼굴이 보이지 않게 됐을 때, 나는 입을 열어 소리쳤다.

"야! 너 잠들었어?"

"아, 아니……."

"숫자 계속 세고 있어."

나는 안도의 한숨을 내쉬며 다시 벌떡 몸을 일으켰다. 일단 아킨토스는 숨겨뒀는데 앞으로가 문제였다.

숨겨뒀다고 해도 나 혼자 귀걸이를 써서 이곳을 벗어날 수는 없었다. 내가 가을이랑 만나서 다시 이곳에 오는 데도 시간이 걸릴 텐데 그사이에 아킨토스한테 무슨 일이 생길 줄 모르기 때문이었다.

그때 푹 하고 내 근처에 뭔가가 날아와 박혔다. 축축하게 젖은 땅에는 얼어있는 칼이 꽂혀 있었다. 동시에 악의에 가득 찬 목소리가 마치 짐승의 포효와도 같이 울렸다.

"이 개 같은 년, 잡히면 살가죽을 다 벗겨버릴 줄 알아!"

곧 히히힝 하고 말이 우는 소리도 같이 들려왔다. 고개를 돌리자 조금 떨어진 곳에서 말을 타고 있는 대장이 보였다.

분명, 살아 있는 얼음 동상이 됐던 대장이.

살기로 번들거리는 그의 눈동자와 정면으로 눈이 마주치자 등 뒤로 한기가 끼쳐왔다.

"저건 마법사가 아니야. 분명 어딘가에 아티펙트가 있을 거다."

대장 근처에는 처음 보는 여자가 날 노려보고 있었다. 그녀는 기다란 지팡이를 잡고 있었는데 지팡이 끝엔 시커먼 돌멩이가 박혀 있었다.

"마법사가 아니라고?"

"마나도 전혀 느껴지지 않고, 검이 얼어붙을 정도의 마법을 썼는데도 마법진이 보이지 않았어. 아티펙트만 몸에서 떼어내면 저건 그냥 평범한 계집애일 뿐이야."

여자가 눈을 가늘게 뜨고 날 훑어봤다. 머릿속까지 까뒤집혀서 마음속을 읽히고 있는 느낌이었다. 하지만 여기서 뒤로 물러날 수는 없었다. 아킨토스가 제발 그 굴에서 나오지 않길 빌며 나는 태연한 표정을 가장한 채 입을 열었다.

"지금 아킨토스가 교황청으로 갔어. 너희는 이제 다 죽은 목숨이라고!"

"미친년이 어디서 수작질이야!"

대장이 다시 버럭 고함을 질렀다. 나는 그를 보며 코웃음을 쳤다.

"내가 방금 마법을 써서 이동시켰어. 조금 있으면 경비병이⋯⋯."

"저건 거짓말이야. 저렇게 나이도 어린년이 텔레포트를 쓸 수 있을 리가 없어. 아티펙트가 있다고 해도 마석에 그런 고위급 마법을 새겨 넣을 수 있는 사람은 세상에 없어!"

"하하, 이 앙큼한 년. 넌 내 손에 잡히면 그 헛바닥부터 뽑아버릴 줄 알아!"

그 소리에 나도 모르게 뒷걸음질을 치고 있는데 마법사처럼 보이는 여자가 지팡이를 바닥에 푹 꽂으며 말했다.

"아티펙트가 발동되기 전에 마나를 차단시키면 마법은 무효가 되지. 알고 있었니, 이 계집애야?"

그녀가 품속에서 짤막한 단검 하나를 꺼내 들었다. 그러더니 망설임 없이 내 쪽으로 던졌다. 나는 움직이지도 못하고, 그대로 얼어붙어서 눈도 깜박이지 못했다. 내 볼 근처로 단검이 스쳐 지나갔다. 뺨이 화끈해졌다.

"씨발, 잘했어!"

"아티펙트는 나한테 주기로 한 거 잊지 마."

"걱정하지 말라고, 난 저년만 있으면 되니까!"

이번엔 검이 얼어붙지 않았다. 이젠 대장이 내 근처로 와도 아까처럼 얼지 않을 것이다. 나는 뒤로 벌러덩 엎어졌다. 몸이 벌벌 떨려서 다리에 힘이 들어가지 않았다.

나는 사색이 된 얼굴로 엉덩이를 바닥에 끌며 뒷걸음질을 쳤다. 그런 내게 대장이 눈동자를 번들거리며 다가왔다.

"팔다릴 잘라서 개처럼 바닥을 기게 만들어주마."

대장이 귀신처럼 웃으며 내 머리채를 잡으려는 듯 손을 뻗었다. 비에 젖어있는 커다란 손이 점점 다가올 때마다 온몸의 신경이 타들어 가듯 정신이 아득해졌다.

그저 죽고 싶지 않다는 생각만이 머릿속을 지배했다.

"사, 살려……."

끊어질 듯 희미한 내 목소리가 빗소리에 파묻혔다.

하지만 저 괴물 같은 남자의 목소리는 지독할 정도로 선명하게 귓가를 파고들었다.

"아니, 그 전에 그 요망한 혓바닥부터 뽑아……."

그건 아주 순식간에 일어난 일이었다.

뱀처럼 찢어진 눈으로 날 내려다보던 대장의 손끝부터 시작해서 전신이 시퍼런 얼음 동상이 됐다. 벌어진 입술 사이로 보이는 혀도 단단하게 굳었다.

"커헉!"

동시에 심드렁한 표정으로 날 보던 여자도 갑자기 흙바닥에 쓰러졌다.

그녀는 토악질을 하며 시커먼 피를 토해냈다.

이 상황을 이해할 수가 없어서 얼빠진 표정으로 눈을 깜박이는데 머리 위로 그림자가 졌다. 내가 고개를 들기도 전에 내 머리 위로 뭔가가 덮였다.

축축한 비 냄새 사이로 익숙한 향기가 느껴졌다. 몰려오는 안도감에 온몸의 힘이 풀렸다.

"헉!"

그 찰나, 귓가로 숨넘어갈 듯한 비명이 들려왔다. 방금 얼음 동상이 된 대장의 목소리였다. 퍼뜩 고개를 들자 그가 멀쩡한 모습으로 숨을 들이켜는 게 보였다. 그는 마치 귀신이라도 본 듯 사색이 된 얼굴로 내 어깨너머를 보다가 쫓기듯 등을 돌려 도망쳤다.

뒤로 고개를 돌리자 도망치는 대장을 멀거니 쳐다보는 가을이가 보였다.

그는 대장을 마치 일부러 놔준 것 같았다.

마법사처럼 보였던 여자도, 대장도, 그리고 그 외의 납치범들도 전부 도망쳐 아무도 보이지 않을 때쯤 가을이 고개를 숙여 날 쳐다봤다.

"……."

"……."

시뻘건 눈동자가 스스로 빛을 내듯 어둡게 빛나고 있었다. 언뜻 보면 검게 보일 정도로 어두운색이었다.

나는 무슨 생각을 하는지 읽을 수 없는 표정의 가을을 멍하니 쳐다보다가 튕기듯 자리에서 일어나 아킨토스에게 달려갔다.

"아킨토스!"

굴을 가려냈던 나뭇가지와 풀잎을 치우려고 손을 뻗으려는데 가을이 내 손목을 잡았다. 그러더니 제 손으로 나뭇가지와 풀잎을 툭툭 치워냈다.

곧 시체처럼 눈을 감고 있는 아킨토스가 보였다.

아주 잠시였지만 숨을 제대로 쉴 수가 없었다. 나는 빗물과 핏물로 젖어있는 그의 얼굴을 때리며 소리쳤다.

"야! 야, 내가 자지 말라고……."

아킨토스는 눈을 뜨지 않았다. 아무리 때리고 소리쳐도 나뭇가지처럼 흔들리기만 할 뿐이었다. 도저히 뭘 어떻게 해야 할지를 몰라서 아킨토스의 옷깃을 쥐고 벌벌 떨기만 하다가 가을이가 생각났다.

나는 퍼뜩 고개를 들어 그를 쳐다봤다. 가을은 한 번도 본 적 없는 차가운 눈으로 아킨토스를 감흥 없이 내려다보고 있었다.

"도와줘."

쇠를 긁는 듯 쉰 목소리가 목구멍을 타고 흘러나왔다. 피를 토하고 있는 것 같은 기분이었다.

내 목소리에 아킨토스를 내려다보던 가을이 시선을 돌려 날 쳐다봤다.

분명 내가 아는 얼굴인데도 그는 강가을이 아닌 것 같았다. 대장이 귀신처럼 웃으며 내게 손을 뻗을 때보다 더한 공포감이 전신을 짓눌렀다.

"도, 도와……."

우는 소리로 다시 한 번 말하는데 내 말이 끝나기도 전에 가을이가 없어졌다. 정말 말 그대로 그 자리에서 순식간에 사라졌다.

나는 가을이가 사라진 곳을 보며 채 끝내지 못한 말을 다시 한 번 토해냈다.

"도와 달라고, 내가……."

누군가가 내 코와 입을 막고 있는 것 같았다.

숨을 쉴 수가 없었다. 버려졌다는 생각은 막을 새도 없이 거대한 파도가 되어 나를 덮쳐왔다.

나는 더듬더듬 바닥을 기어 가을이가 사라진 곳으로 갔다.

"강가을."

젖은 흙모래를 꽉 쥐어도, 가을이 사라진 자리를 주먹으로 온 힘을 다해 힘껏 내리쳐도 그는 나타나질 않았다.

입을 벌리고 속에 꽉 들어찬 공포를 토해내려 해도 소리가 나오질 않았다. 나는 입을 벌린 채 계속 흙바닥만 쿵쿵 내려쳤다.

나는 알아들을 수도 없는 이상한 신음을 내며 바닥으로 쓰러졌다. 꺼끌꺼끌하고 따가운 바닥에 이마를 비비며 힘없이 한 번 더 바닥을 내려치는데, 가을이가 나타났다.

사라질 때처럼 순식간에 일어난 일이었다.

나는 눈을 부릅뜨고 벌떡 상체를 일으켜 그를 쳐다봤다. 온몸에서 아지랑이처럼 시커먼 연기가 피어오르고 있었다.

가을이 천천히 고개를 돌려 날 쳐다봤다. 허공에서 시뻘건 눈동자와 눈이 마주쳤다.

가을이 내게 다가올 때마다 그의 몸에서 뭔가가 바스러지듯 떨어졌다. 나는 뭔가에 홀린 듯 그 모습을 멍청하게 쳐다보기만 했다. 지척까지 다가온 가을이 손을 뻗어 날 일으켰다.

그의 몸에서 떨어지던 건 빗물이 아니었다.

귀걸이며 반지, 목걸이에 박혀있던 보석이 부서져 공기 중으로 흩어지고 있었다.

가을은 아무런 말도 없이 아킨토스를 안아들더니 순식간에 어깨에 들쳐 멨다.

그 모습에 화들짝 정신이 들었다.

"도와줘."

나는 손을 뻗어 그의 손에 매달리듯 힘을 주며 울먹였다.

"도와줘."

눈에서 흐르는 게 빗물인지 눈물인지 알 수가 없었다. 가을이가 우릴 도와주려고 한다는 건 알고 있었지만 아까 내가 도와달라고 했을 때 말도 없이 사라졌던 모습이 계속 떠올랐다.

"살려줘."

엉엉 울면서 벌벌 떠는데 가을이 여전히 표정없는 얼굴로 날 가만히 보다가 고개를 돌렸다.

비에 젖은 시커먼 흙바닥에 알 수 없는 문양이 생겨난 건 순식간에 일어난 일이었다. 놀라서 숨을 멈추는데 비가 내리던 풀숲의 풍경이 서서히 물감이 섞이듯 일그러지기 시작했다.

나는 눈을 꾹 감고 그에게 매달렸다. 여전히 눈물은 흘렸지만 더 이상 무섭지는 않았다.

내가 서 있는 건지, 아니면 누워있는 건지도 잘 모르겠다. 자꾸만 정신이 아득해져서 손끝에 느껴지는 온기에 매달려 있는데 쾅 하고 커다란 소리가 들려왔다.

주변이 소란스러웠다. 누군가 떠들고 있는 것 같았지만 그게 무슨 말인지 하나도 알아들을 수가 없었다. 그저 웅웅거리는 소리만 귓가에 맴돌 뿐이었다. 고개도 들지 못하고 가을이에게만 매달려 있는데 순간 그가 휙 떨어져 나갔다.

나는 어미를 쫓는 새끼 동물처럼 다시 그에게 매달리려는데 이곳의 풍경이 어딘가 익숙하다는 걸 깨달았다.

가장 먼저 보인 건 커다란 책상이었다. 그리고 그 위에 쓰레기처럼 널브러져 있는 아킨토스가 보였다.

"네가 날 못 믿는 것처럼."

귓가로 가을이 목소리가 들렸다.

나는 이 상황을 이해할 수가 없어서 멍청하게 아킨토스만 쳐다봤다. 그때 책상 밑으로 피가 뚝 떨어졌다.

책상 위는 흥건하게 핏물이 고여 있었다.

그 순간 뿌옇게 흐리던 시야가 또렷해졌다. 웅웅거리던 소리도 똑바로 들려왔다. 거대한 뭔가에 쌓여 있다가 순식간에 막이 벗겨진 듯한 기분이었다.

"나도 이제 널 못 믿겠어."

마지막으로 들려오는 가을이 목소리에 나는 완전히 정신을 차렸다. 다시금 눈물이 펑펑 쏟아지기 시작했다.

"아킨토스!"

"예하!"

내 소리와 누군가의 소리가 겹쳤다. 나는 아킨토스에게 가다 말고 소리가 난 쪽으로 고개를 돌렸다.

열댓 명은 돼 보이는 중무장을 한 기사들이 보였고, 그 사이에 가을이에게 멱살이 잡혀있는 형도 보였다.

"형!"

내 고함에 형이 날 돌아봤다. 당황한 기색이 역력한 눈빛이었다. 삽시간에 기사들이 칼을 뽑아들었다. 금방이라도 칼부림이 날 것 같았다.

형은 금세 정신을 차린 건지 가을을 뿌리치고 널브러져 있는 아킨토스에게 다가갔다.

"형, 아킨토스……."

내가 울먹이며 다가가려고 할 때, 몸이 휙 들렸다.

고개를 돌리자 가을이 잔뜩 화가 난 표정으로 형과 아킨토스를 노려보고 있는 게 보였다.

나는 공중에 들려 발버둥을 쳤다.

"이거 놔!"

"놈을 잡아라!"

뭐? 나는 발버둥을 치다 말고 당황한 표정으로 소리가 난 쪽을 쳐다봤다. 중무장을 한 기사들 중 누군가가 손가락으로 가을이를 가리키고 있는 게 보였다.

기사들 중 하나가 칼을 치켜들자 날 안고 있는 그의 반대쪽 손에서 불길이 치솟았다. 나는 눈을 부릅뜨고 가을을 쳐다봤다. 그의 눈동자는 언젠가 봤던 육식 동물의 그것처럼 사나운 빛을 띠고 있었다.

너울거리는 불꽃은 금방이라도 모든 걸 집어삼킬 듯했다.

"멈춰!"

그때 형이 고함을 쳤다. 그 말에 기사들이 한 발자국 뒤로 물러서는 게 보였다. 형은 양손으로 아킨토스의 옆구리를 꽉 누른 채 날 쳐다보고 있었다. 형의 손도, 그리고 하얀 옷도 죄다 핏물에 젖어 있었다.

형이 창백하게 질린 표정으로 입을 열었다.

"이리 와."

그 말에 다시 눈물이 났다.

하지만 내가 암만 몸을 비틀어도 가을은 날 놔주질 않았다.

"어서!"

형이 비명을 지르듯 소리쳤다. 아까 물러섰던 기사들이 어느새 점점 포위망을 좁히고 있는 모습도, 형이 날 부르는 모습도, 사납게 타오르는 불꽃도 전부 슬로비디오처럼 느리게 느껴졌다.

"한겨울!"

형의 목소리가 채 끝나기도 전에 다시 풍경이 일그러지기 시작했다. 나는 속이 뒤집어질 것 같은 어지럼증이 일어 눈을 질끈 감을 수밖에 없었다.

고막이 터질 것처럼 시끄럽던 주변이 순식간에 조용해졌다. 감았던 눈을 뜨자 타닥타닥 타고 있는 벽난로가 보였다. 이곳이 어딘지 생각하기도 전에 토악질이 났다.

"우욱!"

내가 손으로 입을 가리자 가을이 날 안은 팔에 힘을 줬다. 이대로 있다간 정말 그의 가슴팍에 토할 것 같아서 사지를 비틀었지만 벗어날 수가 없었다. 가을은 나오는 것 없이 헛구역질만 계속 하는 내 등을 천천히 쓸어줬다.

구역질이 좀 멎자 가을이 날 침대에 내려놨다.

"옷 벗어."

나는 숨을 헉헉거리다 고개를 들어 그를 쳐다봤다.

뭘 벗어? 옷을? 옷을 뭐 어쩌라고?

내가 얼빠진 표정으로 있자 가을이 낯을 찌푸렸다.

"어딜 얼마나 다쳤는지 봐야지."

"뭐?"

나는 여전히 얼빠진 표정으로 되물었다. 헛구역질을 몇 번 해서 그런진 몰라도 뒤집어질 것 같던 속이 조금은 괜찮아졌다. 아픈 곳이 사라지자 그제야 주변을 돌아볼 수 있는 여유가 생겼다.

나는 옷을 벗으라는 말은 무시한 채 이곳이 어딘지 보려고 손으로 침대를 짚자마자 앞으로 고꾸라졌다.

"악!"

내가 침대에 머리를 박기 전에 가을이 내 허리를 붙잡았다. 나는 사지를 벌벌 떨며 고통의 근원지로 눈을 돌렸다. 고개를 숙이자 소시지처럼 퉁퉁 부은 새끼손가락이 보였다. 손에 힘을 줄 수도 없었고, 힘을 줘도 새끼손가락이 축 늘어진 채 움직이질 않았다.

"내, 내 손……."

내가 더듬더듬 입을 열자 가을이 퉁퉁 부은 내 손 위로 제 손을 겹쳤다. 맞닿은 손등 사이로 옅게 빛이 터졌다. 내 손이 왜 이렇게 아픈지는 모르겠지만, 이 빛이 내 손을 치료해줄 거라고 굳게 믿었는데 빛이 사그라져도 아프긴 매한가지였다.

"뼈가 부러졌나 봐."

"뭐?"

손등 위에 흉하게 난 상처는 전부 사라졌지만, 새끼손가락은 여전히 아팠다.

"난 마법사야. 부러진 뼈는 못 고쳐."

"그, 그럼 내 손가락은 어떡해?"

나는 이를 악물고 침대에 모로 쓰러졌다. 긴장이 풀리자 온몸이 아파왔다. 다리도, 손도, 얼굴도, 팔도, 아프지 않은 곳이 한 군데도 없었다. 소리도 내지 못하고 입술을 깨물고 있는데 가을이 내 턱을 붙잡고 입술 사이로 엄지를 쑤셔 넣었다.

"입술 깨물지 마."

"윽······."

온몸에서 느껴지는 고통에 서서히 정신이 흐려졌다. 눈앞이 뿌옇게 변하고, 날카롭게 느껴지던 고통도 점점 무뎌지기 시작했다. 가을이 날 보며 자꾸만 뭐라고 말하는 것 같았지만 그게 무슨 말인지 하나도 알아들을 수가 없었다.

베개에 얼굴을 비비다가 숨을 내뱉으며 눈을 떴다. 무슨 꿈을 꾼 것 같은데 기억이 나지 않았다. 나는 두어 번 눈을 깜박이다가 벽 쪽으로 몸을 바짝 붙이고 다시 눈을 감았다. 몸을 잔뜩 웅크리고 다시 자려는데 문득 잠들기 전의 상황이 떠올랐다.

나는 눈을 번쩍 뜨고 상체를 일으켰다. 갑자기 일어나서 그런지 머리가 아파왔다. 머리를 부여잡고 속으로 끙끙거리다가 손을 내렸다. 뼈가 부러져 퉁퉁 부어 있던 손이 멀쩡했다. 주먹을 쥐었다 폈다 해도 하나도 아프지 않았다.

나는 침대 구석에 보이는 원목 거울로 다가갔다. 이리 보고 저리 봐도 상처 하나 없이 멀쩡한 모습이었다. 나는 가볍게 제자리에서 뛰었다.

"다 나았네."

귀신이 곡할 노릇이었다. 내가 잠든 사이에 가을이가 마법이라도 썼나? 근데 부러진 뼈는 못 붙인다고 한 것 같…….

"……."

나는 거울 속의 날 멀뚱멀뚱 보다가 입을 벌렸다. 거울 속의 난 마치 아빠 옷을 훔쳐 입은 듯 커다랗고 새하얀 셔츠를 입고 있었다.

분명 기절하기 전까지만 해도 나는 더러운 원피스를 입고 있었다. 찢어지고 흙탕물이며 피로 범벅이 된 더러운 원피스.

내가 언제 옷을 갈아입었지? 아닌데? 난 옷 갈아입은 적 없는데? 그럼 내 옷은 누가 갈아입힌 거야? 그리고 이 옷은 또 누구 건데?

내 표정이 점점 울상으로 변해가는 게 보였다. 나는 양손을 엑스 자로 들어 가슴을 가렸다. 그건 거의 반사적인 행동이었다.

"이런 씹……."

강가을 이 새끼, 죽여 버릴 거야!

나는 이를 악물고 문 쪽으로 뛰어갔다. 그리고 문고리를 잡아 열려고 할 때, 문 너머로 고함이 들려왔다.

"형, 미쳤어?"

처음 듣는 낯선 목소리였다. 나는 문고리를 잡은 채 문에 바짝 귀를 갖다 댔다.

"지금 완전 난리 났어. 형은 이제 죽었다. 이거 분명 아빠 귀에도 들어갔을 거야."

저게 무슨 소리지? 나는 문을 열고 나가려다가 고개를 숙여 다시 내 모습을 살폈다. 셔츠 단추는 잘 잠겨 있었지만 문제는 그게 아니었다. 다리가 맨다리였다. 그러니까 바지도 입지 않고 그냥 무릎까지 내려오는 커다란 셔츠 한 장만 걸쳤을 뿐이었다.

이런 차림으로 나갔다가 무슨 오해를 받으려고……. 나는 입술을 깨물고 심호흡을 했다. 얼굴 쪽으로 열이 몰리는 게 느껴졌다.

"아빠가 딴 건 다 해도 되는데 아르젠은 건드리지 말라고 했잖아. 지금 아르젠이랑 아델라이에서 아빠 잡겠다고 눈에 불을 켜고 있는 거 몰라? 안 그래도 지금 그 한겨울인지 뭔지 나랑 이름 똑같다는 여자애 때문에 엄마랑 아빠 이사까지 갔는데 거기서 결계를 찢으면 어떡해? 그거 때문에 아델라이에서 완전 미친 것처럼 아빠를 찾을 거 아니야!"

"겨울아, 이거 왜 자꾸 까매져?"

"뭐? 아, 진짜! 다 타고 있잖아! 불 줄여! 그게 죽이냐, 이거 먹으면 없던 병도 생기겠다!"

겨울아? 어쩐지, 가을이한테 형이라고 하더니. 밖에서 고함을 치고 있는 사람은 가을이 동생인가 보다.

나는 나가면 안 될 것 같은 생각이 더 들어 고양이처럼 살금살금 다시 침대로 걸어갔다. 하지만 고작 두어 발자국 갔을 때, 문 너머에서 다시 목소리가 들려왔다.

"아무튼 들어가 봐. 그 여자애 깬 거 같아."

"헉!"

그 소리에 나는 숨을 들이켜며 어깨를 움츠렸다. 어, 어떻게 알았지? 우왕좌왕하다가 다시 침대로 가려는데 문이 열리는 소리가 났다. 나는 화들짝 놀라 천천히 고개를 돌렸다.

가을이 문을 열고 내게 다가오고 있었다. 그 뒤엔 가을이 동생처럼 보이는 남자애도 있었다.

"일어났어?"

"……."

뭐라고 대답도 하지 못하고 그 자리에 굳어 있는데 가을이 내게 다가왔다. 그는 손을 뻗어 내 이마를 짚더니 눈꼬리를 접으며 웃었다.

"열은 내렸네."

"……."

"더 누워있어. 어디 아픈 덴 없지?"

나는 눈알만 데룩데룩 굴리다가 가을이 어깨너머로 보이는 가을이 동생을 쳐다봤다.

그는 가을이랑 똑같은 갈색 머리카락에 빨간 눈동자를 하고 있었다. 누가 봐도 가을이랑 가족이라고 생각할 정도로 굉장히 닮은 모습이었다. 하지만 가을이보다는 어려 보였고 분위기도 판이했다.

가을이가 좀…… 등신 팔푼이같이 나른한 분위기라면 그는 갓 잡아 올린 생선 같았다.

그러니까 굉장히 활기차 보이는 인상이었다.

"와, 너 옷차림 죽인다."

날 빤히 보던 가을이 동생이 이상한 얼굴로 웃으며 날 위아래로 훑었다. 그 말에 정신이 확 들었다. 나는 어색하게 손을 올린 채 이러지도 저러지도 못하고 제자리걸음만 했다.

어, 어쩌지? 여기서 비명을 지를 수도 없고, 가을이한테 내 옷 누가 갈아입힌 거냐고 화를 낼 수도 없고, 그렇다고 가을이 동생한테 이거 사실 내 옷이 아니라 네 형 옷 같다고 할 수도 없었다.

이판사판으로 그냥 미친 척하고 침대로 뛰어들어서 이불을 덮어쓸까 생각도 해봤지만 그것도 영 아닌 것 같았다.

"넌 집에 가봐. 아빠한테 나 여기 있단 소리 하지 말고."

"싫어. 아빠가 물어보면 가르쳐줄 거야."

내가 우왕좌왕하는 사이 가을이 동생이 뿌루퉁한 표정으로 가을을 보며 눈을 흘겼다.

"아르젠 결계 찢은 건 진짜 형이 잘못한 거야. 지금쯤 아델라이에서도 알았을 텐데, 어쩌려고 그래? 전쟁 나면 다 형 탓이야."

"전쟁이 나든 말든 너랑은 상관없잖아. 넌 어차피 여기 있을 것도 아니면서."

"엄마랑 아빠가 고생하잖아!"

가을이 동생이 빽 소리를 질렀다. 갑작스러운 고함에 어깨를 움츠리며 그들의 눈치를 보고 있는데 가을이는 대수롭지 않다는 표정이었다.

"그럼 너 갈 때 엄마랑 아빠 데려가."

"그게 말이 되냐? 엄마랑 아빠가 어떻게 거기서 살아?"

"너도 사는데 엄마랑 아빠라고 못 살 거 없잖아."

"야!"

가을이 동생이 다시 소리를 질렀다. 그때까지만 해도 시종일관 태연했던 가을이 느닷없이 정색을 했다. 가을이 입을 다물자 가을이 동생이 아차 싶은 표정으로 제 입을 가렸다.

"겨울아, 너 형한테 야 라고 하면 죽는다고 했지?"

"미안. 난 가볼게. 아빠한텐 형 여기 있다고 말할 거야."

그는 아까와는 비교도 할 수 없을 만큼 빠르게 말을 끝마치고 뛰다시피 방을 빠져나갔다. 쾅 닫히는 문을 보며 나는 가을이 동생에게 알 수 없는 동질감을 느꼈다. 왠지 내 모습을 보는 것 같았기 때문이다.

"더 누워 있어."

"어? 으응."

나는 얼떨떨한 얼굴로 가을을 보다가 침대로 걸어갔다. 그리고 침대에 올라가 이불을 덮으려다가 이불을 박차고 다시 침대에서 내려왔다.

"야!"

지금은 이러고 있을 때가 아니었다. 하마터면 또 저 페이스에 말려들 뻔했다. 가을이 방을 나가려다 등을 돌려 날 쳐다봤다.

"왜? 어디 아파?"

"지금 그게 문제가 아니잖아!"

물어볼 게 산더미처럼 많았다. 내 옷은 어떻게 됐는지, 내가 얼마나 잠들어 있었는지, 아까 전쟁 얘기는 뭔지, 아킨토스는 어떻게 됐는지, 형은 내가 여기에 있다는 걸 아는지 그리고 아까 형 멱살은 왜 잡았는지!

하지만 지금은 그에게 감사의 인사를 먼저 하고 싶었다. 나는 화가 난 표정을 풀고 헛기침을 하며 물었다.

"어떻게 알았어?"

"뭐가?"

내 물음에 가을이 의아한 표정을 지었다. 한동안 이곳에 없을 거라던 가을이 내가 위험한 걸 어떻게 알고 거기까지 찾아왔을까. 그때 가을이 나타나지 않았더라면 나도 아킨토스도 분명 무사하진 못했을 거다.

"내가 거기에 있는지 어떻게 알았어?"

가을이 나에게로 다가와 손을 뻗어 내 귓불을 만졌다. 아니, 정확하게는 귀걸이었다.

"내가 준 거잖아. 무슨 이유에서든 발동되면 나도 알 수 있어. 내가 얼마나 놀랐는지 알아?"

그의 표정이 너무 엄해서 나는 나도 모르게 그의 시선을 피해버렸다. 나는 손가락을 꼼지락거리며 말했다.

"미, 미안. 그리고 고마워."

난 도대체 왜 밖에만 나가면 이 꼴을 당하는지 모르겠다. 내 인생에 도대체 무슨 마가 꼈기에……. 이제 진짜 밖엔 나가지 말아야지. 아니, 그래도 매일 교황청에만 있을 순 없으니까 진짜 가끔씩만 나가야지.

그런 생각을 하고 있는데 가을이 손을 거뒀다.

그의 손에는 내 귀에 꽂혀 있던 귀걸이가 있었다. 가을은 귀걸이를 쓰레기통에 버리며 말했다.

"나도 미안해. 빨리 오려고 했는데 여기에 있는 게 아니라서 좀 늦었어."

"어?"

나는 반으로 쪼개져 쓰레기통에 처박힌 귀걸이만 멀뚱멀뚱 쳐다봤다. 저걸 왜 버려? 왜 버리지?

설명을 요구하는 눈빛으로 그를 쳐다봤지만 가을은 내게 다른 말을 했다.

"아무튼 더 누워 있어."

"어? 아, 아니……. 안 누워 있어도 되는데……. 아, 맞다! 아킨토스는? 아킨토스는 어떻게 됐어? 걔 옆구리에서 피가……."

"안 죽었겠지."

가을이 심드렁한 표정으로 대답했다.

"그게 무슨 말이야? 괜찮다는 거야?"

내가 자꾸 대답을 재촉하자 가을이 한숨을 내쉬었다.

"교황은 사람이 반으로 쪼개져도 숨만 붙어 있으면 살릴 수 있어. 그 정도 상처로 죽게 내버려두진 않았을 거야."

"괜찮다는 거지?"

가을이 고개를 끄덕였다. 나는 손을 뻗어 그의 옷깃을 쥐고 고개를 들었다.

"그럼 형은? 형은 내가 여기에 있는 거 알아? 설마 그렇게 여기 오고 난 뒤로 연락도 안 했던 건 아니지?"

"지금은 그냥……."

"너 뼈 부러진 건 못 고친다며? 그럼 내 손가락은 누가 고쳤어? 그리고 아까 결계가 찢어졌니, 전쟁이 나니, 그건 또 무슨 말이야? 너희 아빠 얘긴 또 왜 나와? 너 무슨 사고 쳤어? 근데 내 옷은 누가 갈아입혔어? 설마 네가……."

"울아."

가을이 내 어깨를 잡고 내 이름을 불렀다. 내가 입을 다물자 가을 이 다시 한숨을 내쉬었다.

"지금은 그냥 쉬어."

"나 다 쉬었어. 지금 하나도 안 아픈데?"

"쉬라면 좀 쉬어. 그리고 나 지금 화났으니까 건드리지 마."

차가운 목소리에 절로 어깨가 움츠러들었다. 슬그머니 옷깃을 쥐고 있는 손을 놓는데 가을이 다시 내 손을 붙잡았다. 그는 내 손을 잡은 채 허리를 약간 숙이더니 내 손가락 끝에 입을 맞췄다. 뼈가 부러졌던 손가락이었다.

"너한테 화난 거 아니야."

"……."

예상치도 못했던 행동이었다. 그리고 너무 갑작스러웠다. 내가 얼음처럼 쩡하게 굳자, 가을이 손을 놓더니 내 등을 슬쩍 밀었다.

"누워 있어."

"야."

나는 힐끗 그를 올려다보며 말했다.

"누워 있기는 할 건데⋯⋯. 형한테 나 여기에 있다고 말해야 돼. 여기 어디야?"

"어차피 나랑 있는 거 알잖아."

"그건 그런데 내가 여기에 있는 건 모르잖아."

내가 울상을 짓자 가을이 입을 다물었다. 침묵은 짧았지만 내겐 굉장히 길게 느껴졌다. 멀거니 날 내려다보던 가을이 입을 열었다.

"그걸 꼭 알아야 돼?"

"뭐? 다, 당연히 알아야지."

"왜?"

"걱정하잖아. 안 그래도 아킨토스 때문에 많이 심란할 텐데⋯⋯."

아까부터 그의 표정이 너무 굳어 있어서 마치 다른 사람과 대화하는 것 같은 기분이 들었다. 게다가 늘 보던 갈색 눈동자도 아니고 시뻘겋게 달아오른 눈동자라 더욱 그랬다. 무서운 건 아니었지만 조금 껄끄러웠다.

"알았어. 연락해둘게."

가을이 문을 열고 방을 나갔다. 방 안에 덩그러니 혼자 남은 나는 닫힌 문을 멀뚱멀뚱 보다가 침대 위로 올라갔다. 이불을 목 끝까지 덮고 천장을 보는데 한숨이 나왔다.

사실 그 납치범들은 어떻게 됐냐고도 묻고 싶었다. 하지만 물을 수가 없었다. 왠지 가을이 입에서 다 죽여 버렸다는 말이 나올 것 같았기 때문이다.

　살인은 어떠한 이유로라도 용서받지 못할 죄였고, 세상에서 제일 해서는 안 될 짓이었다. 사람을 죽이면 안 되는 것에 이유는 없었다. 그건 이유도 필요 없는 무조건적으로 당연한 일이었기 때문이다. 가을이에게 처음 사람을 죽이지 말라고 했을 때도 이런 이유에서였다.

　하지만 지금은 그런 것보다 그가 나 때문에 사람을 죽이는 게 싫었다.

어느 순간 잠이 들었는지 눈을 떴을 땐 이미 하늘이 어두워진 상태였다. 도대체 얼마나 잔 건지 모르겠다. 너무 많이 자서 그런지 머리가 띵하게 아파왔고 몸이 찌뿌듯했다. 나는 앓는 소리를 내며 침대에서 내려와 기지개를 켰다. 온몸에서 뼈 소리가 났다.

나는 한숨을 내쉬고 좀비처럼 발을 질질 끌며 걸었다. 방문을 열자 거실이 보였다. 나는 이곳에 제일 처음 왔을 때 봤던 벽난로를 멀뚱멀뚱 보다가 고개를 흔들었다.

가을인 어딜 갔지? 나는 다시 걸음을 옮겨 방 구석구석을 살펴봤다.

집은 그리 크지 않았다. 크지도 작지도 않은 거실에 방 두 개와 욕실 하나 그리고 주방 하나가 다였다. 가구도 별로 없고 전체적으로 깔끔한…… 아니, 이건 깔끔함의 도를 넘어섰다. 그저 휑하다고밖에는 표현할 길이 없었다.

"뭔 놈의 집이 이렇게 삭막해?"

나는 뒷목을 긁적이며 주방으로 갔다. 먹은 게 없어서 그런지 뱃

가죽이 등에 들러붙을 것 같았다. 아까부터 계속 머리가 아픈 게 혹시 배가 고파서 그런가? 나는 길게 하품을 하며 주방에 들어갔다. 그리고 들어가자마자 잔뜩 표정을 일그러뜨릴 수밖에 없었다.

"꼴이 이게 뭐야……."

주방은 전쟁터였다. 말 그대로 무슨 폭탄이라도 터진 듯 엉망이었는데, 그중에서도 제일 심각해 보이는 건 싱크대였다. 도대체 무슨 짓을 한 건지는 모르겠지만 이렇게까지 엉망으로 만들기도 참 어려울 것 같다는 생각이 들었다.

나는 팔을 걷어붙이고 어질러진 주방을 하나씩 치우기 시작했다.

프라이팬에 눌어붙은 정체불명의 무언가를 떼어내고, 깨진 그릇을 치우고, 싱크대며 레인지며 벽에까지 튄 시뻘건 양념을 닦아내고, 명을 달리한 채 싱크대 구석에 쌓여있는 음식물을 치웠다.

마지막으로 설거지까지 깨끗하게 끝마치니 이제야 좀 숨통이 트였다. 깔끔해진 주방을 뿌듯하게 보고 있는데 배에서 꼬르륵 소리가 났다. 배가 너무 고파서 빨리 뭐라도 좀 먹어야겠다.

나는 대충 프라이팬에 식은 밥을 넣고 계란을 깨 넣었다. 슥슥 볶다가 소금과 후추로 간을 하고 그냥 프라이팬째로 허겁지겁 퍼먹기 시작했다.

맛이 어떤지도 모르고 그냥 무작정 입에 쑤셔 넣고 있는데 문이 열리는 소리가 들렸다. 볼이 미어터질 듯 계란밥을 입에 넣고 숟가락을 든 채 고개를 돌리자 가을이가 얼떨떨한 표정으로 내게 다가오는 게 보였다.

"밥 먹고 있었어?"

나는 우물우물 입을 움직이며 고개를 끄덕였다.

"……배 많이 고팠어?"

나는 다시 고개를 끄덕였다.

"교황청 갔다 오면서 죽 사 왔는데……."

배고파 죽겠는데 죽은 무슨 죽이야? 나는 가을이 손에 들린 종이 가방을 힐끗 보고 다시 프라이팬으로 시선을 고정했다.

"천천히 먹어."

가을이 내게 물 한 컵을 건네며 맞은편에 앉았다. 나는 그에게 시선도 주지 않고 오로지 배를 채우는 데만 집중했다. 프라이팬에 수북하게 쌓인 계란밥이 반 정도 없어졌을 때 갑자기 웃는 소리가 들려왔다.

고개를 들자 가을이 한 손으로 턱을 괴고 날 보며 웃고 있는 게 보였다.

"너 머리 다 눌렸어."

자다 일어났으니까 당연히 눌렸겠지. 나는 입에 든 걸 삼킨 뒤에 물을 한 모금 마시고 물었다.

"형한테 갔다 왔어? 형이 뭐래? 화 많이 안 났어? 아킨토스는 보고 왔어?"

"그냥 내 할 말만 하고 와서 잘 모르겠어."

"……."

아이고, 그래 잘했다, 잘했어. 나는 어이없는 표정으로 그를 보다가 한숨을 내쉬었다.

"너 근데 주방에서 뭔 짓을 한 거야?"

"아까 죽 만들려고 했는데……. 맛이 좀 이상해서 그냥 버렸어."

어색한 표정으로 웃는 그를 보며 나는 아까 난장판으로 변해 있던 주방을 떠올렸다. 그렇게 난리를 쳤는데 맛이 좀 이상했을 리가 없었다. 좀 이상한 게 아니라 사람이 먹을 음식이 아니었던 거겠지. 나는 쯧쯧 혀를 차다가 다시 물었다.

"아무튼 난 밥 먹고 집에 갈래. 근데 여긴 또 어디야? 너 집 진짜 많다."

내가 본 것만 해도 도대체 몇 개야. 돈이 이렇게 많은 사람은 텔레비전에서밖에 못 봤는데. 그런 쓸데없는 생각을 하며 다시 계란밥을 입에 욱여넣고 있는데 가을이 태연하게 말했다.

"그냥 여기서 나랑 같이 살면 안 돼?"

"커흑!"

나는 괴상한 소릴 내며 밥풀을 튀겼다. 밥알이 목구멍에 걸려서 계속 기침이 났다. 마치 병든 사람처럼 연신 기침을 하다가 물을 한 잔을 다 마시고 나서야 좀 진정이 됐다. 나는 기침이 멎을 때까지 내 옆으로 와 내 등을 두드려 주고 있던 가을을 보며 눈을 동그랗게 뜨고 물었다.

"뭐라고?"

"여기서 나랑 살면 안 돼?"

"……."

저건 또 무슨 소리야? 같이 살자고? 그게 무슨 뜻인데? 서, 설마 지금 결혼하자는 건가? 나는 혼란스러운 얼굴로 그를 쳐다보기만 했다. 그러자 가을이 한숨을 내쉬며 내 옆에 앉았다.

"교황이 날 못 믿는 것처럼 나도 이제 걜 못 믿겠어."

내, 내가 너랑 같이 사는 게 그거랑 무슨 상관이 있는데? 나는 차마 묻지도 못하고 입을 꾹 다문 채 그의 뒷말을 기다렸다.

"네가 거기에 있다가 엊그저께 같은 일이 또 일어나면 어떡해?"

"아, 아니……. 오히려 내가 교황청에만 있으면 그런 일은 안 일어날 거 같은……. 뭐? 엊그저께?"

나는 더듬더듬 말하다가 퍼뜩 고개를 들었다.

"난 그래도 네가 교황청에 있으면 안전할 거라고 생각했어. 근데 이제 교황도 못 믿겠고, 교황청도, 아르젠도 다 못 믿겠어."

"자, 잠깐만! 야! 어, 엊그저께……."

"네가 마나를 운용할 수 있는 것도 아니고, 그럼 내가 아티팩트를 만들어줘도 한계가 있잖아. 너 엊그저께 그 년……. 아니, 그 여자 마법사 생각나지? 내가 아티팩트를 만들어줘도 그렇게 다른 마법사를 만나면 무용지물이야. 애초에 살기에 반응하게 만드는 것도 너무 허술해. 살기만 없으면 널 때려도 반응하지 않으니까."

입을 쩍 벌리고 있는 날 보며 가을이 진지하게 말했다.

"그럴 거면 차라리 너한테 손만 대도 반응하게 만들면 되는데, 네가 그건 또 싫다며? 그래서 내가 너 잘 동안 생각을 해봤는데, 아티펙트고 뭐고 다 필요 없이 그냥 내가 옆에 있으면 될 거 같아."

가을이 만엔 자세하게 설명하고 있는 듯했지만 나는 그의 말을 하나도 알아들을 수가 없었다. 나는 손을 들어 머리를 짚고 한숨을 내쉬었다.

"그래, 일단 그 얘기는 나중에 하고……. 내가 여기에 온 지 얼마나 지났다고?"

"3일 지났어. 울아, 근데 이게 제일 쉽고 빠르고 안전한 방법이야. 길바닥에 기어 다니는 벌레도 다 자기 몸을 지킬 수 있는 뭔가를 하나씩은 가지고 있어. 근데 넌 네 몸을 지킬 수 있는 게 아무것도 없잖아. 무슨 말인지 알겠어? 넌 버러지보다 약해."

"야! 3일……. 뭐? 버러지?"

3일이나 지났는데 왜 그걸 지금 말하냐고 소리치려던 찰나, 귓가에 들려오는 버러지라는 소리에 정신이 아득해졌다. 버러지라니? 지금 저놈이 나한테 버러지라고 한 거야?

"난 살면서 산적 좀 만났다고 그렇게 죽을 뻔한 사람은 처음 봐. 내 주변엔 그런 사람 하나도 없었어. 네가 약한 줄은 알았는데 이렇게까지 심할 줄은 정말 생각도 못했어. 넌 혼자서는 도적 한 명만 만나도 도망치지 못할 거고, 산길을 걷다가 발을 헛디뎌서 낭떠러지로 떨어지면 뼈가 부러질 정도로 크게 다칠 거야."

"그, 그게 정상인데?"

내가 얼떨떨한 표정으로 말하자 가을이 정색을 했다. 그 표정에 나는 뜨끔했다. 내가 잘못한 것도 없는데 왠지 혼나고 있는 것 같은 기분이었다.

"네가 요리를 하다가 오븐이 폭발하기라도 하면 넌 그대로 죽겠지."

"……요리하다가 오븐 폭발시키는 건 너밖에 못 하는 거야. 그리고 혹시라도 오븐이 폭발하면 그 옆에 있는 사람은 죽는 게 정상이고."

"넌 감기에 걸리거나 종이에 손가락이 베여도 과다출혈로 죽을 거 같아."

"내가 무슨 혈우병 환자냐, 종이에 손가락 베였는데 죽게?"

나는 그가 장난을 치는 줄 알고 푸핫 웃으며 말했다. 하지만 내가 암만 웃어도 그는 정색을 한 채 날 멀거니 쳐다보기만 할 뿐이었다. 얼굴 근육이 점점 굳어가는 게 느껴졌다. 서, 설마 저 새끼 진심인 거야?

"야, 너 진짜 내가 종이에 손가락 베이면 죽을 거 같냐?"

"넌 자다가 베개에 얼굴 잘못 눌려도 호흡곤란으로 죽을 수 있어. 넌 충분히 그러고도 남아."

"……."

저 새끼가 나한테 버려지라고 할 때부터 알아봤어야 했는데. 나는 얼빠진 표정으로 그를 보다가 한숨을 내쉬었다. 가을이 내게 왜 저런 말을 하는지 대충 짐작은 갔지만, 이걸 도대체 어떻게 설명을 해야 할지 막막하기만 했다.

"야, 평범한 사람은 누구나 다 도적을 만나거나 낭떠러지에서 떨어지면 크게 다쳐. 재수 없으면 죽을 수도 있고. 나만 그런 게 아니야."

"난 도적을 만나도 안 죽고, 낭떠러지에서 떨어져도 안 죽어."

"세상의 모든 기준을 너로 잡지 마. 네가 평범한 사람은 아니잖아. 그리고 사람이 도적을 만나거나 낭떠러지에서 떨어지는 건 흔한 일은 아니야."

"흔한 일이든 아니든 그런 일이 단 한 번이라도 일어나면 넌 죽어."

마치 화가 난 듯 말하는 그를 보며 나는 입을 다물었다. 쓸데라곤 개뿔도 없는 저런 걱정을 하는 가을이 좀 어이없기도 했지만 미안하기도 했다. 애가 얼마나 놀랐으면 저런 생각을 다 할까. 나는 헛기침을 하며 말했다.

"그, 근데 내가 조심하면 되잖아."

"네가 조심한다고 위험한 일이 일어나지 않는 건 아니야."

"근데 진짜 이번 일은 내 의사랑은 전혀 상관이 없는 우연……."

내가 변명하듯 말하자 가을이 내 말꼬리를 잘랐다.

"그래, 네 의사와는 상관없었겠지."

"……."

"그러니까 여기에도 네 의사는 필요 없어."

나는 입을 꾹 다물고 얼떨결에 고개를 끄덕였다. 무슨 말인지 모를 것 같으면서 알 것 같기도 하고, 뭔가 아닌 것 같으면서 맞는 거 같기도 하고…….

힐끗 본 그의 표정은 찔러도 피 한 방울 나오지 않을 정도로 단호하기 그지없었다. 여기서 더 설전을 벌여봤자 나만 손해일 것 같아서 일단 한 발자국 물러서기로 했다.

"아, 알았어. 근데 여기서 살 수는 없어."

"왜?"

왜냐니……. 아까부터 너무 혼란스럽고 당황스러워서 머리가 제대로 돌아가지 않았다. 똑바로 말하고 싶은데 자꾸만 말이 더듬더듬 나왔다.

"어, 그게……. 일단 형도 허락하지 않을 것 같고……. 난 아직 미성년자고……. 독립하기엔 마음의 준비가……. 아, 아직 자립할 준비도 안 돼 있고……. 어, 또……."

"그래서 싫다고?"

"……."

나는 다시 입을 꾹 다물고 눈만 껌벅였다. 뭐라고 할 말이 없어서 숨도 쉬지 않고 그를 쳐다보는데 갑자기 딸꾹질이 나왔다. 히끅거리면서 딸꾹질을 하는데 가을이 한숨을 내쉬며 말했다.

"싫다고 할 줄 알았어. 그냥 해본 말이야."

내가 딸꾹질을 하며 어깨를 들썩이자 가을이 내 등을 쓸었다.

"사실 화났을 땐 진짜 안 보내주려고 했지만 화 좀 풀리고 이것저것 생각해봤는데 그렇게는 못할 거 같아. 진짜 안 보내주면 너도 화낼 것 같고……. 그럼 그냥 내가 너희 집에서 살게."

"……뭐?"

"내가 교황청으로 들어가서 살 거야."

"……."

날 보며 화사하게 웃는 그의 얼굴엔 한 치의 거짓도 보이지 않았다.

침대에 누워 자지도 못하고 밤을 꼴딱 새운 나는 뜬 눈으로 아침 해를 맞이했다.

많이 자서 그런 것도 있었지만 머리가 혼란스러워서 도저히 잠을 청할 수가 없었다. 몇 시간 동안 누워서 암만 대책을 생각해봐도 머릿속은 백지장처럼 하얗기만 했다.

가을이가 교황청에 들어와서 산다고? 근데 그걸 형이 허락할까? 아이리스는? 아킨토스는? 걔네 전부 가을이 싫어하는데……. 특히 그중에서도 아킨토스는 유독 심했다. 아킨토스야 나중에 다시 탄트라로 갈 테니 크게 문제 될 건 없다고 해도……. 아니, 그 전에 나는? 나는 어떻지? 나야 뭐……. 걔가 교황청에서 살든 안 살든 어차피 매일 보는 건 똑같으니까 별 상관은 없는데…….

나는 침대에서 벌떡 일어나 다시 거울 앞으로 갔다. 옷차림은 아까 침대에 눕기 전 그대로였다. 오늘 밥을 먹고 가을이랑 교황청으로 돌아가기로 했다. 하지만 이런 꼴로 갈 수는 없었다. 안 그래도 내가 연락도 없이 3일이나 잠수타서 형이 엄청 화나 있을 텐데…….

그러고 보니 가을이가 형 멱살도 잡았다. 이유야 어찌 됐건 이 문제에 대해선 가을이한테 한마디 해야 될 것 같았다.

이거 말고도 물어보고 싶은 것도 해야 할 일도 많았던 거 같은데 그게 뭔지 잘 기억이 나지 않았다.

나는 문 앞에 서서 한참 문고리를 잡고 나갈까 말까 고민하다가 결국 활짝 문을 열었다. 가을이가 거실 소파에 앉아 책을 읽고 있는 게 보였다. 탁자 위엔 두꺼운 책이 켜켜이 쌓여 있었고, 잉크통과 깃펜도 보였다. 문이 열리는 소리가 나자 가을이 고개를 돌려 날 쳐다봤다. 어제보다 얼굴이 조금 창백해 보였다. 나는 하고 싶었던 말도 잊은 채 얼이 빠진 표정으로 그에게 다가갔다.

"야, 너 밤새웠어?"

"어? 지금 몇 시야?"

그가 벽시계 쪽으로 고개를 돌리며 물었다. 시계의 짧은 바늘이 6자를 가리키고 있었다. 일어나기엔 이른 시간이었지만 자기엔 늦어도 너무 늦은 시간이었다. 가을이 다시 책 쪽으로 시선을 돌렸다.

"왜 이렇게 일찍 일어났어?"

"내가 무슨 동면하는 곰이냐? 근데 넌 왜 안 잤는데?"

내가 제 옆에 앉을 때까지 그는 내게 시선도 주지 않았다. 도대체 뭘 보나 싶어서 가을이 보는 책을 봤지만 하나도 읽을 수가 없었다. 내가 글자를 잘 몰라서가 아니라, 책에 쓰여 있는 글자가 이상했기 때문이다.

"이게 무슨 글씨야? 내가 배우는 거 아니지?"

"응."

가을은 대답하는 둥 마는 둥 하며 깃펜을 들어 종이에 뭔가를 휘갈겨 썼다. 그는 깃펜을 든 손으로 책장을 넘기고, 다시 책을 보다가 또 뭔가 쓰기를 반복했다. 그가 쓴 것처럼 보이는 종이가 수십 장은 넘어 보였 다. 나는 소파에 앉아 그의 옆얼굴을 멀뚱멀뚱 쳐다보다가 다시 물었다.

"너 그건 어떻게 됐어? 그 형이랑 했다는 계약."

"아, 그거. 해지는 안 되는데, 다른 방법이 있어."

"그게 뭔데? 그럼 네가 나 때리거나 그래도 안 죽는 거야?"

"응."

건성으로 대답하는 가을을 보며 나는 한숨을 내쉬며 그가 보던 책 을 빼앗았다. 내가 책을 뺏어갈 줄은 몰랐던지 가을이 미간을 좁히 며 날 쳐다봤다.

"그 방법이 뭔데?"

"계약의 주체가 심장이니까 그걸 들어내면 돼."

그는 태연한 얼굴로 말하며 내게서 다시 책을 빼앗아 갔다. 나는 가을을 얼떨떨한 표정으로 보다가 다시 그의 손에서 책을 빼앗았다.

"너 똑바로 대답 안 하면 이 책 확 불사질러 버릴 줄 알아."

"야, 그거 세상에 두 권밖에 없는 거야."

가을이 식겁을 하며 빠르게 말했다. 그를 보며 나는 허탈하게 숨 을 내뱉었다. 목소리로 보나 표정으로 보나 정말 놀란 듯싶었다.

얼마나 놀랐으면 「야」라는 말까지 나왔을까. 지금까지 만나면서 가을이 내게 「야」라고 했던 적은 이번이 처음이었다.

"심장을 들어낸다는 게 무슨 말이야? 그냥 말 그대로 꺼낸다는 거야? 몸속에 있는 걸 밖으로?"

"그래."

그의 시선은 아까부터 줄곧 내가 들고 있는 책에 고정되어 있었다. 그러다 이내 내 쪽으로 손을 뻗었다. 정확히는 책을 들고 있는 내 손 쪽이었다. 나는 그의 손을 철썩 때리며 들고 있던 책을 깔고 앉았다.

내가 자기 책을 깔고 앉는 게 마음에 들지 않는다는 듯 가을이 일그러진 표정으로 날 쳐다봤다.

"네가 무슨 간 빼놓고 다니는 토끼냐? 몸 밖으로 심장을 꺼내는데 어떻게 사람이 살아 있을 수가 있어?"

"장기 몇 개 없다고 죽지는 않아."

"아, 그래? 그럼 그 꺼낸 심장은 어떻게 하는데? 금고 같은데 넣어둘 거야?"

"그건 일단 빼놓고 생각해봐야지. 근데 그거 굳이 안 가지고 있어도 돼."

가을이 내 눈치를 슬금슬금 보며 말하다가 갑자기 내 겨드랑이에 손을 껴 날 번쩍 들어 올렸다. 그러더니 제 한쪽 무릎 위에 날 앉히고 다시 책을 집어 들었다.

나는 지끈거리는 머리를 감싸고 허리를 숙였다.

"안 돼."

"어?"

내가 퍼뜩 고개를 들자 가을이 다시 무성의하게 되물었다. 그는 여유롭던 아까의 모습과는 달리 굉장히 다급한 표정으로 책을 읽고 있었다. 다시 빼앗기기라도 할까 봐 급하게 읽고 있는 것 같았다. 나는 그 모습을 보며 허탈한 한숨을 내쉬었다.

"그건 안 되니까 다른 방법을 찾아."

"그거 말고는 없어."

"안 된다니까!"

내가 벌떡 일어서며 빽 소리치자 가을이 한숨을 내쉬었다. 하지만 한숨을 쉬고 싶은 건 내 쪽이었다.

"그래, 넌 초월자니까 장기 몇 개 없다고 죽지는 않겠지. 근데 안 죽어도 그건 안 돼. 무슨 맹장이 없는 것도 아니고 심장 없이 어떻게 살아? 그럼 두근두근 소리도 안 나고, 어? 피는? 그래, 피는 어떻게 돌아? 심장이 두근거리면서 피를 돌게 하잖아!"

나는 과학 시간에 배웠던 심장의 역할에 대해 떠올리며 그를 설득했다. 내 단호한 표정을 보며 가을이 뭔가 생각하는 듯하더니 아 하고 입을 열었다.

"그럼 내 거 말고 다른 걸 넣으면 되지."

"……심장 이식 수술을 하겠다고?"

내 얼빠진 표정을 보며 가을이 고개를 끄덕였다. 내가 비틀거리며 탁자를 손으로 짚자 가을이 의아한 표정으로 물었다.

"왜?"

"그럼 넌 그 이식 수술 안 하면 어쩌려고 했는데? 그냥 심장 없이 살려고 그랬어? 그게 어떻게 가능해?"

예전부터 느꼈지만 강가을은 정말 내 상식을 뒤엎는 존재였다. 놀라운 게 아니라 경이롭기까지 할 지경이었다.

"사람 몸속에 있는 장기는 전부 자동으로 움직이잖아. 그게 심장이든 폐는 간이든, 뭐든. 그걸 그냥 내가 수동으로 움직이면 되는 거야."

찬찬히 설명해주고 있는 그를 보며 나는 어이가 없어서 죽을 맛이었다. 내가 지금 그게 궁금해서 질문한 줄 알아?

"깨 있을 땐 수동으로 움직이면 되는데 만약 잠이 들면 난 죽거든? 그러니까 피곤하면 자는 대신 그냥 신체 시간을 멈추면 돼. 아빠가 옛날부터 자주 그래서 나도 할 수 있어."

저건 또 무슨 소리야…… 이번에도 제 딴엔 친절하게 설명해주고 있는 것 같기는 했지만 나는 하나도 알아듣지 못했다. 솔직히 별로 이해하고 싶은 마음도 없었다.

"뭐든 간에 안 돼. 다른 방법을 찾아."

내 말에 가을이 불만스러운 표정으로 날 쳐다봤다. 그렇게 한참 날 보던 그는 한숨을 내쉬며 다시 책으로 시선을 돌렸다. 마치 일단 책부터 마저 읽고 생각하자는 것 같았다.

진짜 저놈의 책을 불사질러 버릴 수도 없고……. 나는 커다랗게 한숨을 내쉬며 말했다.

"아무튼 나 지금 씻고 올 테니까 이거 싹 다 치워놓고 있어. 내 옷도 꺼내놓고! 밥 먹고 바로 갈 거야."

내 말에 그는 대답도 하지 않았다.

머리에 수건을 둘둘 말고 밖으로 나오자 가을이 아직도 소파에 앉아 있는 게 보였다. 그는 내가 욕실로 들어가기 전 그 자세 그대로 앉아 책을 보고 있었다. 나는 빨리 치우라고 말하려다가 갑자기 피곤해져서 그냥 주방으로 갔다.

　샐러드도 만들고 빵도 굽고 스크램블도 하고 있는데 어느새 가을이 내 곁에 다가왔다. 내 근처에서 한참을 서성거리던 가을이 내게 말했다.

　"뭐해?"

　"책은 다 봤냐?"

　왜? 죽을 때까지 책만 읽지. 내가 투덜거리듯 말하자 가을이 어색하게 웃었다. 쟤 진짜 책 보는 거 좋아하는구나. 신기하다. 내 주변에 저런 사람은 없었는데. 하긴, 저렇게 책을 많이 읽으니까 초월자도 되고 마법사도 된 거겠지.

　"내 옷은 어디 있어?"

　"아, 그거 더러워서 버렸어."

"뭐?"

내가 눈을 동그랗게 뜨고 되묻자 그가 빠르게 날 위아래로 훑더니 말했다.

"그냥 그러고 가. 지금도 나쁘진 않아."

"지금 그걸 말이라고 해? 이런 꼴로 어떻게 가?"

"치마 같은데?"

저 새끼가 미쳤나……. 지금 그게 문제야? 치마 같든 바지 같든 내가 네 옷을 입고 있다는 게 문제지! 거기다가 바지도 안 입고 셔츠만…….

"……야."

나는 잊고 있던 사실을 떠올렸다. 도대체 내 옷 갈아입힌 게 누구야? 내가 기절해 있는 동안 나한테 무슨 짓을 한 거지? 나는 뒤집개를 잡은 손에 힘을 줬다.

"왜?"

불러놓고 내가 아무런 말도 하질 않자 가을이 의아한 표정으로 날 쳐다봤다. 나는 숨을 꿀꺽 삼키고 고개를 저었다.

"아, 아무것도 아니야."

내 옷 누가 갈아입혔냐고 물었을 때, 저 입에서 혹시라도 자기가 갈아입혔다는 말이 나올까 봐 차마 물어볼 수가 없었다.

아, 아니야. 어쩌면 이 옷은 그냥 내가 잠결에 갈아입었을 수도 있어. 자다가 옷이 너무 불편해서 갈아입었는데 내가 기억을 못하는 거야. 그냥 내 방에서 그랬던 것처럼, 잠결에 침대에서 내려와 좀비처럼 옷장 문을 열고 아무거나 손에 잡히는 대로 주워 입은 거야.

"그럼 일단 이렇게 입고 나가서 나중에 옷가게에 들렀다가 가자."

그 말에 나는 빠르게 고개를 저었다.

"그, 그냥 밥하고 있는 동안 네가 나가서 사와."

내 말에 그는 귀찮다는 얼굴로 잠시 날 보더니 이내 집을 나섰다.

그 뒤 나는 이것저것 대충 만들어서 식탁에 차리고 뒷정리를 하고 있는데 문이 열리는 소리가 났다. 고개를 돌리자 가을이 종이 가방을 들고 내게 다가왔다.

"되게 빨리 왔네."

나간 지 30분도 안 지났는데. 나는 수건에 손을 닦고 종이가방을 건네받았다. 안엔 내가 입던 옷과 비슷한 디자인의 옷이 있었다.

"옷 갈아입고 올 테니까 너 먼저 먹고 있어."

나는 방으로 들어와 문을 잠그고 옷을 꺼냈다. 딱히 특별할 건 없는 연한 노란색 원피스였는데 펼쳐놓고 보니 조금 이상했다. 언뜻 보기엔 괜찮은 것 같기도 한데 어떻게 보면 아동복에서 사 온 것 같기도 하고……. 정말 특별한 장식도 없고 디자인도 평범한데 왜 이렇게 애들 옷 같지?

나는 떨떠름한 표정으로 옷을 노려보다가 셔츠를 벗었다. 고개를 높이 치켜든 어색한 자세로 재빠르게 옷을 갈아입고 함께 사온 것 같은 신발도 신었다. 나는 대충 머리를 손으로 빗으며 거울을 봤다. 신발도 옷도 마치 맞춤복처럼 내게 꼭 맞았다.

벗어놓은 셔츠를 단정하게 개다가 문득 이상한 기분이 들었다. 근데 쟤가 내 사이즈는 어떻게 안 거지? 신발도 그렇고 옷도 그렇고……. 나는 슬쩍 고개를 숙여 치맛단이나 소매, 그리고 품을 다시 한 번 살폈다. 짧지도 않고 길지도 않고 품도 내게 꼭 맞았다. 나는 퍼드득 놀라며 잡고 있던 셔츠를 내동댕이쳤다. 거의 반사적인 행동이었다.

지, 진짜 이걸 쟤가 갈아입힌 건가? 내가 기절한 사이에? 그럼 다 본 거 아니야?

거기까지 생각이 들자 얼굴에 핏기가 싹 가시는 듯한 기분이 들었다.

"나, 나도 아직 제대로 못 봤는데……."

나는 울상을 짓고 혼잣말처럼 중얼거리다가 고개를 양옆으로 저으며 다시 셔츠를 갰다. 이건 어쩔 수 없는 사고였다. 솔직히 그때 내 옷은 넝마처럼 다 찢어지고 흙이며 피로 엉망이 되어 있었다. 그런 걸 입고 잤더라면 오히려 더 기분이 나빴을 수도 있었다. 어쩔 수 없는 일이다. 그리고 뭐, 벼, 별일도 없었고……

나는 네모 반듯하게 개인 셔츠 위로 얼굴을 파묻었다.

"흑……."

쪽팔려……. 나는 한참을 셔츠 위에 얼굴을 비비다가 다시 거울을 봤다. 내 얼굴은 마치 홍당무처럼 시뻘겋게 달아올라 있었다.

살짝 뺨을 때려도 보고 고개를 저어도 보고 제자리에서 펄쩍펄쩍 뛰며 마음을 다스려도 빨개진 얼굴은 원상태로 돌아오지 않았다.

"울아, 다 갈아입었어?"

그때 문 너머로 가을의 목소리가 들려왔다.

"힉!"

나는 화들짝 놀라 어깨를 움츠렸다. 내 괴상한 신음을 들은 건지 문고리가 돌아가는 소리가 났다. 하지만 아까 잠가놔서 다행히 문은 열리지 않았다.

"옷 안 맞아?"

"맞아! 나한테 완전 딱 맞아!"

내가 빽 소리를 지르자 잠시 문 너머에서 아무런 소리도 들려오지 않았다. 갑작스러운 침묵에 숨도 쉬지 못하고 문을 노려보고 있는데 다시 목소리가 들렸다.

"다 입었으면 문 좀 열어봐."

"시, 싫어."

나는 뒷걸음질을 치며 더듬더듬 말했다. 말을 하고도 낯이 뜨거워서 죽을 것 같았다. 지금 내 행동도 그렇고 목소리도 그렇고 너무 이상했기 때문이다.

나는 다시 거울 속에 비친 내 모습을 봤다. 아까보다 얼굴이 훨씬 더 붉어져 있었다.

금방이라도 문이 열릴 것 같았다.

손을 들어 어떻게든 뜨거운 뺨을 좀 식히려고 했지만 당황한 나머지 손에 힘이 너무 많이 들어갔다. 철썩 하는 소리가 사방으로 울려

퍼졌고, 나는 내가 한 짓임에도 너무 놀라서 비명을 질렀다.

"악!"

내 비명에 잠겨 있던 문이 열렸다. 나는 가을이 문을 열고 들어오는 걸 보지도 못하고 얼얼한 뺨을 부여잡고 그 자리에 쪼그려 앉아 고개를 푹 숙였다.

"왜 그래?"

"자, 잠이 와서······."

"뭐?"

"잠이 와서 정신······. 좀 차, 차리려고······."

나는 더듬더듬 말도 안 되는 얘길 하며 주춤거리며 몸을 일으켰다. 언뜻 거울에 비치는 내 모습은 진짜 믿을 수 없을 정도로 멍청해 보였다.

"얼굴이 왜 이렇게 빨개?"

"자, 잠 와서······."

"그럼 자면 되지, 왜 얼굴을 때려?"

나는 기계처럼 계속 잠이 온다는 말만 반복했다. 눈도 마주치지 못하고 고개를 푹 숙이고 있는데 가을이 손을 뻗어 내 볼을 감쌌다. 서늘한 체온이 뺨에 닿자마자 심장이 미친 것처럼 뛰기 시작했다. 숨을 쉬기가 힘들 정도로 뛰어대는 심장 소리가 들리기라도 할까 봐 나는 잽싸게 그의 손을 뿌리치고 주방으로 뛰어가며 소리쳤다.

"배고파!"

진짜 내가 생각해도 난 너무 바보 같았다.

달그락달그락 식기가 움직이는 소리 외엔 아무것도 들리지 않았다. 어색한 침묵 속에서 기계적으로 팔을 움직이며 밥을 먹고 있는데 가을이 입을 열었다.

　　"화났어?"

　　"아니?"

　　나는 접시에 시선을 박은 채 빠르게 대답했다. 진짜 내가 미친 것 같았다. 쪽팔리고 부끄럽고 내가 왜 이러나 싶은 생각이 자꾸만 들어서 자괴감까지 느껴졌다.

　　"옷 마음에 안 들어?"

　　"아니?"

　　"미안, 옷가게 갔는데 너한테 맞는 사이즈가 없어서 그랬어. 그래도 제일 어른스러워 보이는 걸로 샀는데……. 밥 먹고 교황청 가면서 다른 거 살래?"

　　"아니?"

　　나는 내가 무슨 대답을 하는지도 모른 채 밥을 먹는 데만 열중했다.

내가 계속 똑같은 대답만 하자 다시 침묵이 흘렀다. 머리맡으로 찌를 듯한 시선이 느껴졌다. 계속 고개를 숙이고 있어서 목이 아팠지만 고개를 들 수가 없었다. 이 침묵이 불편한 건 그 역시 마찬가지였는지 가을이 다시 입을 열었다.

"나 없을 때 엄마랑 아빠 만났다며?"

그 말에 나는 고개를 들었다. 그러고 보니까 그걸 까먹고 있었다. 내가 고개를 들자 불퉁한 표정으로 날 보던 그의 얼굴이 활짝 피어났다.

"아, 맞다. 아이리스 선물 사려고 황금알 팔러 갔다가 너희 엄마 만났어."

"너 사채 쓰려고 했어?"

의아한 얼굴로 묻는 그를 보며 나는 깊은 한숨을 내쉬었다.

"그러니까 내가 사채를 쓰려고 했던 게 아니라 그냥 금은방인 줄 알았다니까? 황금알 팔려고 갔는데 거기가 조폭 소굴인지 내가 어떻게 알았겠어?"

내 변명에도 그는 무성의하게 고개를 끄덕일 뿐이었다. 그 모습이 내 말을 믿지 않는 것 같아서인 것 같기도 했고, 내가 사채를 써도 상관없다는 식인 것 같기도 했다.

"만나서 뭐했어? 안 불편했어?"

아줌마가 날 그 조폭 소굴에서 구해주고, 아저씨 만나서 밥 먹고 집에 가서 게장 만들고……. 그 자리가 상견례 자리 같았던 것만 빼면 딱히 불편한 건 없었다.

"그런 건 없었는데....... 아줌마랑 아저씨랑 같이 밥 먹으러 갔는데 식탁 산다고 싸우실 땐 좀 힘들었어."

그때 일은 다시 떠올려도 당황스러웠다. 친구가 싸우는 것도 아니고 나보다 나이 훨씬 많은 어른들이 그렇게 싸우니까 어떻게 해야할지 감도 잡을 수가 없었다.

"그거 싸우는 거 아니야. 둘 다 원래 말투가 그래."

그 말에 나는 푸핫 하고 웃었다.

"하긴, 그건 그래. 그 뒤로 금방 다시 웃기도 하고 서로 음식도 건네주고 그러시더라."

그걸 보면서 부부싸움은 칼로 물 베기라는 걸 느꼈지.

"아무튼 아줌마가 황금알도 돈으로 바꿔주고 나한테 반지도 줬어."

"반지?"

"아이리스 선물 줄 거."

오늘 교황청 가면 아이리스한테 반지 줘야겠다. 근데 아킨토스는 정말 괜찮을까. 가을이는 괜찮을 거라고 했지만 칼에 찔렸으니 후유증 같은 게 남지는 않을까 걱정이었다. 나도 처음 사람 죽는 거 보고 그렇게 놀랐는데, 아킨토스는 칼에 찔렸으니 오죽할까.

탄트라에 가지 않고 쉬는 게 낫지 않을까? 한 학기만이라도 좀 쉬면서 안정을 취했으면 좋겠는데. 비가 억수처럼 쏟아지는 숲 속에서 아킨토스가 불안한 눈빛으로 내게 가지 말라고 했던 게 떠올랐다.

얼마나 아팠을까, 얼마나 무서웠을까.

그런 생각이 들자 기분이 가라앉았다. 내가 선물 사러 간다는 얘기만 안 했더라도 그런 일은 일어나지 않았을 텐데.

"아킨토스는 정말 괜찮겠지?"

"지금쯤이면 뛰어다닐 정도로 멀쩡해져 있을 거야."

"상처는 나아도 칼에 찔렸다는 기억은 계속 남아 있을 거 아니야."

돌아갔는데 여전히 침대에 누워서 죽상을 하고 있으면 어쩌나 싶은 생각에 입맛이 뚝 떨어졌다. 나는 숟가락을 든 채 멀뚱멀뚱 허공만 보다가 말했다.

"같이 어디 여행이라도 갈까?"

내 말에 가을이 눈을 동그랗게 떴다.

"진짜? 어디로?"

"어? 그냥 뭐……. 어디든. 기분전환이라도 시켜주면 그래도 좀 나아지지 않을까?"

"……"

바다나 온천이나……. 산은 좀 그런가? 그래도 계속 집에만 있는 것보다 바깥 공기도 쐬고 하면 좀 나아질 것 같아서 여기저기 생각하고 있는데 문득 가을이 너무 조용하다는 걸 깨달았다. 나는 들고 있던 숟가락을 놓으며 말했다.

"아무튼 빨리 가서 아킨토스 좀 만나봐야겠어. 형이랑 아이리스는 바쁘기도 바쁘고, 아이리스는 그렇다고 해도 형은 다정하게 보듬어주긴 개뿔, 죽상을 하고 있다고 소리나 지를 게 뻔하고……."

형 얘길 하다 보니까 가을이 형의 멱살을 잡았던 게 떠올랐다. 다음부터는 그러지 말라고 하려다가 혹시라도 그가 기분 나빠하지 않을까 걱정이 들었다. 그땐 가을이도 많이 놀라서 그랬던 거고, 걱정도 많이 했을 테니까. 나는 어떻게 말할까 고민하다가 입을 열었다.

"지구에 있을 때, 내가 진짜 어렸을 때 부모님이 교통사고가 나서 일찍 돌아가셨어."

내 갑작스러운 말에 불만스러운 표정을 짓고 있던 가을이 의아하게 날 쳐다봤다.

"어, 그래서 형이랑 나랑 둘이서 살았는데⋯⋯. 그땐 형도 어렸고 나도 어렸어. 난 초등학생이었고 형은 중학생이었거든. 아무튼 난 나이가 어리니까 할 수 있는 게 별로 없잖아. 지금이랑은 달리 그때 난 밥도 못했고, 청소도 못했고, 아침엔 혼자 일어나지도 못했으니까. 그래서 형이 엄마나 아빠가 하는 일을 혼자서 다 했어."

그때 형은 하루가 다르게 말라 갔다. 공부만 해도 부족할 시간에 자지도 못하고 제대로 먹지도 못하고 주말엔 아르바이트까지 했다. 뼈가 도드라질 정도로 말라서 육체적으로나 정신적으로 한계까지 몰리다 보니 신경질적으로 변하고, 날이 갈수록 예민해졌다.

어렸을 땐 형이 그렇게 스트레스를 받으며 힘들게 살고 있다는 걸 몰랐다. 중학생이 될 무렵에서야 간신히 알았다. 아마 지금 형의 결벽증이나 남을 믿지 못하는 것, 더러운 성격 같은 건 거의 90%가 그때 만들어진 게 아닐까 싶다.

"그래서 우리 형이 나한텐 형인데 형이라기보다는 좀 부모님 같다고 해야 하나? 아무튼 좀 그래."

그는 갑자기 이런 말을 하는 이유가 뭐냐는 듯한 눈빛으로 날 보고 있었다. 나는 한참 말을 고르고 또 고르다가 말했다.

"형이 너에 대해서 안 좋게 말하는 건 널 싫어해서 그런 게 아니라 아마 같이 지낸 시간이 부족해서 그런 걸 거야."

말을 하면서도 내가 잘하고 있나 라는 생각이 들었다. 나는 계속 그의 눈치를 보며 말을 이었다.

"네가 다른 사람한테는 위험한 사람이라도 나한텐 위험한 사람이 아니라는 걸 난 알잖아. 그러니까 형도 시간이 지나면 나처럼 널 믿게 될 날이 올 거야. 형이 다른 사람보다 사람을 잘 안 믿는 편이긴 한데 그래도 진짜 처음보다는 많이 괜찮아졌거든? 내가 너 만나러 간다고 해도 지금은 별로 혼내지도 않아."

"……."

"그, 그러니까 내가 형한테도 말해놓을 테니까 너도 이제 형이랑 싸우지 마. 나도 처음엔 네가 좀 무섭고 이 새끼 완전 또라……. 아, 아니. 이상하다고 생각했는데, 지금은 아니거든? 어, 그러니까 형도 좀 시간이 지나고 그러면 생각이 변할 거야."

사실 아직도 가을이가 좀 또라이 같을 때는 많았다. 근데 가만히 생각해보면 내가 그를 이상하다고 느꼈던 건 정말 강가을이 이상한 사람이라서가 아니라 나와는 많이 달라서 그런 것 같았다.

나와 다르다고 해서 이상한 건 아닌데, 내가 그걸 너무 늦게 깨달 았다.

"아무튼 그러니까 너 막 우리 형 멱살 잡고 그런 건 안 했으면 좋 겠어."

힘겹게 말을 끝마쳤음에도 불구하고 그는 아무런 대답도 하지 않 았다. 그저 멀거니 날 쳐다보기만 할 뿐이었다. 나는 숨을 삼키며 내 가 한 말들을 떠올렸다.

내가 뭐 기분 나쁘게 한 말이 있었나? 내가 말을 잘못했나?

그런 생각을 하며 초조해하고 있는데 가을이 다물고 있던 입을 열 었다.

"알았어, 미안해. 나중에 가서 꼬맹이한테도 사과할게."

"……."

설마 저렇게까지 쉽게 말할 줄은 몰랐던 터라 조금 당황했다. 나 는 더듬더듬 입을 열었다.

"어……. 그……."

나는 고개를 푹 숙였다가 다시 들어 그를 힐끗 쳐다봤다. 기분 나 빠하는 기색은 전혀 보이지 않았다. 나는 윗입술을 깨물었다가 입을 열었다.

"고, 고마워."

갑자기 얼굴 쪽으로 열이 쏠렸다. 잠시 침묵이 흘렀다. 아주 짧은, 단지 몇 초뿐이었는데도 갑자기 어색해졌다.

"나중에 가서 혹시 형이 너한테 뭐라고 하면 내가 막아줄게. 어차피 내가 여기에 오래 있었던 것도 다 내가 늦게 일어나서 그런 거니까……. 어, 그리고 네가 형한테 나 여기에 있다는 것도 말해서 별로 크게 뭐라고 하진 않을 거야."

벌게진 얼굴로 주절주절 떠들고 있는데 귓가로 웃음소리가 들려왔다.

"왜 웃어?"

내가 얼빠진 표정으로 묻자 가을이 입을 열었다.

"믿음직스러워서."

턱을 괴고 날 보며 그가 다시 눈꼬리를 접었다.

교황청까지 가는 건 순식간이었다. 가을이 마법을 쓰자마자 눈을 감았다가 뜨니 내 방이었다. 익숙한 내 방의 풍경을 보니, 별로 오랜만도 아닌데 마치 고향에 돌아온 것 같은 기분을 느꼈다.

나는 가을을 올려다보며 말했다.

"넌 일단 여기서 기다려. 내가 먼저 형 만나고 올 테니까."

일단 형부터 보고 아킨토스를 만나러 가야겠다. 그런 생각을 하며 방을 나섰지만 집무실엔 아무도 없었다. 그저 유리창 너머로 들어오는 햇빛이 깔끔하게 정돈된 책상을 비추고 있을 뿐이었다. 설마 형이 없을 거라곤 생각도 하지 못했다.

나는 걸음을 옮겨 먼지 한 톨 묻어나지 않는 책상을 손으로 쓸었다. 형이 올 때까지 여기서 기다려야 하나? 아니면 그냥 찾으러 갈까?

나는 한참 고민하다가 문을 나섰다. 밖으로 나오자 시녀 한 명도 보이지 않았다. 나는 길게 난 복도를 따라 무작정 걷다가 문득 이곳에 처음 왔을 때 제시가 했던 말을 떠올렸다.

대 기도의 날이라고 했었나? 그게 오늘인지는 모르겠지만 형이 있을 만한 곳 중 아는 곳이라곤 기도의 방이라는 곳밖에 없었다. 나는 기억을 더듬어 걸음을 옮겼다. 이상할 정도로 복도에 사람이 없었다. 평소에도 좀 없는 편이긴 했지만 그래도 이렇게까지 없진 않았는데……. 정말 오늘이 대 기도의 날이라서 다 기도하러 갔나?

어느새 멀리 기도의 방의 커다란 문이 보였다. 저 문을 형이 발로 차서 박살을 냈었지. 제시는 혼자서만 도망을 갔었고. 그때만 생각하면 아직도 오금이 저렸다. 왠지 그때 일이 되풀이되는 건 아닐까 하는 불안감이 들었다.

문 앞까지 도착한 나는 망설였다. 문을 열어볼까? 아니면 그냥 끝날 때까지 기다릴까?

나는 문에 바짝 귀를 댔다. 알아들을 순 없었지만 뭔가 소리가 들리는 것 같기는 했다.

근데 저 안에 형이 없으면 어쩌지? 그럼 기다려봤자 시간 낭비고……. 그렇다고 문을 열자니 왠지 무섭고……. 고민하며 한참 문 앞을 서성이고 있는데 갑자기 문이 소리도 없이 열리기 시작했다. 나는 화들짝 놀라 재빨리 기둥 뒤로 숨었다.

완전히 문이 열리자 낯선 얼굴의 사제들이 우르르 나왔다. 나는 기둥에 철썩 붙어서 고개만 내밀고 나오는 사람들의 얼굴을 확인하고 있는데, 드디어 사제들 사이로 형의 얼굴이 보였다.

"예하, 서제국의 사신들이 이틀 전부터 알현을 요청하고 있습니다. 그리고 오늘 동쪽에서도 사절단이 왔습니다."

그때 어디서 본 것 같은 할아버지가 곤란하다는 표정을 지으며 형에게 말했다. 저 할아버지를 어디서 봤지? 어디서 본 거 같은데…….

그러다가 나는 그 할아버지가 알카 형과 똑같은 신성사제 중 한 사람이라는 걸 떠올렸다. 첫 번째 신성사제라고 했던 것 같았다.

"그렇지 않아도 분단된 두 제국의 사이가 날이 갈수록 악화되고 있는데……. 결계가 사라진 것에 대해 국민들도 많이 불안해하고 있습니다. 하루라도 빨리 공식입장을 발표하셔야……."

빠르게 복도를 걷던 형의 걸음이 멈췄다. 홀을 빠져나온 사제들이 형에게 인사를 하고 지나갔다. 어느새 복도엔 할아버지와 형 둘만 남게 됐다.

나는 더욱 고개를 내밀어 형의 표정을 살폈다. 하지만 할아버지한테 가려져서 잘 보이질 않았다. 화 많이 났겠지? 어쩌지? 지금 나가야 되나? 근데 분위기가 좀 이상한데…….

"동쪽과 서쪽의 요청은 똑같습니다. 국혼을 올리고 평화협정을 맺자는 것인데……. 이 육시할 놈의 새끼들이 결계 없어졌다고 우릴 핫바지로 보나……."

그때 점잖기만 하던 할아버지의 입에서 육두문자가 튀어나왔다. 처음엔 내가 잘못 들은 줄 알았다. 나는 눈을 둥그렇게 뜨고 조금 더 몸을 앞으로 빼고 귀를 기울였다.

"그러니까 지금 결계가 없어져 국력이 반 토막 났으니 좋게 말할 때 평화협정 맺고 자기들 집안싸움에 가담하라는 거 아닙니까?"

"그런 것 같습니다."

시종일관 침묵을 지키던 형이 입을 열었다. 격하게 말하는 할아버지와는 달리 담담한 목소리였다. 언뜻 보이는 할아버지의 표정은 정말 심각해 보였다. 가을이 동생도 결계가 찢어져서 전쟁이 나니 마니 그런 소릴 하더니…….

나도 덩달아 심각한 표정을 짓고 형과 할아버지를 번갈아가며 보고 있는데, 순식간에 형이 내 쪽으로 고개를 돌렸다. 나는 숨이 넘어갈 정도로 놀랐지만 형은 처음부터 내가 이곳에 있다는 걸 알기라도 했다는 듯 태연한 표정이었다. 그 자리에서 동상처럼 굳어버린 날 멀거니 보던 형의 시선을 따라 할아버지도 날 발견했다. 할아버지는 나처럼 눈을 동그랗게 뜨고 헉 소릴 내며 놀랐다.

나는 쭈뼛쭈뼛 형에게 다가갔다. 눈치를 보며 형 앞에 선 나는 푹 숙이고 있던 고개를 슬며시 들었다.

"외, 외박해서 미안해."

내가 더듬더듬 말하자 날 내려다보던 형이 짧게 물었다.

"다친 덴?"

"지금은 괜찮아졌어. 진짜 하나도 안 아파."

내 말에 형이 다시 입을 다물고 날 쳐다봤다. 왠지 안 믿는 것 같아서 나는 제자리에서 펄쩍펄쩍 뛰었다.

"진짜야. 다 나았어. 이렇게 뛰어도 하나도 안 아픈데……."

"……."

내가 괜찮다는 걸 필사적으로 알렸지만 형은 표정없는 얼굴로 날 보며 아무런 말도 하지 않았다. 괜히 민망해져서 다시 어깨를 움츠리는데 형이 할아버지에게 시선을 돌렸다.

"사신은 한 시간 뒤에 만나겠습니다. 알현실로 모셔주십시오."

"알겠습니다. 그런데 동쪽과 서쪽 중 어느 쪽을 말씀하시는지……."

"둘 다 데려오십시오."

"……예?"

할아버지가 얼빠진 표정으로 되물었지만 형은 더 이상 아무런 말도 하지 않고 등을 돌렸다. 나는 앞으로 걸어나가는 형의 뒷모습을 멀뚱멀뚱 보다가 할아버지에게 시선을 돌렸다. 나는 할아버지와 그렇게 서로 쳐다보기만 하다가 허리를 숙여 인사를 하고 형을 뒤따라갔다.

일단 따라붙긴 했는데 손이 벌벌 떨려서 죽을 것 같았다. 나는 울상을 짓고 형의 뒷모습만 쳐다보며 걸음을 옮겼다. 차라리 화를 내면 이렇게까지 무섭진 않을 텐데 오히려 조용하니까 더 죽을 맛이었다.

난 이제 죽었다. 어떡해……. 주먹을 하도 세게 쥐어서 손톱이 손바닥을 파고들었다. 아픈 것도 모르고 고개만 푹 숙이고 빠르게 걷고 있는데 갑자기 형이 걸음을 멈췄다.

"억!"

형 등에 머리를 박은 나는 이상한 소리를 내며 휘청거렸다. 머리를 부여잡고 고개를 들었지만 형은 여전히 등을 보이고 있었다.

그때, 귓가로 형의 한숨 소리가 들려왔다. 깊게 한숨을 내쉬던 형이 다시 걸음을 옮겼다. 나는 울상을 짓고 형을 쫓아가며 말했다.

"미, 미안해."

걸음이 자꾸만 빨라졌다. 거의 뛰다시피 걸어야 겨우 쫓을 수 있었다.

"형, 내가 잘못, 억!"

그러다가 다시 형 등에 코를 박았다. 평소 같았으면 왜 갑자기 멈추고 난리냐고 소리라도 질렀을 테지만 지금은 그저 아픈 코를 부여잡고 신음을 삼키는 것밖엔 할 수 있는 게 없었다. 내가 끙끙거리자 그제야 형이 고개를 돌려 날 쳐다봤다. 그러더니 손을 뻗어 내 턱을 쥐고 위로 들기도 하고 옆으로 돌리기도 했다. 형은 내 얼굴을 살피다가 이젠 내 손목을 잡고 내 손을 살폈다. 나는 영문을 알 수 없는 행동을 하는 형을 불안한 눈빛으로 보다가 조심스럽게 입을 열었다.

"형, 내가 잘못했……."

"시끄러."

내 말이 끝나기도 전에 형이 눈을 사납게 치켜떴다. 왠지 한 대 맞을 것 같아서 반사적으로 어깨를 움츠리는데 형이 내 손목을 놓으며 말했다.

"어딜 얼마나 다쳤던 건데?"

"어? 어, 그게……."

나도 사실 잘 모르겠다. 손가락뼈가 부러진 건 일단 확실하고……. 그리고 다른 덴 그냥 좀 긁힌 정도? 손톱도 좀 부러졌던 거 같기도 한데 자세히 보질 못해서 모르겠다. 그때 너무 정신이 없어서······.
근데 다리도 좀 아팠던 것 같고 얼굴도 아팠고 팔도 아팠고······.

생각해보니까 아프지 않은 곳이 없었다. 하지만 사실대로 말하자
니 혼날 것도 같았고, 또 형이 걱정할 것 같아서 나는 대충 말했다.

"난 그냥 긁힌 거밖에 없었어. 밧줄로 묶여서 그냥 손목 좀 쓸리
고······. 비 오는데 산길을 걷다 보니까 나무에 걸려서 막 옷 찢어지
고, 넘어지고 그래서 그때 그렇게 거지꼴이었지 사실 별로 다치진
않았어. 다친 건 아킨토스······. 아, 맞다! 아킨토스는? 걘 어떻게 됐
어? 지금 괜찮아?"

"뼈 부러졌다며? 그 말은 왜 빼? 죽을래?"

"······."

내 질문을 깔끔하게 무시한 형이 일그러진 얼굴로 다시 물었다.
나는 뜨끔한 표정으로 고개를 숙였다. 그건 또 어떻게 알았지? 혹시
가을이가 말했나?

나는 땅바닥만 보다가 퍼뜩 고개를 들어 말했다.

"부러진 게 아니라 그냥 삐끗한 거거든?"

"부리 째질래?"

"아니······."

"뼈는 왜 부러졌어?"

자꾸만 대답을 재촉하는 바람에 나는 결국 사실대로 실토할 수밖
에 없었다.

"그게……. 땅 파다가……."

"뭐? 네가 두더지냐? 그 상황에서 땅을 왜 파?"

"아니, 그게 아니라……. 계속 비 맞으면 아킨토스 죽을까 봐……. 그, 그리고 내가 진짜 집에 안 오려고 했던 게 아니라 그냥 눈을 뜨니까 시간이 이렇게 돼 있었어. 난 지금 일어나자마자 진짜 바로 온 거야."

나는 최대한 불쌍해 보이는 표정을 지으며 말했다. 내 말에 형이 입을 다물었다. 찌를 듯한 시선에도 눈을 피하지 않고 계속 울상을 짓고 있자 형이 한숨을 내쉬며 물었다.

"그래서 지금은?"

"사실 머리도 아프고, 다리도 아프고, 팔도 좀 아픈 거 같고……."

나는 이 무거운 분위기를 좀 어떻게 해보려고 눈을 감은 채 머리를 짚고 과장되게 비틀거리며 병자 흉내를 냈다. 이쯤 되면 주먹이 날아와도 날아왔을 타이밍인데 너무 조용했다. 나는 슬쩍 눈을 형을 쳐다봤다. 날 이상한 표정으로 쳐다보거나 어이없다는 듯 웃고 있을 줄 알았는데 그게 아니었다. 나는 구부정하게 굽히고 있던 몸을 펴고 의아한 얼굴로 형을 쳐다봤다. 화가 난 것 같지도 않았고, 그렇다고 해서 귀찮아하는 것 같지도 않았다.

영문을 알 수가 없어서 머리를 긁적이고 있는데 형이 입을 열었다.

"무서웠어?"

그 말에 도저히 표현할 수 없었던 억울함과 당시에 느꼈던 수많은 감정이 막을 새도 없이 물밀 듯 쏟아졌다.

순식간에 눈물이 차올랐고, 눈물을 흘리는 데는 정말 5초도 걸리지 않았다.

"으……"

양손으로 얼굴을 가리고 입술을 깨물었지만 잇새로 울음소리가 터져 나왔다.

납치범들이 아킨토스를 칼로 찌르고, 우릴 죽이려고 했을 땐 무서워서 자살이라도 하고 싶은 심정이었다. 피를 흘리는 아킨토스와 폭포처럼 쏟아져 내리는 비를 맞으며 산길로 도망칠 땐 더욱 그랬다.

고개를 돌리면, 뒤를 돌아보면, 조금만 걸음을 멈춰도, 납치범이 피 묻은 칼을 들고 내 옆에 있을 것만 같았다. 한 걸음 한 걸음 내디딜 때마다 축축하게 젖은 흙바닥에서 뭔가가 튀어나와 우릴 삼킬 것 같았고 혹시라도 아킨토스가 이미 죽었을까 봐 쉽게 그의 이름을 부를 수도 없었다. 내 몸을 때리던 비가 칼처럼 날카롭고 아파서, 무서워 죽을 것 같았다. 내가 분명 우리 건드리면 합의 안 해줄 거라는 말도 하고, 아킨토스가 교황 동생이라는 말도 하고, 내가 교황 양녀라는 말도 하고, 진짜 다 말했는데 그 새끼들이 내 말은 들어주지도 않고 계속 죽이려고만 하고…….

나는 형에게 그 납치범들이 우리에게 했던 짓을 다 일러바치려고 입을 열었지만 말을 할 수가 없었다. 입을 열자마자 엉엉 소리가 나왔기 때문이었다. 나는 형의 허리를 끌어안고 세상이 떠나가라 소리치며 대성통곡을 했다.

현기증이 날 정도로 울어본 건 정말 어렸을 때 이후로 처음이었다. 나는 제대로 떠지지도 않는 눈을 벅벅 비비며 훌쩍거렸다.

"자꾸 비비지 마."

형이 내 손목을 잡으며 혀를 찼다. 나는 그런 형의 손을 뿌리치며 천천히 다리를 움직였다. 손으로 얼굴을 가리고 무작정 복도를 따라 걷기만 하는 내가 불안했던지 형이 다시 날 잡았다. 하지만 나는 또다시 그 손을 뿌리쳤다. 납치범들에게 도망칠 땐 살면서 그런 적이 있었을까 싶을 정도로 두렵고 무서웠던 건 사실이었지만, 지금은 쪽 팔려서 죽을 것 같았다.

사람들도 지나다니는 복도에서 그렇게 악을 쓰면서 울다니……. 진짜 미쳤다. 쪽팔려서 도저히 고개를 들 수가 없었다. 무슨 낯으로 형을 봐야 하며, 또 지금 내 꼴은 얼마나 웃길까. 분명 눈은 퉁퉁 부어 있을 거고, 얼굴은 시뻘건 홍당무처럼 변했을 거다.

눈도 따갑고 몸은 뜨겁고 목도 아프고……. 흑, 씨발…….

속으로 훌쩍거리면서 내가 어디로 가는지도 모른 채 걷고 있는데 형이 내 손을 잡으며 말했다.

"그만 울어."

"끅!"

설상가상으로 딸꾹질까지 나왔다. 나는 결국 한 손으로는 계속 눈을 비비면서, 한 손으로는 형의 손을 잡고 길게 난 복도를 걸었다.

눈물은 그쳤는데 딸꾹질이 멎질 않았다. 어깨를 들썩이면서 딸꾹질을 하는데 갑자기 멀리서 말소리가 들려왔다. 나는 슬며시 고개를 들어 앞을 쳐다봤다.

너무 울어서 그런지, 아니면 눈을 너무 많이 비벼서 그런지 시야가 뿌옜다. 눈에 잔뜩 힘을 주고 인상을 쓰자 우리 앞에 있는 게 사람이라는 걸 알 수 있었다.

나는 헉하고 숨을 들이켜고 형 옆에 바짝 붙었지만 도저히 내 몰골이 가려지지 않을 것 같았다. 나는 우왕좌왕하다가 너무 당황한 나머지 보자기처럼 펄럭거리는 형의 옷을 덥석 잡아 얼굴을 가렸다.

머리 꼭대기에서 형이 쯧쯧 혀를 차는 소리가 들려왔다. 슬쩍 실눈을 뜨자 어리둥절한 표정으로 형에게 묵례를 하는 사제 두 명이 보였다. 나는 다시 재빨리 얼굴을 가렸다.

"갔어."

머리 위에서 들려오는 짧은소리에 나는 꼭 잡고 있던 옷깃을 놓고, 아무 일도 없었다는 듯 다시 한 손으로 얼굴을 가렸다. 이렇게 많이 걸었는데 아직도 방에 가려면 멀었다.

빨리 가서 세수하고 구석에 처박혀 있고 싶은데……

그런 생각을 하다가 문득 아킨토스가 떠올랐다. 나는 한 손으로 얼굴을 가린 채 입을 열었다.

"아킨토스는 괜찮아?"

"뭐?"

내 목소리가 너무 작았는지 형이 되물었다. 하지만 나는 제대로 말을 할 수가 없었다. 감기에 걸린 것처럼 코맹맹이 소리가 났기 때문이다. 말을 하는데 누군가가 목을 조르고 있는 것처럼 억눌리는 느낌이 났다.

나는 몇 번이나 침을 삼킨 뒤에 다시 말했다.

"아킨토, 억!"

그때 발이 꼬여 무릎을 꿇는 자세로 넘어질 뻔했지만 형이 잡고 있던 손에 힘을 줘 날 번쩍 일으켜 세웠다. 순식간에 일어난 일이라 얼빠진 표정으로 형을 보는데 형이 인상을 구기며 말했다.

"눈 뜨고 걸어. 손 내리고."

나도 그러고 싶긴 한데 도저히 얼굴을 들 수가 없었다. 혹시 아는 사람이라도 만나면……. 아니, 모르는 사람을 만나도 쪽팔리긴 매한 가지였다. 하지만 살벌하게 날 노려보는 시선에 결국 나는 주춤거리며 손을 내렸다. 고개를 푹 숙이고 있는데 형이 말했다.

"괜찮아."

"진짜? 지금 어디 있는데?"

내가 고개를 퍼뜩 들며 묻자 형이 앞을 보며 말을 이었다.

"방에. 별로 크게 다치진 않았어."

"아닌데, 그때 피가 막 엄청······."

"비가 와서 더 많이 난 것처럼 보였겠지."

그런가? 근데 진짜 엄청 많이 났었는데······.

아킨토스가 제대로 걷지도 못하고 피를 줄줄 흘리던 모습이 떠올랐다. 그리고 그때 아킨토스를 찔렀던 납치범의 얼굴도. 나는 잔뜩 인상을 쓰며 말했다.

"그 납치범들 잡았어? 나 그 사람들 얼굴 다 기억하고 있는데······. 원래 그 납치범들이 다른 데서 살다가 그쪽으로 왔나 봐. 그 납치범 대장이 뭐, 등잔 밑이 어둡다고 했나, 그런 말도 했어. 그리고 내가 우리 건드리면 합의 안 해줄 거라고 했는데도 걔네가 우리 죽이려고 그랬어. 난 합의 절대 안 할 거야."

내 비장한 표정을 멀거니 보던 형이 한숨을 내쉬었다. 그 착잡해 보이는 표정을 보며 왠지 불길한 예감이 들었다. 나는 조심스럽게 물었다.

"그, 근데 걔네 혹시 벌써 죽은 거 아니지?"

어쩌면 가을이가 그 납치범들을 다 죽였을 수도 있을 거란 생각이 들었다. 걘 진짜 그러고도 남을 사람이었다.

"죽진 않았어."

"뭐? 진짜? 진짜야? 진짜 안 죽었어?"

그 납치범들이 우릴 죽이려고 했고 정말 나쁜 짓을 한 건 사실이었지만 그렇다고 해서 납치범들이 죽었으면 좋겠다고 생각하진 않았다. 그냥 감옥에 갔으면 좋겠다고 생각했을 뿐이었다.

"그럼 그 납치범들 지금 어디에 있는데? 감옥에 있어?"

내 질문에도 형은 대답하지 않았다. 계속 기다려 봐도 꾹 다문 입술은 열릴 기미가 보이질 않았다. 나는 더 이상 묻지 않았다. 어쨌든 뭐, 잡혔으면 재판받고 감옥에 가겠지.

근데 이건 정말 장족의 발전 아닌가? 솔직히 반쯤 포기하고 있었는데 가을이가 정말 그 납치범들을 죽이지 않았다니. 그때 표정은 진짜 다 죽일 것처럼 무서웠는데.

"근데 형이 나한테 붙여뒀다는 그 사람은 어떻게 됐어? 그땐 없었던 거야?"

내가 의아한 표정으로 묻자 형이 다시 한숨을 내쉬었다. 형은 짜증난다는 듯 혀를 찼다.

"그땐 없었어. 하필이면 나가도 그럴 때 나가서……."

형이 눈을 흘기며 날 내려다봤다. 입을 삐죽이고 있는데 형이 말을 이었다.

"피의 황제를 찾으러 가는 건 형식상 어쩔 수 없는 일이었어. 어쨌든 숨어 있던 걸 발견한 거니까."

형의 말이 무슨 뜻인지는 모르겠지만 나는 대충 고개를 끄덕였다.

"가을이네 엄마랑 아빠 이사 갔대."

"그렇겠지."

"근데 아줌마랑 아저씨는 왜 찾아? 할 말 있어? 다음에 혹시 또 만나면 말해줄까?"

내 말에 형이 걸음을 멈췄다. 덩달아 나도 멈춰 서는데 형이 내 손을 잡고 있던 손에 꽉 힘을 주며 말했다.

"됐으니까 두 번 다시 만나지 마."

"자, 잠깐만. 야! 아파! 아프다고!"

이번엔 손가락뿐만 아니라 손에 있는 뼈가 전부 으스러질 것 같았다. 손이 너무 아파서 발을 동동 구르며 소리치자 형이 손에 힘을 풀었다.

"넌 왜 그런 새끼들만 골라서 만나고 다녀?"

"내가 뭘? 그리고 가을이네 아빠 나쁜 사람도 아니더구먼! 아저씨도 그랬는데 책에 나와 있는 거 다 뻥이랬어. 아저씨가 왕이었을 때 너무 잘나서 질투한 사람들이 일부러 나쁘게 써놓은 거라던데?"

내 말에 형이 코웃음을 쳤다.

"내가 알카 형이랑 공부했는데 피의 황제가 200년 전 사람이랬어. 형도 그땐 태어나기 전이었잖아. 근데 책만 보고 어떻게 알아? 그 아저씨 보니까 진짜 그럴 사람이 아니었어. 그냥 농사짓고 게장 만들고 식탁 바꾸자고 아줌마랑 싸우고 그러는 사람이 무슨……."

말하다 보니까 아저씨가 너무 불쌍했다. 얼마나 억울할까. 억울해도 어디 하소연할 곳도 없고 그렇다고 구구절절이 책이 잘못된 거라고 해명할 수도 없고……. 한숨을 푹 내쉬는데 형이 인상을 썼다.

"게장 만드는 걸 네가 어떻게 알아?"

"저번에 만났을 때 게장 만드는 거 가르쳐 달라고 해서 내가 가르쳐주고 왔어. 그리고 가을이 처음 만났을 때 걔가 나한테 줬던 토마토 그거 다 아저씨가 키운 거야. 걔가 아저씨한테 말도 안 하고 그냥 훔쳐왔나 봐."

형이 다시 걸음을 멈췄다. 의아한 얼굴로 고개를 들자 형이 날 죽일 것처럼 쳐다보고 있었다.

"너 거기 갔을 때 게장 만들었어?"

"어?"

"미쳤냐? 네가 거기서 게장을 왜 만들고 앉아 있어?"

형은 말을 하면서도 어이가 없는지 허탈하게 숨을 내쉬었다. 그 말에 차마 반박할 수가 없었다. 나도 사실 게장 만들 땐 좀 당황스러웠으니까.

"그냥 어쩌다 보니까……."

"밥해 먹는 것도 모자라서 이젠 그 집구석에 가서 게장까지 만들어? 네가 그 집 식모냐? 내가 피의 황제는 그 새끼보다 더 미친놈이라고 얘기했어, 안 했어?"

얘기한 것 같기도 하고 안 한 것 같기도 하고……. 나는 형의 시선을 피해 딴청을 부리다가 말했다.

"근데 진짜 이상한 사람 아니었다니까? 그 책에 나와 있는 거 다 뺑이랬어. 그리고 진짜 그 아저씨가 이상한 사람이라고 해도 나한테만 안 그러면 되잖아."

가을이도 마찬가지였다. 그가 다른 사람에겐 나쁜 사람이라도 나한테만 나쁜 사람이 아니면 괜찮은 거 아닌가? 그렇다고 해서 나한테만 해가 없으면 사람을 막 죽여도 된다는 뜻이 아니지만. 어쨌든 가을이도 요즘 들어서는 사람도 안 죽이고.

"네가 아직 뭘 몰라서 그런 소릴 하는 거야."

하지만 형은 도저히 내 말을 들어줄 생각이 없는 듯싶었다. 가을이한테는 시간이 지나면 형도 널 믿게 될 거라고 했지만, 솔직히 그럴 날이 과연 올지 의문이었다.

"근데 진짜 나한텐 안 그러는데. 나 처음 눈 떴을 때도 원래 집에 안 보내주려고 그랬대. 근데 내가 집에 간다고 하니까 바로 데려다줬단 말이야."

내 말에 형이 다시 날 어이없다는 표정으로 쳐다봤다. 그래서 그게 그렇게 좋냐는 듯한 눈빛이었다. 나도 형이 무슨 생각을 하는지 얼추 알 것 같긴 했다.

나도 만약 내 새끼가 어떤 연쇄 살인마를 데려와서 얜 나한텐 위험한 사람이 아니니까 계속 만날래 따위의 말을 하면 속이 뒤집어질 거다.

"갠 당연히 해선 안 될 짓이라고 해도 자기가 마음만 먹으면 할 수 있는 걸 참은 거야. 나 때문에. 형이 보기에도 처음보다는 많이 나아졌지?"

"전혀."

"……."

단호하게 말하는 형을 보며 나는 입을 다물었다. 진짜 처음보다는 많이 나아졌는데.

"그리고 처음에 사람 죽인 것만 빼면 걔도 진짜 착한 거 같은데……."

"그게 제일 문제니까 이러는 거 아니야."

형이 눈을 치켜뜨며 언성을 높였다. 하지만 여기서 물러설 수는 없었다.

"그때 말고 죽인 적 없잖아. 내가 죽이지 말라니까 안 죽인단 말이야. 그게 내 말 때문에 그런 게 아닐 수도 있는데 그럼 더 좋은 거 아니야? 그리고 뭐, 형이 걔랑 계약인가 뭔가 했다며? 나 다 들었거든? 근데 왜 너는 나한테 말도 안 하고 그런 걸 해?"

내가 표정을 일그러뜨리자 형이 허탈하다는 듯 웃었다.

"콩깍지가 씌였구만."

혼잣말처럼 중얼거리는 형을 보며 나는 갑자기 속에서 천불이 나는 것 같은 기분이 들었다.

"아무튼 내가 그거 풀 수 있는 방법 찾으라고 했으니까 조만간 풀 거야. 그렇게 알고 있어."

"헛소리하지 마."

찔러도 바늘 하나 들어갈 것 같지 않은 표정이었다. 나는 그런 형을 보며 빽 소리쳤다.

"야! 걔 진짜 나한테 위험한 짓 그런 거 안 한다니까! 너보다 내가 더 잘 알아!"

내 말에 형이 다시 코웃음을 쳤다.

"아니, 내가 더 잘 알아."

단호한 그 목소리에 갑자기 억울한 기분이 들었다. 형이 내 말을 안 믿어줘서 그런 것도 있었고, 진짜 그가 못되고 나쁜 사람이 아닌데 그렇게 생각하는 것 같아서였다.

"형이 지금 이러는 거 완전 고정관념이거든? 무조건 그렇게 생각하지 말고 마음을 좀 열어. 자꾸 그렇게만 생각하니까 좋은 점은 안 보이고 나쁜 점만 보이는 거야. 완전 고집불통……."

"오라버니!"

그때 멀리서 아이리스가 다급한 표정으로 우릴 향해 뛰어왔다. 무슨 큰일이라도 난 것처럼 헐레벌떡 뛰어온 아이리스가 날 보고 눈을 동그랗게 떴다.

"한겨울!"

그녀는 종이봉투를 쥔 손으로 내 어깨를 부여잡았다. 그러더니 내 몸이 휘청거릴 정도로 탈탈 흔들기 시작했다.

"너 괜찮아? 다친 덴 다 나았어? 왔으면 연락을 했어야지!"

"어? 어, 그게……."

"정말, 너도 그러고 아킨토스도 그러고 왜 이렇게 속을 썩여! 너희 때문에 내가 못 살겠어, 정말!"

"미, 미안."

나는 그녀의 박력에 짓눌려 미안하다는 말만 앵무새처럼 중얼거렸다. 또 혼나겠다 싶어서 울상을 짓고 고개를 숙이려는데 문득 그녀의 눈가가 발갛게 변한 게 보였다. 금방이라도 울 것처럼 보이는 아이리스를 보며 나는 우왕좌왕했다.

"어, 어, 그게……."

그런 내가 안쓰러웠던지 형이 입을 열었다.

"봉투는 뭐야?"

"아, 맞다! 오라버니, 아킨토스가……."

아이리스는 고인 눈물을 닦아내며 손에 들린 봉투를 형에게 내밀었다. 얼핏 봤을 땐 하나인 줄 알았는데 두 개였다. 형은 의아한 얼굴로 봉투들을 받아 내용물을 살폈다.

"……."

그리고 편지처럼 보이는 종이를 확인한 형의 표정이 삽시간에 일그러졌다. 나는 고개를 삐죽 내밀어 편지를 확인했다.

"더…… 큰? 큰사람이 되어…… 돌아오겠습니다? 이게 뭐야?"

"아킨토스가 말도 없이 탄트라로 돌아갔어."

"……뭐?"

내 얼빠진 표정을 보며 아이리스도 근심이 깊은지 한숨을 내쉬었다. 다친 게 다 나았다고 해도 그런 일이 생긴 지 얼마나 됐다고 벌써 탄트라로 돌아가?

"이 새끼가……."

형은 다른 봉투를 확인하더니 이를 갈았다. 나는 다시 까치발을 들어 나머지 편지를 확인했다. 글자가 굉장히 많았지만, 그 많은 글자를 굳이 볼 필요도 없었다. 종이 윗부분에 큼지막하게 「성적표」라고 쓰여 있었기 때문이다.

더 큰사람이 되어 돌아오겠다는 말은 그냥 해본 소리고, 아킨토스는 저 성적표 때문에 부랴부랴 탄트라로 돌아간 거다. 내 전 재산을 걸고 장담할 수 있었다.

아이리스와 나는 형의 뒤를 쫓아 집무실까지 갔다. 집무실에 도착한 형은 빠르게 종이와 깃펜을 들더니 뭔가를 써내려가기 시작했다. 그런 형을 보며 아이리스가 말했다.

"그러면 아킨토스가 도망가지 않을까요? 그냥 제가 가서 데려올까요?"

그 말에 멀뚱멀뚱 형과 아이리스를 보던 나는 재빠르게 소리쳤다.

"내가! 내가 갈래!"

"시끄러."

"시끄러."

형과 아이리스가 날 노려보며 합창하듯 말했다. 형은 그렇다고 해도 아이리스까지……. 요즘 쟤가 점점 형을 닮아가는 것 같아서 걱정이 컸다. 나는 책상에 손을 짚으며 말했다.

"내가 갈래. 어차피 형도 바쁘고 아이리스도 바쁘잖아."

"넌 그 사달을 겪고도 또 나가려고 하니? 너 혼자서는 절대 안 돼!"

아이리스가 입술을 깨물며 소리쳤다.

"아, 왜! 아킨토스가 괜찮은지 내 눈으로 확인 좀 해야겠다고!"

"안 된다면 안 되는 줄 알아!"

아이리스가 이렇게 무섭게 화를 내는 건 처음 봤다. 그럼에도 전혀 위화감이 들지 않았다. 마치 형이랑 말을 하고 있는 것 같아서 그런가 보다. 나는 형에게 하는 것처럼 아이리스를 보며 고집을 부렸다.

"혼자 안 가면 되잖아! 가을이랑 같이 가면 되지! 그리고 저번에 한 번 가봐서 길도 안단 말이야. 너나 형이 가는 것보다 내가 가는 게 훨씬 나아. 이번에도 시험 안 치면 형이 아킨토스 머리 삭발시킨다고 했다며? 근데 순순히 말을 듣겠냐? 나 같아도 발에 불이 나도록 도망가겠다!"

"넌 편들 걸 좀 들어! 시험을 못 친 것도 아니고 아예 안 친 거잖아! 시험 쳐서 빵점 맞는 거랑 아예 시험 안 쳐서 빵점 맞는 게 같니?"

"뭐? 어, 그건 그런데……."

형이랑 아킨토스도 모자라 이젠 믿었던 아이리스까지……. 하지만 솔직히 아이리스가 하는 말이 전부 맞는 말이라 뭐라고 반박할 수가 없었다. 시험을 아예 안 친 건 내가 생각해도 좀…….

"그리고 내가 그 사람 만나지 말라고 했지! 그 사람은 지금 어디에 있어?"

그때 아이리스가 도끼눈을 뜨고 물었다. 그 사람이라면 가을이를 말하는 게 분명했다. 갑자기 불길한 예감이 들었다. 가을이 만나서 나 만나지 말라고 따지기라도 할 것처럼 보였다.

"그, 그건 왜!"

내가 빽 소리치자 아이리스가 한숨을 내쉬며 말했다.

"어쨌든 너랑 아킨토스 구해준 건 사실이니까 고맙다고 인사라도 해야지."

그 예상치도 못했던 말에 순간 감동을 받아버렸다. 이유는 알 수 없었지만 갑자기 뭉클해져서 나는 아이리스를 보며 주절주절 말했다.

"지금 불러올까? 내 방에서 기다리고 있는데……. 근데 진짜 걔가 네가 생각하는 것처럼 그렇게 나쁜 놈이 아니거든? 걘 악당도 아니고 뭐, 마왕도 아니고 그냥 우리랑 똑같은 사람이야. 그냥 좀 특이한 거……."

"뭐? 네 방에 있다고? 그게 무슨 말이야? 너 지금 외간 남자를 네 방에 들인 거야? 아무 사이도 아니면서?"

"어?"

"얘가 정말!"

훈훈했던 분위기가 순식간에 깨졌다. 아이리스가 답답하다는 듯 한숨을 내쉬었다.

"넌 왜 이렇게 조심성이 없어?"

"미, 미안. 근데 걔 진짜 나쁜 사람 아닌데……."

"그건 보고 내가 판단할 거야."

단호한 아이리스를 보며 나는 갈 길이 태산이라는 걸 깨달았다. 걘 진짜 나한테 나쁜 짓 한 것도 없는데 괜히 욕먹는 것 같아서 안쓰럽다는 생각이 들었다. 나는 한숨을 푹 내쉬다가 순간 멈칫했다.

갈 길이 태산이라고? 뭐가? 무슨 갈 길? 가만 생각해보니까 진짜 좀 이상했다. 우리가 진짜 무슨 사이라도 된 듯한 기분이 들었기 때문이다. 이건 마치 결혼 반대하는 가족 설득시키는 것 같은 모양새 잖아?

"……."

순식간에 내 얼굴이 사색이 되자 아이리스가 손을 뻗어 내 이마를 만졌다.

"왜 그래? 혹시 어디 아파? 너 아직 다 안 나은 거야?"

"어? 아, 아니……. 다 나았어. 지금은 진짜 괜찮아."

내 말에 아이리스가 속상하다는 듯 한숨을 내쉬었다.

"아무튼 넌 한동안 다른 건 하지 말고 푹 쉬어. 그리고 난 지금 그 사람 좀 만나고 올 테니까 넌 여기 있어."

"없어."

그때 입을 다물고 있던 형이 말했다. 나와 아이리스가 의아한 표정을 짓자 형이 다시 입을 열었다.

"방에 들어올 때부터 우리밖에 없었어."

"무슨 소리야? 내 방에서 기다린다고……."

나는 눈을 동그랗게 뜨고 말꼬리를 흐렸다. 나는 멀뚱멀뚱 형을 보다가 내 방 쪽으로 뛰어갔다. 정말 형의 말대로 그곳엔 아무도 없었다.

"얘가 어딜 갔어?"

"정말 여기에 있었던 거 맞아?"

날 따라온 아이리스가 의아한 표정으로 물었다. 나는 고개를 끄덕이며 혼잣말처럼 중얼거렸다.

"근데 형은 어떻게 안 거야?"

그리고 보니 이상했다. 형은 아까 내가 기둥 뒤에 숨어있었던 것도 알았고, 예전에 가을이가 옷장에 숨어있었던 것도 귀신처럼 알아챘다.

혹시 형도 가을이처럼 마법사인가? 내가 고개를 갸웃하자 아이리스가 말했다.

"오라버니는 문밖에서 발걸음 소리만 듣고도 그게 누군지 다 안대. 그러니까 방에 누가 있는지 없는지 아는 건 더 쉬울걸?"

"발걸음 소리만 듣고 누군지 어떻게 알아? 괴물이냐?"

내가 허 하고 숨을 내뱉자 아이리스가 어깨를 으쓱이며 웃었다.

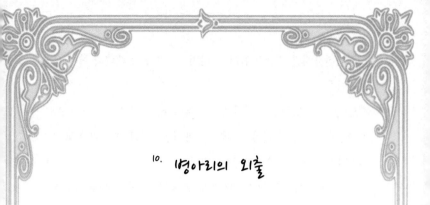

10. 병아리의 외출

그 일이 있었던 뒤부터 내게 별다른 말은 하지 않았지만 아이리스도 형도 조금 이상해졌다. 아니, 이걸 이상하다고 표현하기에는 좀 그렇지만…… 둘 다 내가 어떻게 반응해야 할지 난감할 정도로 날 과보호했다.

"사신들 가기 전까진 절대 밖으로 나가면 안 돼. 그럴 리는 없겠지만 혹시라도 마주치면 곤란해질 테니까. 알았지?"

아이리스가 내 손을 부여잡고 신신당부했다. 그 납치 사건 영향도 있겠지만 얼핏 들었던 제국의 사신들까지 와서 더 과보호가 심해진 것 같았다.

"답답하겠지만 조금만 참아. 오라버니가 거절할 테니까 아마 금방 갈 거야."

"난 괜찮아. 밀렸던 일기나 쓰고 공부나 하면 되긴 한데……. 아킨토스한테는 언제 갈 거야? 그리고 필레타는? 거긴 안 가기로 했어?"

내 말에 아이리스가 한숨을 푹 내쉬었다.

"우선 그건 사신들 가면 생각해보자. 지금 결계 문제 때문에 오라버니가 많이 바쁘신가 봐."

그 말에 나는 뜨끔했다. 내가 결계를 없앤 건 아니었지만 가을이 왠지 나 때문에 결계를 없앤 것 같아서 괜히 죄책감이 들었다. 결계는 이 나라에 아주 중요한 문화유산 같은데 그게 없어졌으니 얼마나 상심이 클까.

가을이는 그 뒤로 코빼기도 보이지 않았다.

처음엔 귀걸이로 가을이한테 가려고 했지만 가을이가 내 귀걸이를 쓰레기통에 버렸기 때문에 내가 먼저 그를 만나러 갈 수 있는 방법이 이젠 하나도 없었다.

"그리고 아킨토스는 내가 잘 타일러서 데려올 테니까 넌 너무 걱정하지 마."

"내가 가고 싶은데……."

내가 혼잣말처럼 중얼거리자 아이리스가 웃었다. 저번처럼 화를 내면 나도 따라 화를 낼 텐데, 아이리스는 조곤조곤 날 타이르듯 달랬다.

"오라버니는 네가 혼자 그 먼 곳까지 가면 걱정돼서 잠도 못 잘 거야. 굳이 이 문제 아니라도 오라버니는 많이 바쁘니까 그런 것까지 신경 쓰게 하지는 말자."

"……."

걱정돼서 잠도 못 자기는 개뿔……. 나는 입 밖으로 나오지 못하는 소리를 혼자 속으로 중얼거리며 투덜댔다.

"나 지금 서재에 가봐야 하는데 혼자 있을 수 있지?"

내가 무슨 애도 아니고……. 걱정돼서 저런다는 건 알지만 갑갑한 것도 사실이었다. 내가 웃으며 고개를 끄덕이자 아이리스가 의자에서 몸을 일으켰다.

"밥 굶지 말고 시간 되면 꼭 챙겨 먹어."

"알았어. 너도 공부 열심히 해."

아이리스는 방을 나서기 전까지 열 번도 더 날 돌아보며 절대 나오지 말란 말을 반복했다. 처음엔 나도 웃으며 알겠다고 하다가 나중엔 지겨워져서 대충 고개만 끄덕였다.

아이리스가 나가고 방에 덩그러니 혼자 남은 나는 입을 삐죽 내민 채 한동안 움직이지 않았다.

그 납치 사건에 대한 충격도 아직 가시지 않았고, 그 뒤로 아킨토스는 보지도 못했고, 가을이까지 사라졌다. 거기다가 결계가 없어졌다는 것도 그렇고 제국인지 뭐신지 거기서 나랑 결혼하자고 하는 것도 그렇고, 진짜 요새 왜 이렇게 되는 일이 하나도 없는지 모르겠다.

탁자에 엎드려 손가락으로 탁자를 슬슬 긁고 있는데 똑똑 노크 소리가 들려왔다. 문을 두드리는 소리가 아니라 창문을 두드리는 소리였다. 나는 화색을 띠고 벌떡 일어섰다. 창문으로 들어오는 건 가을이 밖에 없었다.

"야, 너 왜……!"

내가 버럭 소리치자 가을이 창문 너머에서 조용하라는 듯 손가락으로 입을 가렸다. 반사적으로 입을 꾹 다물자 이번엔 그가 굳게 잠겨 있는 걸쇠를 가리켰다. 나는 입을 삐죽 내밀고 조용히 걸쇠를 풀었다.

가을이 창문을 열고 안으로 들어오며 말했다.

"미안, 갑자기 급한 일이 생겨서 먼저 갔어."

그의 손엔 하얀 천으로 둘둘 감긴 기다란 뭔가가 들려 있었다. 본 적이 있었다. 아르젠의 국보라는 신기, 빛의 창이었다.

"어, 이거 왜……."

내 말에 가을이 빛의 창을 구석에 세워두더니 날 빤히 보며 말했다.

"어디 안 나갔었지?"

"……."

그 말에 나는 대답을 할 수가 없었다. 형도 그리고 아이리스도 그리고 이젠 가을이까지 날 보자마자 저 말이다. 내 입으로 이런 말을 하긴 낯간지럽지만, 꼭 온실 속의 화초가 된 것만 같은 기분이었다. 그때 가을이 내 대답도 듣지 않고 뜬금없이 말했다.

"좋은 소식이랑 나쁜 소식이 있는데 뭐부터 들을래?"

"뭐?"

가을은 멀거니 날 보며 대답을 기다렸다. 나는 숨을 삼켰다. 매도 먼저 맞는 게 낫다고, 나쁜 소식부터 듣는 게 낫지 않을까?

"조, 좋은 거."

하지만 다른 사람도 아니고 저놈이 나쁜 소식이라고 한 걸 보면 나빠도 보통 나쁜 게 아닐 거다. 나는 내 정신건강을 위해 일단 좋은 소식부터 듣기로 했다.

"결계를 찢어놨더니, 아빠가 날 죽이려고 하고 있어. 그래서 새로 쳐주고 온다니까 매국노 새끼래."

"……."

"나더러 어쩌라는 거야?"

그가 인상을 찌푸리며 투덜거리듯 말했다. 뭔가 진지하게 말하고 있는 것 같은데 무슨 소린지 통 알아들을 수가 없었다. 결계가 없어져서 전쟁이 날 수도 있다는 소린 들었지만 정확히 얼마나 심각한 상황인지도 잘 모르겠다.

나는 당황한 얼굴로 물었다.

"그게 좋은 소식이야?"

"아니, 그렇게 싸우고 있는데 브류나크가 일어났어. 자고 있었는데 결계가 깨져서 일어났나 봐. 원래 아르젠에 쳐져 있던 결계는 브류나크가 쳤던 거거든."

아, 그래서 저걸 가지고 왔구나. 나는 고개를 돌려 구석에 세워진 신기를 쳐다봤다. 그럼 저것도 다른 신기처럼 막 사람으로 변하고 그러나?

"결계는 브류나크가 다시 쳐줄 거야. 그러니까 너무 걱정하지 마."

다행이다. 결계 때문에 전쟁이 나니 마니 그런 소리가 나와서 골치 아팠는데. 이젠 형도 한시름 놓을 수 있을 것 같았다. 하지만 나는 한 시름 놓을 수가 없었다. 아직 나쁜 소식이 남아 있었기 때문이다.

"그럼 나쁜 소식은 뭔데?"

내 물음에 가을이 입을 다물었다. 그는 잠시 망설이는 듯하더니 한숨을 내쉬었다.

"너무 급하게 마나를 끌어 올려서 내상을 입었어. 그래서 지금 교황이 날 죽이려고 덤비면 난 진짜 죽을지도 몰라."

"뭐?"

"만났는데 날 죽이려고 하면 어쩌지? 도망가기도 전에 잡혀서 찔려죽든 맞아 죽든 죽을 거 같은데."

저건 또 뭔 소리야? 내상을 입어? 그럼 다쳤다는 거야? 나는 얼빠진 표정으로 되물었다.

"뭔 소리야? 다쳤다고? 왜? 언제? 왜 다쳤는데?"

설마 그 납치범 잡다가 다친 건가? 근데 보기엔 완전 멀쩡해 보이는데? 아니, 내상이면 겉이 아니라 안이 다친 건가?

"그 결계 찢다가……."

"뭐? 뭐, 이 새끼야? 그거 찢다가 다쳤다고?"

더듬더듬 말하는 가을을 보며 나는 화가 머리끝까지 치솟았다. 다쳤다는 애한테 뭐라고 하고 싶진 않았지만 도저히 참을 수가 없었다.

"그러게 애초에 그걸 왜 건드려, 건드리긴! 도대체 그 결계는 왜 찢은 건데!"

"화풀이 같은 거였는데 나도 이렇게까지 될 줄은……."

저거 완전 바보 아니야? 누가 화풀이를 제 몸까지 상해가면서 해?

"그래서 그건 언제 낫는데? 병원은? 병원은 갔다 왔어? 언제 나아? 심한 거야?"

"아니, 지금 그거보다……."

갑자기 그가 비틀거리며 침대 쪽으로 갔다. 그러더니 침대 위로 푹 쓰러지며 꾸물꾸물 이불을 덮으며 중얼거렸다.

"잠이 와서 죽을 거 같아."

"……."

자연스럽게 내 침대에 누워 눈을 감는 가을을 보며 나는 입을 벌린 채 아무런 말도 하지 못했다. 너무 황당했기 때문이었다.

나는 뭐라고 하려다가 그냥 입을 다물고 한숨을 내쉬었다. 평소보다 얼굴이 창백하고 눈 밑이 거무죽죽한 게 정말 피곤해 보이기는 했다.

가을이 몸을 뒤척이다가 눈을 감으며 말했다.

"나 일어날 때까지 어디 가지 말고 거기 있어."

"너 설마 그때 이후로 한 번도 안 잤어?"

"안 잔 게 아니라 못 잔 거야. 내가 집에서 얼마나 들들 볶였는데."

억울하다는 듯 내게 다 일러바치는 가을을 보며 나는 코웃음을 쳤다.

"그러게 애초에 결계는 왜 찢어?"

"어디 화 풀 데가 없잖아."

그 말에 나는 다시 입을 다물었다. 그때 정말 화가 많이 난 것처럼 보이긴 했었다. 그러다가 가을이 그 납치범들을 죽이지 않은 게 떠올랐다. 나는 손가락으로 침대 끝에 의미 없이 도형들을 그리다가 말했다.

"너 그 납치범들 안 죽였다며?"

"……."

아직 잠이 든 것 같진 않아 보이는데 그는 눈을 감은 채 아무런 말도 하질 않았다. 나는 한참 가을을 보다가 괜히 입을 삐죽 내밀었다.

좀 미안하기도 하고 고맙기도 하고……. 알 수 없는 감정들이 한데 뒤섞여 나도 이게 정확히 무슨 감정인지 몰랐다. 하지만 나쁜 건 아니었다. 나는 계속 내 침대에 누워있는 가을을 쳐다봤다.

잠을 안 잔 걸 보니 밥도 안 먹었을 게 분명했다. 잰 잠도 안 자고 밥도 안 먹고 거기다가 다치기까지 하고……. 갑자기 좀 안쓰러워 보였다. 나랑 사람을 죽이지 않겠다고 약속한 걸 지켜준 게 고맙기도 하고 괜히 나 때문에 이렇게 된 것 같아서 미안하기도 했다.

나는 가만히 눈을 감고 있는 그의 얼굴을 보다가 손을 뻗었다.

충동적인 행동이었다.

"고마워. 근데 화난다고 그러면 안 돼."

보드라운 머리카락이 손가락 끝에 닿았다. 머리카락 하나하나를 세듯 손가락으로 쓸고 있는데 눈을 감고 있던 가을이 눈을 떴다. 무슨 생각을 하는지 알 수 없는 말간 빛의 눈동자를 보고 있자니 이상한 기분이 들어서 나는 재빨리 머리카락을 쓸던 손을 내려 그의 눈을 가렸다.

"그, 그리고 걱정시켜서 미안해. 다음부터는 내가 진짜 조심할게."

난 진짜 밖에만 나가면 왜 이런 일이 일어나는 거지……. 억울했다. 내가 다시 한숨을 내며 그의 눈가를 가리고 있던 손을 떼려는데 가을이 내 손을 붙잡았다. 눈을 동그랗게 뜨는 날 보며 그가 잠이 묻은 목소리로 말했다.

"난 네가 벌레라도 널 사랑했을 거 같아."

"……."

그 말에 문득 그가 나에게 버러지보다 약하다고 했던 게 떠올랐다. 나한테 버러지라고 할 땐 언제고 이제 와서……. 그런 생각을 하며 투덜거려도 얼굴 쪽으로 열이 몰리는 건 막을 수가 없었다.

잡힌 손을 빼내려고 힘을 주는데 의외로 그는 쉽게 내 손을 놓았다. 잡혔던 손목이 불에 덴 것처럼 홧홧 했다. 벌게진 얼굴을 들킬까 봐 자리에서 일어나려는데 가을이 내 쪽으로 몸을 돌리더니 다시 눈을 감았다.

그는 잠결인 듯, 혼잣말처럼 중얼거렸다.

"널 좋아하지 않을 수 있는 방법을 잘 모르겠어."

그 말을 마지막으로 그는 더 이상 입을 열지 않았다. 나는 잠이 든 것처럼 보이는 가을을 한참 동안 쳐다보며 움직일 수가 없었다. 그는 나와 비슷한 생각을 하고 있었다.

나는 강가을을 거절할 수 있는 방법을 잘 모르겠다.

그는 죽은 것처럼 미동도 하지 않고 잤다. 잠이든지 벌써 다섯 시간이나 지났는데도 처음 잠들었던 그 자세 그대로였다. 숨은 쉬고 있나 의문이 들 정도로 너무 미동이 없어서 코 밑으로 손까지 갖다 대봤다.

　　얼마나 피곤했으면 이렇게 죽은 것처럼 잘까 싶었다. 도대체 이 새끼는 왜 이렇게 잠도 안 자고 먹지도 않는 거지? 그러다가 몸 다 버리면 그걸 누가 보상해주는데? 자기 몸은 자기가 챙겨야지.

　　나는 혹시 그가 깨기라도 할까 봐 큰 소리도 내지 못하고 그저 가만히 침대맡에 앉아서 속으로 한숨만 푹푹 내쉬었다. 너무 오래 한 자세로 앉아 있었더니 허리도 아프고 다리도 아프고 엉덩이도 아팠다. 나는 몸을 꾸물거리다가 결국 침대에서 일어섰다.

　　기지개를 쭉 켜고 괜히 주변을 훑다가 다시 그에게로 시선이 갔다.

　　"……."

　　다섯 시간 동안 암만 생각을 해봐도 잘 모르겠다. 난 왜 이렇게 저 놈한테 끌려다니는 걸까.

내가 겁이 많고 우유부단한 성격이라 해도 항상 강가을만 만나면 이상하게 정도가 심해졌다.

그러다가 문득, 내가 그를 거절하고 싶긴 한 건가 싶었다. 그런 생각이 드니까 또, 내가 왜 그를 거절하고 싶지 않은 건가 싶었다. 그러면 다음으로는 내가 왜 그를 거절해야만 하는 건가 하는 의문이 든다.

질문은 점점 꼬리에 꼬리를 물었고, 그러다 보면 마지막 질문은 항상 같았다.

그를 거절하는 이유가 내가 남자였다는 거 말고 또 뭐가 있지? 그거 말고 다른 이유가 있어야만 하는데 아무리 생각을 해봐도 다른 이유는 찾을 수가 없었다. 그렇다는 건 결국 내가 남자였다는 이유 하나 때문이라는 건데, 그게 좀 이상했다.

그건 내가 남자였다는 것만 아니면 우리가 아무런 문제도 없다는 뜻이었으니까.

결론이 났음에도 나는 쉽사리 인정할 수가 없었다. 그건 일종의 정신적인 거부감이었다. 내 머릿속에 단단히 박힌 도덕과 윤리, 고정관념, 그리고 상식이 항상 날 붙잡았다.

지금 내 몸이 여자라고 해도 정신은 남자였다.

이런 생각을 할 때면……

"그게 항상 문제야."

나는 혼잣말로 중얼거리다가 갑자기 웃음이 났다. 아무래도 내가 진짜 미쳤나 보다.

무의식중에 내가 남자였다는 걸 마치 커다란 장애물인 듯이 생각했기 때문이었다. 이 상황에서 내가 남자였다는 사실이 「장애물」이라면, 나는 그걸 뛰어넘고 싶다는 거 아닌가.

이게 미친 게 아니면 뭐야?

나는 일그러진 얼굴로 머리를 부여잡았다. 굴러다니는 수많은 의문들이 머릿속을 헤집었다. 머리가 터질 것 같았다. 머리카락을 쥐어뜯으며 입술을 깨물고 있는데 뒤척이는 소리가 났다. 고개를 돌리자 눈을 감고 있던 가을이 눈을 뜨는 게 보였다.

나는 머리카락을 잡고 있던 손을 내리며 말했다.

"더 자."

아직 다섯 시간밖에 안 지났는데⋯⋯. 내 말에 멀거니 날 보던 가을이 눈을 감았다.

"⋯⋯."

나는 그를 가만히 보며 느리게 눈을 깜박였다.

만약에, 정말, 내가 그 이유 하나 때문에 이런 고민을 하고 있다면 그건 정말 쓸데없는 고민일지도 모른다.

과거가 어찌 되었든 난 지금 여자고 도덕적으로나 윤리적으로나 법적, 상식적으로도 문제 될 건 하나도 없었다. 그럼 난 도대체 뭐 때문에 이러지? 왜 자꾸 강가을만 생각하면 어쩌지 라는 말만 나오지?

혼란스러운 얼굴로 그를 계속 보고 있는데 가을이 다시 눈을 떴다. 그는 반쯤 눈을 뜬 채 손으로 힘없이 침대를 툭툭 쳤다.

나는 뭔가에 이끌리듯 그곳으로 다가가 다시 침대맡에 앉았다. 내가 자리를 잡고 앉자 가을이 작게 한숨을 내쉬며 몸을 뒤척였다.

"지금 몇 시야?"

"일곱 시."

내 목소리는 내 것이 아닌 듯 엄청 가라앉아 있었다. 막 잠에서 깬 가을이보다도 훨씬 더. 말을 하고도 놀라서 눈을 둥그렇게 뜨는데 가을이 의아한 얼굴로 날 쳐다봤다.

"울었어?"

"아, 아니."

"근데 목소리가 왜 그래?"

나도 몰라……. 너무 말을 안 해서 그런가.

나는 멋쩍은 표정으로 손을 들어 목을 슬슬 만졌다. 괜히 어색해서 애꿎은 목만 만지고 있는데 가을이 다시 눈을 감았다. 여전히 잠이 오는 듯한 모양새였다.

"더 자."

"많이 잤어."

"다섯 시간 잔 게 많이 잔 거냐?"

분위기가 너무 조용해서 괜히 목소리를 높여 투덜거리듯 말했다. 실제로도 지금은 내 목소리와 그의 목소리 말고 다른 소리는 아무것도 들리지 않았다. 무슨 말을 해도 어색하기만 할 것 같은 분위기였다.

"배고파."

그때 가을이 웅얼거리면서 말했다. 눈을 감고 입술을 달싹이는 그를 보며 나는 어이없다는 듯 웃었다.

"그러게 누가 밥 안 먹으래? 넌 왜 나만 보면 배고프대? 내가 무슨 식당이냐? 네 밥통이야?"

투덜거리며 말해도 어색한 공기가 사라지지 않았다. 눈을 감고 있던 가을이 어리둥절한 표정으로 눈을 떴다. 내가 괜히 화를 내서 당황한 것처럼 보였다. 그의 시선을 마주하며 나도 당황한 건 마찬가지였다.

무슨 말을 해야 할지를 모르겠다. 그가 무슨 생각을 하고 있는지도 모르겠고, 그래서 더욱 불안하고 초조했다. 이 감정이 너무 낯설고 부끄럽고 창피하고, 숨이 막혔다.

"왜 화났어?"

"화난 거 아니야."

"내가 자서 그래?"

가을이 천천히 몸을 일으키며 물었다. 나는 그의 얼굴은 쳐다보지도 않고 허공을 보며 앵무새처럼 똑같은 말만 했다.

"화 안 났어, 진짜."

잠시 침묵이 흘렀다. 옆에서 찌를 듯한 시선이 느껴졌다. 다시금 알 수 없는 불안감과 초조함이 밀려왔다.

"아까 내가 좋아한다고 해서 그래?"

"……."

지금 이 기분을 느껴본 적이 있었다. 그가 내게 좋아한다고 했을 때 처음 느꼈던 그 느낌이었다. 파도처럼 밀려오는 감정에 질식해 죽을 것만 같던 그 기분.

나는 고개를 돌려 올곧게 날 바라보는 그의 시선을 마주했다.

어쩌지? 그 말만 나오는 이유를 알겠다. 지금 깨달은 게 아니라 어쩌면 나는 아주 오래전부터 알고 있었던 건지도 모른다. 하지만 너무 낯설고, 생경하고, 부끄럽고, 창피하고, 믿을 수가 없고, 인정할 수가 없어서 계속 피했던 건지도 모른다.

"미안. 근데 좋아하는 걸 어떡해."

그래, 어떻게 할 수 있는 게 아니지. 네가 날 보면서 이런 말을 할 때마다 내가 창피하고 부끄러운 것도 어떻게 할 수 있는 게 아닌 것처럼.

난 그런 감정들이 너무 낯설어서 계속 밀어내기만 했다. 생각만 해도 가슴이 두근거리고 머리가 아파서 자꾸만 불안해지고 초조해지는 게 싫어서, 나는 계속 눈을 감고 있다는 걸 알면서도 모른 척하면서 피하기만 했다.

내가 이미 그를 좋아하고 있다는 사실을 깨달은 건 너무 갑작스러운 일이었다. 길을 걷다가 소나기가 내려 온몸이 눈 깜짝할 새에 젖는 것처럼.

난 가을이가 창피하고 부끄러운 게 아니라, 그 말에 동요하고 어떻게 반응해야 할지 몰라서 열이 나는 내가 너무 창피하고 부끄러웠던 거다.

"울아."

심장이 불협화음을 내듯 엇박자로 뛰다가 미친 것처럼 박동하기 시작했다.

언제부터지? 도대체 언제부터? 그것보다 무슨 계기로? 내가 왜? 무슨 일 때문에? 도대체, 언제부터, 왜?

내가 무슨 표정을 하고 있는지도 모르겠다. 가만히 날 보던 가을이 이내 한숨을 내쉬며 말했다.

"알았어, 앞으로 자제할게."

"……."

가을은 마음에 들지 않는다는 표정으로 시선을 돌렸다. 삐친 것 같기도 하고 어딘가 억울해 보이기도 했다.

나는 내가 생각하기에도 신기할 정도로 태연하게 입을 열었다.

"다친 건 언제 나아?"

"그냥 시간 지나면 나아."

"시간이 얼마나?"

내 집요한 질문에 가을이 미간을 좁히며 다시 날 쳐다봤다.

"나도 잘 몰라. 한 두어 달 걸리겠지."

"그렇게 오래 걸려? 근데 너 내상이면 겉은 멀쩡해도 속이 다친 거잖아. 지금 안 아파?"

"아파 죽겠어."

그는 다시 침대로 쓰러지며 중얼거리듯 말했다.

누가 봐도 꾀병인 것처럼 보였지만, 그래도 진짜 아플 수도 있다는 생각이 들었다. 나는 그에게 꼼꼼히 이불을 덮어준 뒤에 몸을 일으켰다.

도대체 왜, 언제부터였는지는 모르겠지만 내가 강가을 좋아한다는 사실을 인정하고 나니 어지럽던 머리가 조금은 정리되는 것 같기도 했다. 불안하고 초조한 건 마찬가지였지만 묵은 때를 벗겨 낸 듯 개운했다.

"죽이라도 만들어올 테니까 더 자고 있어."

등을 돌리는데 가을이 내 손목을 잡았다. 고개를 돌리자 그가 미간을 좁힌 채 날 보고 있었다.

"미안."

"뭐가?"

뜬금없이 미안하다는 말에 의아한 듯 묻자 그가 입술을 달싹였다. 몇 번이나 무슨 말을 하려다가 다시 입을 다물기를 반복하더니 중얼거리듯 말했다.

"뭔지는 모르겠는데 내가 잘못했어."

그 말에 가슴 언저리가 이상하게 아려왔다. 나는 인상을 쓰고 말했다.

"화난 거 아니라니까?"

"그럼 왜 그래?"

"그냥 좀……. 아까 자다가 꿈을 꿔서 그래. 무슨 꿈이었는지는 지금 잘 기억 안 나는데 나쁜 꿈이었나 봐."

반사적으로 거짓말을 하면서 속으로 한숨을 내쉬었다. 거짓말을 하고 싶진 않은데 그렇다고 솔직하게 말을 할 수도 없는 노릇이었다. 그를 좋아한다고 깨닫게 된 건 사실이었지만, 아직 이걸 말할 용기까지 생긴 건 아니었다.

그가 내 거짓말을 알아챘는지 아닌지는 모르겠지만, 한참을 날 보던 가을이 내 손목을 놓더니 말했다.

"밥 안 먹어."

"……"

그 예상치도 못했던 말에 순간 욕지거리가 튀어나왔다.

"그냥 처먹어, 등신아. 굶어 뒈질래? 너 계속 잠도 안 자고 밥도 안 먹고 그러다가 진짜 죽는 수가 있어."

"안 죽어."

저건 무슨 밥투정하는 애새끼도 아니고……. 나는 허탈한 표정으로 그를 보다가 문득 정말 그는 안 먹고 안 잔다고 해서 죽지 않을 수도 있을 거라는 생각이 들었다. 초월자라는 게 인간의 한계를 뛰어넘은 사람들을 지칭하는 말이라고 했으니까 정말 그럴지도 몰랐다.

나는 가만히 그를 보다가 다시 침대맡에 앉았다.

"야, 너 근데 몇 살이야?"

대충 나이가 엄청 많다는 건 알지만 정확히 몇 살인지는 몰랐다. 내 질문에 가을이 대답은 하진 않고 날 쳐다보기만 했다.

"몇 살인데?"

내가 다시 묻자 그가 여전히 인상을 찌푸린 채로 입을 열었다.

"이백스물세 살."

"……."

"스물넷이었나? 둘이었나?"

"……."

이런 미친……. 진짜 많기는 더럽게 많았다. 피의 황제가 200여 년 전의 사람이라니 대강 저렇지 않을까 싶었지만 확인을 받으니 충격이 더욱 컸다.

이백스물세 살이라니……. 나랑 도대체 몇 살이나 차이가 나는 거야…….

아, 아니. 그래도 겉으로 보기엔 나랑 엇비슷해 보이니까 괜찮을 거 같기도 하고…….

"오래 사는 게 마법 때문에 그렇다고?"

내가 한숨을 내쉬며 묻자 가을이 고개를 끄덕였다. 순간, 등 뒤로 한기가 끼쳐왔다. 멀뚱멀뚱 날 바라보는 가을을 보며 나는 숨을 삼키며 물었다.

"그, 그럼 앞으로 언제까지 살 수 있는데?"

"나도 정확하게는 몰라."

"대충이라도! 지금 산 거만큼 더 살 수 있는 거야?"

"그거보다는 더 오래 살 수도 있고……. 그건 왜?"

더 오래 살면 앞으로 500살까지도 살 수 있다는 거야? 난 100살까지도 못 살 수도 있는데? 내가 얼빠진 표정으로 말을 잇지 못하자 가을이 의아한 표정을 지었다. 고개를 갸웃하던 그가 태연한 목소리로 입을 열었다.

"너도 오래 살래?"

"뭐?"

내가 되묻자 가을이 말을 이었다.

"나랑 같이 오래 살래?"

"……."

갑자기 숨이 턱 막혀왔다. 예상치도 못했던 질문이기도 했지만 마치 고백하는 것처럼 들렸기 때문이다. 나 역시 그를 좋아하는 건 사실이었지만, 그 말에는 쉽게 대답할 수가 없었다.

오래 살면 좋겠지. 가을이처럼 늙지도 않고 오래 사는 건 좋을 것 같은데…….

그럼 형은? 아이리스는? 아킨토스는? 알카 형은? 내 주변의 사람들은 모두 늙어 죽을 텐데, 나만 늙지도 않고 오래 산다고? 나는 계속 이 모습 그대론데 다른 사람들만 늙어 죽는다고?

상상만 해도 끔찍한 일이었다. 내가 생각하는 오래 산다는 것과 그가 생각하는 오래 산다는 것의 의미가 너무나도 달랐다.

나는 사색이 된 얼굴로 더듬더듬 말했다.

"그, 그건 좀……."

싫다. 상상만 해도 이렇게 끔찍한데 만약 정말로 그런다면 이곳은 지옥으로 변할 거다.

나는 힐끗 고개를 들어 그를 쳐다봤다. 왠지 아까처럼 또 밥투정을 하거나 삐친 것처럼 불퉁한 얼굴을 하고 있을 것 같았기 때문이다.

"알았어."

"……."

하지만 태연하게 말하는 가을을 보며 나는 그가 내게 오래 살지 않겠느냐고 물었을 때보다 더 놀랐다.

"그럼 어쩔 수 없지, 뭐."

"……."

그는 떼를 쓰지도 않았고, 어째서냐고 이유를 묻지도 않았다. 정말 내 그 한 마디에 깔끔하게 포기한 듯 미련이라고는 조금도 보이지 않는 표정이었다.

왜?

나는 보글보글 끓고 있는 죽 냄비를 보며 눈만 깜박였다.

-그럼 어쩔 수 없지, 뭐.

머릿속으로 그가 내게 했던 말이 떠올랐다. 그의 말이 맞다. 어쩔 수 없는 일이었다. 내가 싫다고 했으니 그는 저런 말을 하는 게 맞았다.

하지만 어째서 왜냐고 묻지 않은 거지? 날 좋아한다면서 왜 한 번도 되묻지 않고 저렇게 단정을 지어버린 거지?

나 같으면 내가 좋아하는 사람이 나보다 훨씬 더 빨리 죽어버리면 많이 슬플 것 같은데 걘 그게 아닌가? 아니면 어쩔 수 없는 일이라 그냥 깔끔하게 포기해버린 건가?

하지만 나 같으면 한 번이라도 다시 물었을 것 같았다. 그러지 말고 다시 한 번 생각해보라고, 아니면 지금 당장 결정하기 힘들면 천천히 생각해보라고 그렇게라도 말했겠지. 저렇게 단번에 알겠다고 수긍하는 게 아니라.

죽 냄비에서 스멀스멀 시커먼 연기가 피어올랐다. 죽이 타고 있다는 걸 알고 있었지만 나는 움직일 수가 없었다.

"……."

내가 가을이한테 나도 널 좋아하게 된 것 같다고 말하면 그는 분명 좋아할 거다. 늘 그랬던 것처럼 눈꼬리를 예쁘게 접으며 웃겠지. 걔 성격상 아마 그럼 결혼은 언제 할 거냐고 대뜸 물을지도 몰랐다.

그럼 나는 누가 너 좋아한댔지 결혼하자고 했냐고 소리를 빽 지를 거야. 걘 내 말은 무시하고 식장부터 알아볼지도 몰라. 그렇게 어영부영 진짜로 금방 결혼해버릴 수도 있다. 남들이 다 하는 것처럼 평범, 아니, 어쩌면 평범하지는 않을 수도 있겠지만 그럭저럭 괜찮은 가정을 꾸릴 거다.

시간이 지나면 아이가 생길 수도 있겠지. 아이가 태어나면 너무 기뻐서 울지도 몰라. 딸인지 아들인지는 모르겠지만, 성별이야 어찌되었든 금이야 옥이야 키울 거다. 아이는 점점 크겠지. 옹알이를 하다가 어느새 말을 하고, 배가 고프다며 칭얼거릴지도 모르고, 잠이 오지 않는다고 동화책을 읽어달라며 떼를 쓸지도 모른다.

나중에는 바깥으로 나가 친구와 뛰어놀고, 더 시간이 지나면 학교도 다니겠지. 그러다가 성인이 되어 직장도 구할 거고, 애인도 생길 거다.

그때쯤이면 나는 얼마나 늙어 있을까.

"……."

강가을은 지금 모습 그대로인데, 나만 주름살이 생겨 늙은 아줌마 혹은 할머니가 되어 있을 거다.

그때가 되어도 우리가 지금까지의 관계를 지속할 수 있을까?

시간이 지나면 지날수록 네가 아니면 안 될 것 같던 감정은 점점 다른 무언가로 변할 거고, 그러다 보면 언젠가 우리는 끝내야만 하는 날이 올지도 모른다. 아니, 그게 당연한 거다.

내가 죽어도 그는 여전히 살아가야 할 테니까.

"죽은 사람은 죽고 산 사람은 살아야지."

나는 혼잣말처럼 중얼거리면서 시커멓게 타고 있는 냄비를 싱크대에 부어버렸다. 눌어붙어 제대로 떨어지지도 않는 죽을 수세미로 벅벅 문지르고 있는데 코끝이 찡해졌다.

알고는 있는데 좀 무서웠다. 내가 죽어도 그는 살아야 하고, 그의 제안을 내가 거절했으니 결국 마지막은 그렇게 되어야 하는 게 맞지만 그래도 나는 무서웠다.

그는 여전히 그대로인데 나만 점점 늙으면 어떡해? 나는 계속 좋아하는데 이제 걘 날 안 좋아한다고 하면 어떡해?

그럴지도 모른다. 그럴 날이 올지도 몰라. 서로 시간이 안 맞잖아. 그러니까 정말 그렇게 될지도 모를 일이었다.

내가 죽을 때까지 내 옆에 있어주지 않을지도 몰랐다. 내가 할머니가 되면, 나이가 들어서 주름살이 생기고, 못나지고, 병이 들어 아프고, 귀도 잘 들리지 않게 되고, 말도 제대로 못하고, 나중엔 이가 빠져서 볼이 움푹 들어가서, 그렇게 늙고 병들어서 추해지면 내 옆에 있기 싫어질지도 모른다.

그럼 내가 죽기 전에, 어쩌면 훨씬 더 전에 날 떠날지도 몰랐다.

손등 위로 눈물이 뚝뚝 떨어졌다. 그가 날 떠나면서 작별인사를 하는 걸 내가 너무 늙고 병들어서 듣지 못하면 어쩌지? 내가 그 모습을 보지 못하면 어쩌지? 아니, 내가 늙고 병들지 않아 멀쩡한 상태라도 그런 건 보고 싶지 않고, 듣고 싶지도 않았다.

하지만 언젠가는 무조건 올 미래였다. 상상만 해도 끔찍했다. 숨이 막히고 눈물이 나고 가슴이 아팠다. 온몸이 벌벌 떨려왔다.

죽은 사람은 죽고 산 사람은 살아야 한다. 머릿속으로는 그렇게 생각했지만 자꾸만 내가 죽고 난 뒤의 미래가 그림처럼 그려졌다.

언젠가는, 내가 죽고 그렇게 계속 살다 보면 내게 그랬던 것처럼 다른 사람한테도 그렇게 예쁘게 웃으면서 사랑한다고, 좋아한다고, 이젠 내가 아니라 다른 사람한테…….

"으…….."

그게 무서워서 견딜 수가 없었다.

가을은 모락모락 김이 나는 죽 그릇을 한 번 보더니 내게 시선을 돌렸다. 표정이 심상치가 않았다.

"울었어?"

"양파가 너무 매웠어."

"······."

내가 힘없이 말하자 가을이 입을 다물었다. 그의 얼굴에는 표정이 없었다. 무슨 생각을 하는지 모르겠다. 하지만 이제는 뭐가 어떻게 돼도 상관없을 것 같았다. 지쳤다. 고작 이 잠깐 사이인데도 극도로 소모되는 감정에 온몸에 진이 다 빠져 빨리 쉬고 싶다는 생각밖에 들지 않았다. 그러다가 문득, 어쩌면 내가 영영 그에게 나도 널 좋아한다는 말을 하게 될 날은 오지 않을 거란 생각이 들었다. 그냥 그런 말을 하면 내가 손해 볼 것 같은 기분이었다.

가을이 숟가락을 들어 죽을 휘휘 저었다. 적당히 묽은 죽을 한 숟가락 퍼 입에 넣는 그를 멍하니 보고 있는데 가을이 입을 오물거리며 날 쳐다봤다. 그는 그렇게 몇 번 더 죽을 먹었다.

그는 내게 항상 어쩔 수 없다고 했다. 날 좋아하니까 너한테 미안해도 어쩔 수 없고, 네가 싫어해도 어쩔 수 없다고, 네가 피해도 어쩔 수 없다며 항상 말했다.

나는 그만큼 용기가 없었다. 그렇게 할 자신도 없었고, 무섭고 불안해서 그가 내게 했던 것처럼 앞만 보고 갈 수가 없었다.

그냥, 계속 이렇게 그냥저냥 살다가 보면 어느 순간 내가 그를 좋아하고 있다는 걸 깨달은 것처럼 어느 순간 그를 다시 좋아하지 않게 될 수도 있지 않을까.

사랑이라는 게 뭐, 생겼다가 없어질 수도 있고……. 사귀다가 헤어지는 건 그렇다 쳐도 한 번 결혼했다가도 이혼하는 세상에 그런 건 어쩌면 아주 당연한 일일지도 모른다. 당장 이렇게 죽을 것처럼 아파도 언젠가 시간이 지나면 무뎌지지 않을까?

가을이도 지금은 날 좋아한다고 해도 나중엔 어떻게 될지 모른다. 그럼 괜히 복잡하게 생각하지 말고 그냥 좋아한다고 하고 사귀거나 결혼하는 것도 나쁘진 않겠지.

"울아."

하지만 난 변하지 않았는데 그가 혹시 변할 날이 올까 봐 무서웠다. 나는 계속 좋아하고 있는데 쟤는 이제 날 안 좋아한다고 하면 어떡해? 그리고 내가 좋아한다고 하지 않아도 우리는 지금처럼 살 텐데 굳이 내가 고백을 할 필요가 있을까?

"너 옷 갈아입힐 때 전부 다 봤어."

그때 가을이 뜬금없이 말했다. 그는 멀거니 날 보며 계속 알 수 없는 말만 늘어놨다.

"네가 만약 다른 사람 만나면 그 남자한테 가서 내가 너 머리부터 발끝까지 전부 다 봤다고 말할 거야."

가을은 정색을 하고 있긴 했지만 화를 내는 게 아니라 초조해하고 있었다. 그 소리에 나는 허탈하게 웃었다.

"넌 지금 그걸 협박이라고 하고 있냐?"

왜 갑자기 이런 말을 하는지 어렴풋이 알 것도 같았다. 내가 화나서 다른 사람을 만날지도 모른다고 생각하는 것 같았다. 그러니까 저런 말도 안 되는 헛소릴 하는 거겠지.

늘 생각하는 거지만 진짜 잰 종잡을 수가 없었다.

"난 초월자야. 너도 알지? 난 혼자서 여기 결계도 찢을 수 있어. 네가 어디에 있는지 알 수도 있고, 네가 나 싫다고 다른 사람한테 가서 나 죽여 달라고 해도 난 안 죽어. 그러니까 네가 포기해."

도대체 무슨 생각을 하고 있었기에 저런 말을 하는지 모르겠다.

내가 너 싫다고 이렇게 풀이 죽어 있는 줄 알아? 싫어서 그런 게 아니라 오히려 좋아서 이러고 있는 거다, 등신 새끼야.

속으로 투덜거리며 고개를 돌리는데 귓가로 단호한 목소리가 들려왔다.

"난 너랑 같이 늙어 죽을 거야."

"……뭐?"

목소리가 갈라졌다. 로봇처럼 삐거걱 고개를 돌려 그를 보자 가을이 날 보며 입을 열었다.

필사적인 표정이었다.

"네가 오래 사는 건 싫다며. 난 너랑 같이 늙어 죽을 거니까 그냥 네가 포기……."

그의 말꼬리가 점점 흐려졌다. 나는 한마디도 하지 못한 채 그를 쳐다보기만 했다. 그 역시 날 마주 보다가 이내 인상을 팍 찡그렸다.

"알았어. 일단 그 남은 16년 살아보고……."

"……."

"울지 마. 내가 잘못했어. 16년 지날 동안 앞으로는 재촉도 안 할게."

나는 그제야 내가 울고 있다는 사실을 알았다. 손등 위로 끊임없이 떨어지는 게 눈물이라는 걸 알고 고개를 조금 숙이자 눈에서 후두둑 물이 떨어졌다. 터진 수도꼭지처럼 펑펑 나오는 눈물을 막을 재간이 없었다.

"미, 미안해."

나는 뭔가에 홀린 것처럼 중얼거렸다. 꺼질 듯 작은 내 목소리에 숟가락을 잡고 있는 그의 손에 힘이 들어가는 게 보였다. 고개를 숙이고 있어서 딱 거기까지만 보였다. 가을이 어떤 표정을 하고 있는지는 보이지 않았다.

"내, 내가……. 내가 계속 재고……. 넌 안 그러는데 나만 계속 따지고, 재고……."

횡설수설 말하고 있는데 뿌연 시야 사이로 그가 들고 있던 숟가락을 쟁반 위에 놓는 게 보였다. 나는 차마 그의 얼굴을 볼 용기가 나지 않아서 침대 위로 올라가 무릎을 꿇고 그의 어깨에 얼굴을 파묻었다.

나는 고목나무의 매미처럼 그의 목에 팔을 칭칭 감고 목을 졸라 죽일 듯이 들러붙었다. 갑작스러운 내 행동에 가을이 당황한 것 같았지만 나는 벌벌 떨면서 내 할 말만 계속 했다.

"무서워서……. 내가 미안해. 잘못했어. 넌 안 그러는데 나만 계속……."

"울아, 잠시만. 잠깐……."

꽉 끌어안은 가을이의 어깨 위로 내 눈물이 뚝뚝 떨어졌다. 하고 싶은 말이 너무 많았다. 하지만 아무것도 생각나지 않았다.

"나는 네가 벌레라도 널 사랑했을 것 같아."

더듬더듬 말하는 내 말에 그의 몸이 움찔 떨리는 게 느껴졌다. 나는 더욱 세게 그를 안으며 눈을 꾹 감았다.

"어제보다 오늘이 더 좋아. 내일은 오늘보다 더 좋아질 거야."

오로지 그가 내게 했던 말만 계속 떠올랐다.

"널 좋아하지 않을 수 있는 방법을 잘 모르겠어."

그 외엔 아무것도 생각나지가 않았다.

다음 권에서 이어집니다.

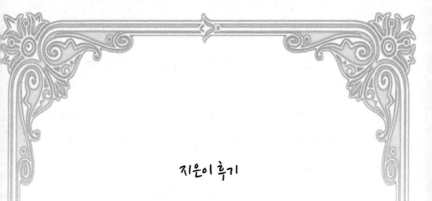

지은이 후기

안녕하세요, 권새나입니다. 매번 후기를 쓸 때마다 적는 거지만 벌써 4권이 나왔어요!^^

4권은 집안 사정 때문에 쓰기까지 우여곡절이 너무 많아서 종이 책 받아보면 진짜 울 것 같아요. 하루라도 빨리 받아보고 싶네요^^

올해가 어떻게 지나갔는지도 모르겠네요. 별로 한 것도 없는데 벌써 연말이라니……. 그래도 올해가 끝나기 전에 가을이랑 겨울이 연애시켜서 다행이에요. 이제 쌍방 고백까지 끝마쳤고…….

4권 쓰면서도 오그라들어서 힘들었는데 5권 쓸 땐 진짜 어쩌나 벌써부터 눈물이……. 5권엔 아킨토스도 잡으러 가야 하고 상견례도 해야 하고 할 게 많네요.

외전은 뭘 쓸지 아직 고민 중이에요. 에필로그가 길어지면 외전은 어쩌면 빠질 수도 있습니다.

　　음, 아직 5권은 쓰지도 않았는데 벌써부터 시원섭섭하고 아쉽네요.

　　이렇게 대놓고 로맨스는 처음 쓰는 거라 어색한 부분이 많겠지만 재미있게 봐주셨으면 좋겠습니다. 요즘 날씨가 많이 쌀쌀한데 건강 조심하시고, 앞으로 나올 5권도 많이 기대해주세요!^^

2013년 11월

권새나

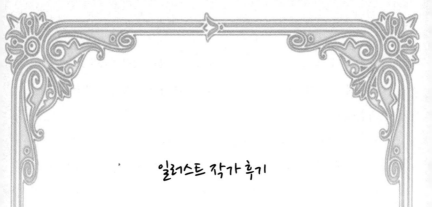

일러스트 작가 후기

그 어떤 작업보다도 어렵고 고민되는 후기 타임입니다.

사실은 작업하면서 나중에 후기에 이런 것도 저런 것도 잔뜩 적어야지─ 하는데도 막상 후기를 눈앞에 두면 빈 여백이 더더욱 넓어 보이는 기분입니다.

시간은 빠르고, 날짜도 빨리 지나갑니다. 정신을 차려보니 『병아리』도 벌써 4권을 맞이하고 있네요. 작업 제의받았을 때의 설렘과 처음 1권 원고를 받아서 읽었을 때의 즐거움이 아직도 그대로인 것 같은데, 다음이 마지막 권이라니 벌써부터 허전한 기분이 듭니다. 한 권씩 작업이 끝날 때마다 다음엔 좀 더 열심히 해야지 하는 부질없는 다짐도 이번으로 끝이라니…… 흑.

책 속의 두 아이는 이제 막 온 동네에 참기름 냄새를 풍기기 시작했는데도, 그걸 그릴 수 기회는 이제 끝에 다다라 가고 있어 너무도 아쉽습니다.

적다 보니 마치 마지막 권 후기를 적는 듯한 기분이 드네요.

이번에는 선정해 주신 삽화씬들이 대부분 이벤트 향기가 물씬 나는 것들이어서, 구상해 보는 단계가 너무도 즐거웠습니다. 그저 상상한 것들을 전부 그려내지 못하는 곰손이 원망스러울 뿐ㅜㅜ

이 유쾌한 작품이 어떻게 마지막 막을 내릴지 아쉬움이 뒤섞인 기대감으로 같이 기다려 주셨으면 좋겠어요. 언제나 많은 도움 주시는 출판사 분들과 좋은 작품 써주시는 작가님, 그리고 읽어 주시는 독자님, 감사합니다!

다음 권에서 마지막 후기로 다시 뵈어요^^

2013년 11월

신사고